모정불심으로 살아난 사형수 양동수 참회록

어머니의 등불을 가슴에 걸고

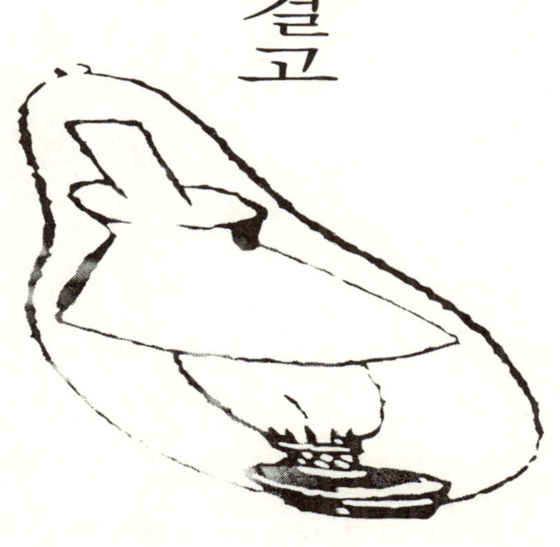

한경북스

어머님, 당신의 영전에 이 작은 책을…

어머님, 당신의 영전에 이 작은 책을 바칩니다. 제 두 어깨에 어머님의 그 가벼운 몸을 얹고 상상 속의 큰산 수미산을 돌고돌아 제 한몸 어스러져도 저는 어머님이 저에게 베풀어주신 것의 백분지 일, 아니 만분지 일도 갚을 길이 없습니다.

목숨이 부지하는 한 저의 몸은 항상 어머님의 분신이라고 생각하고 어머님이 가르쳐주신 마지막 말씀을 항상 제 가슴에 간직하고 살아가겠습니다.

"항상 어려운 사람을 먼저 생각해라. 너는 이미 한 번 죽은 목숨, 네가 지은 죄 갚으려면 평생을 남을 위해 봉사하며 살아도 모자란다. 너 자신은 없다. 이제 남을 위해 너의 삶을 살아라."

어머님의 눈물이 마르고 두 눈의 망막이 없어질 때까지 평생을 오로지 이 못난 자식의 죄업을 대신 갚기 위해 궂은 일, 험한 일만 하신 당신의 그 넓은 가슴을 알 길이 없습니다. 당신의 그 사랑의 깊이를 알 길이 없습니다.

당신은 피눈물에 실명까지 하는 세월의 가시밭길을 걸어 가셨으면서도 못난 자식의 눈을 염려하셨습니다. 큰 죄를 지어 교도소에 가기 전까지 제가 끼던 선글라스와 운전면허증, 그리고 인감도장 하나 남기신 어머님.

당신이 목숨을 바쳐 지켜주신 이 못난 자식은 빚진 세월의 깊이를 어떻게 갚으며 살아가야 합니까. 이제 어머님은 이 땅에 안 계시지만 죽는 날까지 소중히 간직하셨던 유품들은 제 무릎 위에 소중히 놓여졌습니다. 쓸모 없을 뻔했던 저의 소지품들을 21년 동안 쓰다듬었을 어머님의 그 따뜻한 손길이 아직도 남아 있습니다. 그리고 이제 어머님의 분신처럼 그 유품들을 제 가슴에 언제까지나 간직하며 살아가겠습니다.

어머님은 신앙과 같은 모정으로 저를 살려내셨습니다. 그 덕분에 새 생명을 얻게 된 저는 깊고 넓은 불교의 세계를 발견하게 되었습니다. 바로 어머님이 저에게 남기신 큰 선물입니다. 이렇듯 저의 남은 생까지도 마련해주신 그 넓은 치마폭 앞에 저는 하염없이 눈물 흘리며 바라볼 뿐입니다.

무덤도 없이 화장을 하여 뼛가루에 꿀을 발라 까막까치 앞에 뿌려달라는 마지막 육신의 보시까지 하셨다는 말씀을 전해듣고 저는 이미 살아도 산 목숨이 아닙니다. 저는 이제 어디 가서 머리 조아리며 어머님을 그리워해야 합니까.

그러나 어머님의 그 넓은 뜻을 알 것도 같습니다. 온 산천에 어머님의 분신이 떠돌아다닐 터이니 어딜 가든지 간에 저를 지켜보고 계실 것이라는 것. 그러기에 더욱 저를 단련하고 몸가짐을 바로 해야 할 것이라는 것.

법사로 돌아온 저를 반겨 맞는 모습을 뵐 수는 없어도 참으로 기뻐하실 것을 압니다. 그리고 단란한 가정을 꾸려 살아가는 모습을 보여드리지는 못했어도 이제 새로 저를 그렇게 살아갈 수 있도록 해주셨으니 먼 곳에서나마 그런 모습 보실 수 있도록 노력하겠습니다.

책을 내기 위해 그간 교도소 안에서 메모해 두었던 원고를 정리하면서 참 많은 날들을 울면서 지새웠습니다. 특히 어머님을 기억하는 부분이 너무나도 적어서 안타까웠습니다. 그래서 어머님이 저에게 쏟았던 밖에서의 일들은 삼중 스님의 말씀을 통해서 전하기로 했습니다. 스님의 말씀들은 저에게는 생살을 찢는 가슴아린 목소리로 전해져 왔습니다.

저에게는 삼중 스님이 저를 낳으신 아버님과 같은 분이십니다. 저를 새로 태어나게 하신 분이지요. 그래서 저는 가석방되고 난 후부터 삼중 스님의 절에서 기거하면서, 스님을 아버님이라고 부르면서 스님의 가르침을 줄곧 받아왔습니다. 21년 동안 매여있던 몸인지라 매사가 서투르고 스님의 성에 차지 않았을 텐데도 스님은 표정 하나 바꾸지 않고 저를 포근히 감싸주셨습니다. 스님은 저에겐 어두운 바다에서 항해의 표징이 되는 황홀한 등대입니다.

많은 분들에게 일일이 감사의 말씀을 드리자면 한도 끝도 없을 것입니다. 박정희 대통령은 최종적으로 저를 살려주신 분으로 사무치게 기억하고 있고 이선중 당시 법무부장관님, 세상에 저의 사건을 제일 먼저 알려주신 조선일보 김창수 기자님, 법창야화에서 저를 주제로 '모정불심'으로 드라마화해 주신 고무송 PD님, 드라마에서 저의 역할을 맡아 지금도 저와 의형제를 맺고 있는 성우 김용식 형, 제가 이감갈 때마다 저를 따뜻하게 맞아 주었던 교도관님들, 특히 가석방 상신을 최종적으로 해주신 대전 교도소 오희창 소장님, 삼중 스님께 저를 소개해 준 방영근 사형수(이미 집행되어 대구 비슬산에 있는 사형수 무연고 묘지에 묻혀 있음)를 비롯한 교도소 안에서 만났던 수많은 재소자들, 자비사 신도분들, 자비선행회 회원 여러분 그리고 이 땅에 다시 저를 불러주시어 두 발을 땅에 딛고 살아갈 수 있도록 허락해준 세상의 모든 분들에게 진정 감사의 말씀을 드립니다.

이 책이 혹여 제잘난 면만 부각시켜 읽는 분들의 노여움을 산다면 그것은 절대 제가 원하는 바가 아닙니다. 저는 아직까지도 죄인이고 목숨이 살아있을 때까지 성심을 다해 그 죗값을 갚아도 다 갚을 수가 없다는 것을 잘 압니다. 이 책은 그런 저의 참회록 정도로 생각해 주십시오. 처음부터 끝까지 참회의 심정으로 한자 한자 써나갔습니다.

아직 20살 청년 정도로 생각해주십시오. 바깥 세상을 그 정도밖에 살지 못했으니 아직도 생각이 여리고 굳지 못합니다. 저도 그걸 확연히 느낍니다. 이 책을 보신 분들께서 많은 지침의 말씀들을 해주시면 제인생 항로를 개척하는데 큰 도움이 될 것입니다.

우선 저는 '자비선행회' 일에 최선을 다하겠다는 약속을 드립니다. 불우한 노인들에게 빵 하나라도 사드릴 수 있도록 도움을 주신 분들에게 진정 감사의 인사를 드립니다. 앞으로 지속적으로 이 사업을 할 수 있도록 끊임없이 지켜봐 주시면 고맙겠습니다.

못다 드린 말씀들은 나중에 다시 제가 좀더 사회의 한 구석에서 산 후에 그 느낌들을 전할 기회가 있을 때 그때 이후로 미뤄두지요.

어머님 덕분으로 이런 책자라도 낼 수 있는 저의 행운을 기꺼워하면서 항상 어머님을 생각하면서 살겠습니다. 또 항상 여러분들을 생각하면서 살아가겠습니다. 이 책은 어머님의 영전에 바치는 책이기도 하지만 바로 이 세상에서 참 즐겁고 고맙게 살아가고 있는 많은 분들에게 바치는 저의 반성문입니다. 세상의 모든 분들에게 바치는 저의 연서입니다.

그런 마음으로 부끄럽지만 이렇게 세상에 내놓습니다.

1996. 12.

양 동 수

이제 그의 아름다운 봉사의 삶을 지켜보자

박 삼 중

(자비사 주지, 전국 재소자교화후원회 회장)

"내 아들이 형집행당하면 화장해서 뼈에 밥풀과 꿀을 발라 까막까치 밥으로 뿌릴거요. 그러서 짐승들이 그 뼈를 먹게 되면 아들이 지은 죄도 조금이나마 씻겨지지 않겠어요. 나도 공범이니 따라 죽어서 똑같이 할거구만요."

양동수 법사의 어머니를 처음 만났을 때 하신 말씀입니다. 그 노모는 92년에 87세의 나이로 유명을 달리하셨습니다. 아들이 교도소에 가기 전 즐겨쓰던 선글라스와 운전면허증, 주민등록증을 손에 꼭 쥔 채 "까막까치 밥으로 뿌려달라"는 마지막 말씀을 남기고.

어디를 가나 강연을 할 때마다 저는 이 노모의 아름다운 자식사랑을 얘기하곤 했습니다. 그 강의를 듣는 분들은 거의 대부분 이 얘기를 듣다가 눈물을 훔칩니다. 수백번 강연을 한 소재이지만 그 얘기를 할 때마다 저도 가슴 속으로 울게 됩니다. 여러 차례 들은 분들도 있을텐데 그런 분들도 들을 때마다 새롭고 울음이 나온다고 하더군요. 인간적인 감동이 살아있는 얘기는 세상 어디를 가나 똑같은 감동의 물결이 흐르는 것을 느끼지요.

양동수 법사의 아버지는 양반가문에 참선을 많이 하신 분으로 듣고 있습니다. 그분이 돌아가신 후 화장을 했더니 사리가 나와 어느 절에 그 사리를 모셨다는 말씀을 들었습니다. 그 아들이 비록 사형수의 죄인이 되었지만 아버지와 어머니의 불심이 아들에게 전해져 그 아들이 다시 새로운 법사의 몸으로 태어난 것이 아니겠습니까. 생각해보면 꼭 부처님의 도리를 이렇게도 전하는구나 하는 마음이 드는 짜여진 각본같습니다.

육신은 이미 이 세상 사람이 아니지만 오늘도 살아서 세상을 보고 계실 그 어머니의 눈을 생각합니다. 말년에는 백내장으로 앞이 안보이는 가운데도 눈이 보일 때와 한치의 차이도 없이 자식에게 쏟았던 그 지극정성을 생각합니다. 그 아들이 이제 밝은 사회에 나와 자유의 몸이 되었습니다. 출소하기 전 양동수 법사의 꿈에 노모가 나타나 "이제 마음놓고 간다"고 현몽한 것을 보면 죽어서까지 오로지 한길로 자식을 사랑했음을 알 수 있지요.

노모가 자연사할 때까지만이라도 사형 집행을 보류해 달라는 탄원서가 이제 한 생명을 우리 사회로 내보냈고 참회와 수행의 과정을 거쳐 영원한 부처님의 생명의 말씀을 전하는 법사로 거듭나 우리 앞에 섰습니다. 양 법사는 이제부터 자신의 삶을 걸어가지만 자기 혼자만의 삶이 아니라는 것을 잘 알 것입니다. 어머니의 삶까지도 함께 엮어서 살아가는 것이며 양 법사를 위해 헌신적으로 도움의 손길을 보내주신 많은 분들의 지극한 마음까지도 함께 실어서 살아가야 하는 것입니다.

양 법사는 이제 '자비선행회'를 만들어 봉사의 길로 들어섰습니다. 자신이 이 사회에 할 수 있는 최선의 길을 찾은 것입니다.

교도소 안에서 출역을 나가 모은 돈을 여기에 쏟아부었습니다. 그리고 양법사 고향에 있는 선산을 팔아 자신의 몫으로 돌아온 돈도 여기에 쏟아부어 참봉사의 새로운 출발점에 섰습니다. 많은 분들이 도와주고 계시지만 이 일을 지속적으로 이뤄나가기 위해서는 더 많은 분들이 양법사가 하는 일을 지켜보고 채찍질을 해주어야 합니다. 또 다른 큰 봉사의 길로 들어서 자신을 제대로 찾고 제대로 이 사회에 모범적으로 뿌리내릴 수 있도록 관심을 기울여 주셔야 합니다.

많은 분들이 도움을 주셨습니다. 자신의 일처럼 정말 기뻐하거나 애태우신 분들은 참 보살의 길을 몸소 보여주신 것입니다. 양동수라는 사형수가 법복을 입고 대중 앞에 설 수 있게 해주신 그분들에게 진심으로 감사의 인사를 올립니다.

이제 노모가 살린 그 아들이 우리 앞에 섰습니다. 지금부터는 우리가 그를 살려야 할 차례입니다.

1996. 12.

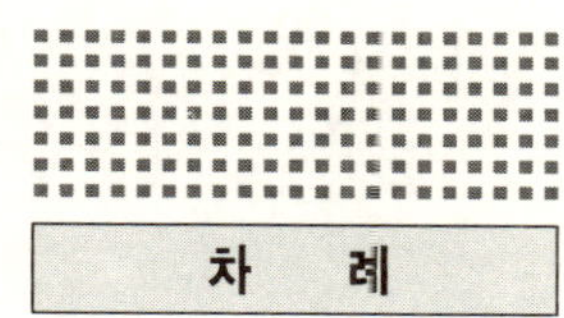

차 례

차 례

제 1 장

거슬러 오른 유년의 뜰

백일 새벽기도를 올리는 뜻

오늘도 저는 어제와 다름없이 새벽 5시에 일어나 자비사 법당에 나가 예불을 드리고 백팔배를 올렸습니다. 처음 기도를 시작할 때는 쉬지 않고 백팔배를 올리는 것이 힘들고 시간이 많이 걸렸는데, 이제는 절하는 동작도 부드러워지고 시간도 그리 오래 걸리지 않습니다.

백일기도는 사실 그 정성만큼이나 힘들고 고된 역정입니다. 몸과 마음을 다하여 한 마음으로 한 가지 염원을 위하여 무심으로 드리는 오체투지의 백팔배를 마치면 몸은 천근의 무게지만 마치 마라톤 풀 코스를 다 뛰고 이제 막 결승점으로 골인한 상쾌한 기분을 가져다주지요.

새벽 예불은 늘 드려왔지만 이번에 시작한 백일 기도는 저 때문에 억울하게 죽은 분의 명복을 빌고 참회하는 것 외에도 제가 마음 속에 두고 있는 한 가지 일을 위해서 드리고 있습니다. 계획하고 있는 그 일이 마음 변하지 않고 잘 이루어질 수 있도록 기도드리고 있지요. 그 일이 무엇인지에 대해서는 아직 누구에게도 말씀드리지 않았습니다. 기도하는 중에라도 확신이 생기고 마음이 정리되면 말씀드리기로 하지요.

교도소에서 출소한지 6개월여, 오늘은 몸이 해방된지 처음 맞는 광복절입니다. 국경일이어서인지 감옥에 있는 많은 사람들이 유난히 많이 생각납니다. 그리고 작년 이맘때쯤에 그 사람들과 같이 감옥 창살 사이로 비치는 하늘을 바라보고 있었던 저의 모습이 아득하게 떠오릅니다. 20년이 넘게 지낸 곳인데도 그 때가 꿈인 듯도 싶고, 지금 이 자리에 있는 것이 꿈인 듯도 싶습니다.

감옥이라는 곳을 전혀 접해 보지 못한 사람들은 감옥에서 국경일을 맞는 사람들의 심정을 잘 모를 겁니다. 감옥에 있는 사람들에게 국경일이나 명절은 감옥밖에 있는 사람들의 국경일이나 명절과는 전혀 다른 날입니다. 감옥 밖의 사회에서는 그냥 하루 쉴 수 있어서 기쁘고 즐거운 날이겠지만 감옥에 있는 사람들에게는 특사나 가석방의 은전이 내려 새날을 출발하는 날이 되기도 하고 한쪽에서는 미뤄 두었던 사형이 집행되어 세상을 떠나는 사람이 생기기도 합니다. 말하자면 어떤 사람에게는 제2의 생일이 되지만 어떤 사람에게는 기일이 되는 것입니다. 저도 올해 설날 특사로 새 날을 시작했지만 그런 천운은 사실 기적이 아니면 이루어질 수 없는 아주 드문 일이지요.

텔레비전을 보니까 올해 8·15 특사는 정치나 경제에 관련된 부정과 비리로 구속되었던 거물급 인사들이 특별 사면을 받아 나오는 모양입니다. 21년간이나 감옥에 있었던 저는 그 사람들이 어떤 범죄로 감옥에 갔는지는 사실 잘 모릅니다. 그렇지만 정치적인 문제로 옥살이를 한 사람들은 아마 밖에 있는 동안에도 남들이 받들어주는 편안한 삶을 살았을 것이고, 감옥에 들어갔다 하더라도 일반 범죄로 들어온 사람들과는 다른 대우를 받았을 것이라는 정도는 압니다. 사실 저는 그런 점이 참 못마땅합니다.

법은 모든 사람들에게 똑같이 적용하도록 만들어진 것 아닙니까? 그러나 실제로 감옥에서 겪어보면 그렇지가 않습니다. 정치적인 문제나 좌익수라고 부르는 사상적인 문제로 들어온 사람들에 대한 대우는 일반 범죄로 들어온 사람들과 차이가 많습니다. 아마 이번 특사에 기대를 하고 있었던 사람들 중에 실망한 사람들도 많이 있을 것입니다. 저는 법은 모든 사람에게 공평하게 적용되어야 마땅하지 이런 차별대우는 옳지 않다고 생각합니다.

마음을 가라앉히고 차분하게 저의 지나온 이야기를 쓰려고 했는데 특별한 날이다 보니 생각지 않게 사설이 길어졌습니다. 아마 오늘 새벽에 특별히 광복절을 전후해서 사형 집행을 당한 사람들의 명복을 비는 기도를 하면서 착잡했던 마음이 가시지 않아 그런 것 같습니다.

사실 사형선고를 받고 복역했던 죄인이 자신에 대해서 이야기를 한다고 하면 사람들은 대단한 흥밋거리로 생각할지도 모르겠습니다. 하지만 제가 부끄러움을 무릅쓰고 제 이야기를 하고자 하는 것은 저 나름대로 몇 가지 이유가 있기 때문입니다.

혈기왕성했던 젊은 날 저지른 한 번의 실수로 세상과 격리된 채 20년이 넘도록 살아온 저의 이야기를 있는 그대로 고백해서 다시 한번 지난날을 반성하고 한 사람의 평범한 사회인으로서 살아가는 길을 열고자 하는 것이 첫째 이유입니다. 두번째는 이미 많은 사람들이 알고 있기는 하지만 제가 이렇게 이 사회의 일원으로 돌아오기까지 저를 뒷바라지하신 어머니의 이야기를 제 손으로 직접 정리하여 남겨서 자식으로서의 한스러움을 조금이나마 덜어보고자 하는 생각에서입니다.

세번째는 나중에 후회하는 한이 있더라도 꼭 한 번은 제 심정을 터놓고 말하고 싶은 사람이 있습니다. 출소한 후 흔들리는 저의 마음을 다잡아준 그 소중한 사람과는 꿈에도 소원이었던 새로운 가정을 이루기로 약속한 사이입니다. 그녀에게 차마 말로는 못하겠고 글로라도 써서 보여주기 위해서입니다. 사실 지금으로서는 저에 대해서 숨기는 것 없이 다 말씀드리고 나서, 이런 흉한 과거가 있는 사람도 받아들일 수 있는지를 묻고 싶은 마음 제일 간절합니다.

그리고 마지막으로 제 처지에 외람되기는 하지만 만에 하나라도 잘못된 마음을 먹고 있는 사람이 제 이야기를 듣고서 그 마음을 바꿀 수 있다면 더이상 바랄 것이 없을 것 같습니다. 아무리 좋은 말이라도 겪어보지 않은 사람들이 하는 것과 저처럼 배운 것은 짧지만 겪어본 사람들이 하는 것은 마음에 와 닿는 것이 틀릴 것입니다.

저는 막 가정을 꾸려 단란한 생활의 참맛을 보기 직전에 단 한 번 실수로 나락으로 떨어져 하루아침에 모든 것을 잃어버렸습니다. 그 후에는 죽은 사람과 다름없이 살았습니다. 이렇게 새 날을 보리라고는 꿈에도 생각하지 못했습니다. 더구나 감옥을 나온 지 얼마 되지 않아서 마음에 둔 사람이 생기고 이런 글까지 쓰게 될 줄은 정말 몰랐습니다.

사실 사회에 나온 지 6개월이 되었지만 아직도 낯설고 어색하기만 하여 잘 적응하여 살아갈 수 있을까 걱정이 됩니다. 20년 동안 세상은 참으로 많이 변했습니다. 제가 사회에 있었던 70년대와 달리 우리나라는 아주 풍요한 나라가 되었고, 길거리를 다니는 사람들은 다 똑똑하고 잘나 보입니다. 그렇지만 저는 20대 청년에서 40대 중년이 되었고, 불심을 가져서 마음가짐이 20년 전과 다른 것 외에는 변한 것이 없고 가진 것도 없습니다. 사회적으로 어느 정도 기반이 있는 사람들도 살아가기 힘든 세상인데 아무것도 모르고 가진 것이 없는 제가 어떻게 적응하고 헤쳐나가야 할지 때때로 고민이 됩니다. 능력은 없어도 20여년만에 새 삶을 얻은 만큼 하고 싶은 일도 참 많고, 제 어머니나 저를 따뜻하게 보살펴주신 분들을 생각해서라도 다른 사람들보다 더 열심히 살아야 한다는 생각은 하고 있지만 과연 잘 해낼 수 있을지 모르겠습니다.

기회는 누구나에게 오지만 그것을 제대로 잡는 것이 평상심이라고 삼중 스님은 늘 말씀하십니다. 기도하면서 마음을 모으고 정신을 맑게 가다듬다 보면 언젠가 부처님의 자비심이 베풀어주시는 길이 열리겠지요.

되돌아보는 시절들

지난 이야기를 하다보면 어린 시절의 일들을 아주 환하게 기억하고 말하는 사람들이 있는데 그런 이야기를 들으면 무척이나 신기합니다. 사실 저는 어린 시절 기억이 많이 나지 않습니다. 아마 어머니 말씀대로 제가 어려서 머리를 다친 적이 있기 때문에 그런지 모르겠습니다. 그렇다고 꾸며서 말할 수도 없으니 그냥 생각나는 대로만 이야기하겠습니다.

저는 1950년 5월 29일, 경남 사천에 있는 유복한 가정의 6남 5녀 중 막내둥이로 태어났습니다. 저희집은 천석꾼 만석꾼 정도는 아니라도 사천에서는 양반 집안이자 경제적으로도 살만한 집이었습니다. 사천읍 일대에서는 우리 아버지 이름을 모르는 사람이 없었고 '양반집'으로 통했습니다.

우리 민족의 비극인 6·25가 났던 1950년에 태어났으니 그 전쟁통에 일찍 죽었더라면 이렇게 모질고 죄 많은 인생을 살지 않아도 되고, 어머니와 형제들에게도 살인범을 가족으로 두는 고통을 주지 않았을 텐데 하는 생각을 참 많이 했습니다.

만일 그랬더라면 당장이야 가슴이 아프셨겠지만, 그 대신 낳자마자 전쟁의 소용돌이에 휘말려들어 아무것도 모르고 울어대기만 하는 막내아들을 달래고 먹이느라고 남들보다 훨씬 더 많은 고초를 겪지 않아도 되었을 것입니다. 그리고 나중에 연세가 들어서 자식들 봉양을 받기만 해도 힘겨울 나이에 못난 자식 옥바라지하면서 한 많은 생을 마치시지도 않으셨겠지요. 또 우리 형제들도 다른 사람들처럼 평범하게 살면서 명절이면 다 같이 한자리에 모여 옛 이야기나 나누면서 큰 걱정 없이 화목하게 지냈을 것입니다.

그런데 늦게 얻은 저 하나로 인해 저희 어머니와 형제들은 이런 평범한 행복을 누리지 못한 채 살아야 했습니다. 어머니가 저의 옥바라지를 시작한 후로는 가족들이 모두 함께 모이기도 어려웠을 것이고, 또 모였다 하더라도 어디 웃으면서 이야기를 나눌 수나 있었겠습니까. 사형수로 감옥에 있는 동생이 있고 늙은 어머니가 그 동생을 뒷바라지하기 위해 노구를 돌보지 않고 감옥 옆에 방을 얻어 하루하루 마음을 졸이며 죄수와 똑같은 생활을 하고 있는데 어떻게 웃으면서 옛이야기를 나누고 희망찬 이야기를 할 수 있었겠습니까.

그 동안 가족들이 치렀을 몸고생 마음고생을 생각하면 정말이지 정신없는 그 전쟁통에 그냥 죽었더라면 좋았을 것이라는 생각을 참 많이도 했던 것이지요.

온 가족들의 가슴을 졸이게 했던 전쟁은 끝이 나고 저는 그 와중에도 무사히 살아남았습니다. 그런데 평화스러운 시절이 오자 전쟁통에도 안하던 병에 걸렸습니다. 병명은 천연두였는데 그 당시는 약이 좋지도 않았고 시골에서 약을 구하기도 어려워서 저는 거의 죽게 되었습니다.

주변 사람들은 모두 저를 가망없는 것으로 여기고 포기한 상태였지만 어머니만은 그렇지 않았습니다. 약으로 고치기는 어렵다고 생각한 어머니는 하늘에 대고 비는 수밖에 없다고 결심하셨지요. 그래서 매일 새벽에 일어나 정화수를 떠놓고 우리 막내아들을 살려달라고 천지신명께 기도하기 시작했습니다. 어머니는 그 때부터 시작한 새벽기도를 제가 자리에서 일어나 뛰어놀 수 있을 때까지 거의 일 년이 넘도록 하루도 빼지 않고 하셨습니다.

그 결과 저는 얼굴에 천연두를 앓은 흔적이 조금 남아있긴 해도 기적적으로 다시 살아남았습니다. 그러나 어머니는 그 때 너무 무리해서 평소에도 눈물이 흐르는 눈병을 평생 지니고 사셨습니다. 어머니는 말년에 백내장으로 앞을 거의 보지 못하고 불편하게 살다가 돌아가셨습니다. 못난 저 하나 살리려고 정성을 다하시다가 눈병이 생겼고, 저 하나 옥바라지 하느라고 눈병이 악화되어 나중에는 아주 보이지 않게 되신 것입니다.

어머니께서는 저의 옥바라지를 하면서 그것이 당신의 죄로 인한 업이라고 말씀하셨지만 사실 이래저래 제가 바로 어머니의 애물단지이자 업덩어리였습니다.

어머니의 눈물겨운 정성이 하늘을 감동시켜서인지 저는 그 후로 별탈 없이 자라서 학교에 갈 나이가 되었습니다. 어머니 말씀에 의하면 한때 제가 머리를 심하게 다친 적이 있다고 하는데 저는 기억이 잘 나지 않습니다. 다른 데도 아니고 머리를 다쳤기 때문에 그 충격으로 기억에서 지워졌는지는 모르겠습니다. 그래서인지 커서도 가끔 약속 같은 것을 잘 잊어버리곤 했습니다. 변명하는 것 같지만 어머니께서는 제가 엄청난 사건을 일으킨 것도 머리를 다친 것이 작용했다고 믿고 계셨습니다.

저는 학교에 들어가기 전부터 1학년 국어책 정도는 읽을 수 있을 정도로 한글을 깨쳤고, 6살 때부터는 주판도 놓을 수 있었습니다. 아마 부모님은 제가 학교에 들어가기만 하면 아주 공부를 잘할 거라고 생각하셨던 것 같습니다.

그 무렵 저희 집은 논농사는 물론이고 밭농사도 꽤 많이 짓고 있었고 건평만 100여 평 되는 집에서 살았습니다. 그리고 농사뿐 아니라 아버지께서 하시던 건설 사업도 잘되는 편이었고 어머니께서는 따로 밥집을 하셨습니다. 밥집은 시골 장터에 있었는데 장사가 아주 잘돼서 5일에 한 번씩 장이 서는 날에는 쌀 두 가마니를 헐어서 밥을 지었다고 합니다. 또 대구에서 직접 과일을 떼다가 사천 읍내에 있는 모든 과일 가게에 도매로 팔기도 했는데 거기에서 들어오는 수입도 꽤 만만치 않았답니다. 한마디로 그 당시에는 자식이 11남매나 되니 다복하고 경제적으로도 남부럽지 않은 부잣집이었던 거지요.

저는 거의 기억에 없지만 누나들은 아주 재미있는 에피소드로 기억하고 있는 이야기가 있습니다. 제가 천연두를 앓고 난 후부터는 어머니께서 저를 더욱 귀하게 생각하고 제가 원하는 것이라면 무엇이나 들어주셨습니다. 그래서 누나들은 뭔가 먹고 싶은 것이 있으면 저를 울려서 얻어내는 방법을 썼습니다.

여러 가지 집안 일로 바쁜 어머니께서 저를 셋째 누나와 넷째 누나에게 맡겨 놓고 밖에서 일을 하실 때면, 누나들이 잘 노는 저를 살짝 꼬집어서 울립니다. 그럼 그 울음소리를 듣자마자 어머니가 곧장 들어오시는데, 그 때 누나들이 제 옆에서 "동수야, 떡, 떡" 하고 시킵니다. 아무 영문도 모르는 저는 누나들이 시키는 대로 "떡, 떡" 하고 울고, 그 소리를 들은 어머니는 귀한 아들이 떡이 먹고 싶어서 우는 줄 알고 얼른 주머니에서 돈을 꺼내 누나들에게 떡을 사다 주라고 합니다. 그러면 누나들은 부리나케 떡을 사가지고 온 다음, 저를 잘 보겠다고 어머니를 안심시켜 나가시게 한 뒤에 저에게는 하나도 주지 않고 그 떡을 둘이서 다 나누어 먹었다는 것입니다.

누나들은 그 이야기를 할 때마다 그 떡맛이 아주 꿀맛이었다고 아주 재미있어 합니다. 지금은 먹는 것이 흔하고 종류도 많아서 떡이 그렇게 맛있는 음식이라고 생각하지도 않고 이런 이야기가 별로 재미있게도 들리지 않을 것입니다. 하지만 그 시절은 세 끼 보리밥이라도 먹고사는 것이 다행이라고 생각할 만큼 모두가 어렵지 않았습니까. 그나마 저희 집은 그런 대로 살 만한 집이었기 때문에 누나들이 어린 동생을 상대로 꾀를 피우기는 했을망정 밥 외에 간식을 먹을 수 있었던 것입니다.

60년대에는 모두 가난하게 살았기 때문에 몇몇 집을 제외하고는 대부분 먹는 것이 형편없는 시절이었습니다. 시골은 특히 더해서 그저 하루 한 끼라도 주린 배를 채울 수만 있으면 다행이었습니다. 무슨 음식을 먹는가는 별로 따지지도 않았고 그럴 겨를도 없었습니다.

그래도 좀 살 만한 집이라야 가장의 밥주발에 쌀이 서너톨 섞여 있었고 나머지 식구들은 명절이 아니면 거의 쌀 구경을 하기가 힘들었습니다. 그나마 보리밥이라도 얻어먹을 수 있는 집은 좀 나았지만 대다수는 어른이든 아이든 늘 배가 고팠습니다. 설탕도 귀하고 비쌌기 때문에 생일이든 명절이든 이름 붙은 날이라야 사카린이나 당원을 넣은 시커먼 보리개떡을 쪄 먹을 수 있었습니다.

지금은 어렸을 때 그렇게 지긋지긋해 하던 보리밥을 일부러 찾아다니면서 별미로 먹을 정도니 얼마나 잘 사는 세상이 되었는지 실감이 납니다. 입맛대로 찾아 먹을 수 있을 만큼 음식도 흔해졌고, 옛날 어머니들이 보면 죄 받는다 소릴 들을 만큼 음식 낭비도 심합니다. 그렇지만 요즘 사람들은 그 때보다 음식을 맛있게 먹지도 못하는 것 같고, 먹는 걱정에서 벗어난 것을 행복하다고 느끼지도 않는 것 같습니다.

그런 걸 보면 사람의 욕망이란 끝이 없나 봅니다. 그저 하루 세 끼를 먹고 살 수만 있어도 원이 없을 것 같다가도 일단 먹는 문제가 해결되면, 또 먹고만 살 수는 없다는 생각을 하게 됩니다. 저 역시 그랬습니다. 사형수로 있을 때는, 어쨌든 목숨을 연장할 수만 있다면 더 이상 바랄 것이 없을 것 같았는데, 무기로 감형되자 잠시라도 좋으니 바깥 세상에서 살고 싶다는 생각이 간절했습니다. 그리고 그 소망이 이루어진 지금은 기왕에 죽었다 살아난 목숨이니 가능한 한 뭔가 뜻있는 일을 하면서 보람있는 삶을 살고 싶습니다. 또 남자로서 누군가를 사랑하고 사랑받는 삶을 살고 싶기도 합니다.

그렇게 화목하고 유복하게 살던 저희 가정에 아무도 예측하지 못한 불행이 찾아왔습니다. 트럭 운전을 하던 큰 형님이 그만 큰 교통사고를 내고 말았습니다.

그 당시 시골에서는 트럭 한 대만 갖고 있으면 정말 대단한 행세를 할 수 있었습니다. 장날이 되면 형님은 그 트럭으로 마을 사람들과 짐보따리들을 장터까지 실어다주곤 해서 마을 사람들이 아주 고마워했습니다. 그런데 그 대단하고 고마운 트럭

이 우리 집뿐 아니라 마을 전체에 참변을 가져오고 말았습니다. 형님의 운전 부주의로 그만 트럭이 고갯길에서 전복되는 사고가 난 것입니다.

사고가 나던 날도 이웃 마을인 금곡면에 장이 서는 날이라 형님의 트럭에는 20여 명의 마을 사람들과 짐보따리가 가득 실려 있었습니다. 우리 마을 사람들은 그 날도 늘 하던 대로 버스비 몇 푼을 아끼려고 장을 본 짐들과 함께 형님의 트럭에 탔던 것입니다. 시골이 고향인 사람들은 더이상 설명하지 않아도 트럭에 올라탄 시골 사람들의 모습이 훤히 떠오를 겁니다.

그런데 형님의 차가 노루고개라는 골짜기를 돌다가 그만 50미터 아래로 굴렀습니다. 그 사고로 트럭에 탔던 20여 명 중에서 서너 명만 중상을 입고 구사일생으로 살아나고 십수 명의 사람이 한꺼번에 몰살을 했으니 얼마나 큰 사고였겠습니까. 아마 그 당시 시골에서는 거의 전무후무한 교통사고가 아니었나 싶습니다. 그러니 사고 현장인 노루고개가 얼마나 아수라장이고 처참한 아비규환이었겠습니까? 상상이 가고도 남을 것입니다.

아침에 멀쩡하게 짐지고 나갔다가 형체를 알아볼 수 없는 시체로 돌아온 식구를 보는 사람 마음이 어땠겠습니까. 마른하늘에 날벼락을 맞은 기분이고 그야말로 하늘이 무너지는 것 같았겠지요. 그런가 하면 사고를 낸 저희 집 부모님 심정은 또 어땠겠습니까. 형님이 간신히 살아나긴 했어도 이게 꿈인가 생신가 싶고 하늘이 캄캄했을 것입니다.

우리 가족들은 형님이 살아난 것이 다행이라고 느낄 겨를도 없이 문제를 수습하기에 급급했습니다. 보험제도도 없었던 그 시절에 그 많은 사람들에게 어떻게 다 사죄하고 보상을 해 주어야 할지 막막하기만 했습니다. 더군다나 한 동네에서 가족처럼 지내던 사람들을 죽게 만들었으니 얼마나 더 민망하고 기가 막혔겠습니까. 마을은 줄초상을 치르느라 전체가 상갓집이었고 며칠 동안 곡성이 끊이지 않았습니다.

저희 집에서는 문상도 못 가고 대책을 마련하느라고 정신이 없었습니다. 형님은 변명의 여지 없이 업무상 과실치사로 구속되었습니다. 고의로 그런 것은 아니었지만 그렇게 큰 사고를 낸 가해자 쪽에서 무슨 변명의 여지가 있었겠습니까. 부모님과 형제들은 피해자들에게 어떻게 보상을 해 주어야 할지 회의를 했지만 전 재산을 모두 내 놓는 수밖에 다른 방법이 없었습니다.

피해자의 수가 워낙 많아서 한 사람씩 만나서 상의할 수도 없는 형편이었습니다. 여러 가지 생각 끝에 저희 부모님들은 땅문서고 논문서고 밥집이고 돈이 될 만한 것은 모두 다 내 놓았습니다. 그리고 우리 쪽에서는 일체의 간섭을 하지 않고 피해자 가족들끼리 상의해서 나누어 갖도록 했습니다. 그 외에는 달리 손쓸 방법이 없었습니다.

사실 아무리 많은 물질적 보상을 한다해도 사람의 목숨을 대신할 수는 없지요. 억만금을 준다고 해도 그 돈으로 한 사람의 목숨을 대신 할 수는 없지 않겠어요?

불경 말씀 중에 이런 이야기가 있습니다. 부처님께서 보리수 나무 아래에서 좌선을 하고 있는데 토끼 한 마리가 사냥꾼에게

쫓겨왔습니다. 부처님은 그 토끼 한 마리를 구하기 위해 사냥
꾼에게 토끼 대신 그것과 같은 무게가 나가는 것을 찾아서 맞
바꾸어 주겠다고 제안을 했습니다. 그런데 이것이면 되겠지 해
도 토끼 쪽이 무겁고 저것이면 되겠지 해도 토끼 쪽이 무거웠
습니다. 나중에는 할 수 없이 그 저울에 부처님께서 올라가시
니 비로소 토끼와 같은 무게가 되었습니다.

토끼 한 마리의 목숨이나 성자인 부처님의 목숨이 같은 값어
치를 가진다는 말씀입니다. 생명은 어떤 것이든 똑같은 값어치
를 가진 것이고 다른 어떤 것으로도 대신할 수 없습니다. 그런
데 하물며 사람의 목숨이 어떻게 돈으로 보상이 될 수 있겠습
니까.

다른 사람은 몰라도 제가 생명에 대해서 목소리를 높일 수
있는 처지가 아니라는 것을 잘 알지만, 지은 죄가 있기 때문에
오히려 더 많이 생각하고 더 많이 참회했습니다. 그래서인지
더욱 이 이야기가 마음에 절실하게 와 닿았고, 지금까지 항상
잊지 않고 마음 속에 간직하고 있습니다.

그렇지만 생명이 다른 어떤 것으로도 대신할 수 없다고 해서
아무런 조치도 하지 않을 수는 없었습니다. 사실 지금도 마찬
가지겠지만 그 때 저희 집으로서는 사죄할 다른 방법이 없었
고, 경제적으로 보상하는 것만이 할 수 있는 최대한의 해결책
이었습니다. 우리 가족은 사고가 난 지 며칠만에 정말 숟가락
몇 개와 밥그릇 몇 벌만 달랑 들고 길거리로 나앉은 알거지 신
세가 되었습니다.

처음부터 가난하게 살았던 사람들도 아니고 남들보다 훨씬

풍족하게 살던 사람들이 하루아침에 거렁뱅이 신세가 되자 더욱 비참했습니다. 겨우 아는 집 문간방을 하나 얻어 비를 피하고 잠을 잘 수 있었지만 앞으로 어떻게 살아야 할지 정말 막막했습니다. 그나마 형들과 누나들이 일찍 결혼해서 나름대로 살림을 꾸려가고 있는 것이 다행이라면 다행이었습니다.

저는 늦게 본 아들이라 가족들의 귀여움을 독차지했고 응석받이로만 길러져서 언제든지 먹고 싶은 것이 있으면 먹을 수 있었고 갖고 싶으면 갖는 생활을 했지만, 사고가 난 다음부터는 어림도 없었습니다. 하루 세 끼를 얻어먹기도 힘들었고 밖에서 친구들과 어울려 노는 것 외에는 할 수 있는 일이 아무것도 없었습니다.

그야말로 집안이 풍비박산이 난 거지요. 그 때부터 아버지는 아무 일도 못했습니다. 당연히 저는 초등학교에 들어가는 것마저 어려워졌습니다. 그래서 원래 들어가야 할 나이에 못 가고 한 해를 넘겨서 입학하게 되었지요.

어머니는 남의 집 허드렛일을 해주면서 어려운 생활을 꾸려가야 했습니다. 게다가 형님이 2년형을 선고받고 감옥살이를 하고 있었기 때문에 집과 대구를 오가며 형기를 마치는 2년 동안 형님의 옥바라지까지 해야 했습니다. 이 옥바라지는 마치 20년 후 막내아들인 저의 옥바라지를 위한 예행연습이 되었지요.

밖으로 돌았던 학창시절

저는 일 년 늦게나마 겨우 초등학교 입학은 했지만 제가 갖고 있는 학용품 중에서 새것이라고는 하나도 없었습니다. 가방은 물론이고 교과서까지 모두 남이 쓰던 것을 물려받아서 썼습니다. 다른 형제들과는 나이 차이가 많이 났기 때문에 형이나 누나들이 쓰던 것을 물려받을 수도 없었고 다른 사람들이 몇 대에 걸쳐서 물려 쓰던 것들을 얻어서 써야 했습니다. 그러니 새 학년에 올라가도 전혀 새 학년이라는 기분으로 공부할 수가 없었습니다.

그나마 저는 어머니께서 아무리 힘들어도 월사금은 꼭 챙겨 주었기 때문에 친구들 앞에서 집으로 쫓겨나는 창피는 당하지 않았습니다. 우리 반에는 저보다도 더 가난한 아이들이 있었는데 그 아이들은 담임 선생님이 거의 매일 일수꾼이 일수를 찍듯이 닦달하는 통에 수업이 시작되자마자 울면서 집으로 가야 했습니다.

어쨌든 꼬박꼬박 학교에 다니기는 했지만 공부를 아주 잘하거나 흥미를 느끼지는 못했습니다. 공부를 하는 것은 건성이었고 학교가 파하면 해가 지는지 밥 때가 되었는지 모르고 그저 동네 친구들과 어울려서 노느라고 바빴습니다. 저녁 먹을 때가 되어도 제가 들어오지 않으면 어머니는 꼭 바로 위의 누나를 시켜서 저를 불러오게 했습니다. 그러면 그 때마다 누나는 버릇없는 저에게 욕을 먹기 일쑤였습니다. 구슬치기나 딱지치기에서 한창 따고 있을 때는 재수 없게 여자가 부른다고 면박을 주고, 잃고 있을 때는 공연히 여자가 부르러 오는 바람에 재수가 없어서 잃었다고 '이 가시나, 저 가시나' 하면서 죄도 없는 누나에게 화풀이를 했습니다. 그래서 그 누나랑은 싸우기도 참 많이 싸웠습니다.

그런데 바로 그 누나가 나중에는 가장 각별하게 정이 깊은 누나가 됐습니다. 제가 감옥에 있을 때에 형제들 중에서도 저를 가장 많이 생각해 주고 뒷바라지를 해 주었지요. 물론 결혼해서 이미 출가외인이 된 누나가 그렇게 할 수 있었던 것은 아주 마음이 넓고 선한 매형이 배려해 주었기 때문이었습니다. 그 매형은 누나보다도 먼저 제 생각을 하고 여러 가지로 마음을 써 주었습니다.

여자가 결혼해서 남의 가문에 며느리로 들어가면 아무리 마음이 있어도 친정 일을 돌보는 것이 얼마나 어려운 일입니까. 더군다나 저와 같은 동생이 있다는 것은 내놓고 말하기도 어려운 일입니다. 남편이 이해해 주지 않으면 혼자서 가슴을 졸이고 애를 태우고 있을 수밖에 없을 것입니다.

낳아주고 길러준 자기 부모도 늙어서 모시기 귀찮다는 이유로 현대판 고려장을 지내는 자식도 있고, 키우기 힘들다고 아이를 버리는 부모도 있는 세상에, 웬만한 사람 같으면 처가에 사형수가 있다는 것이 싫어서 아예 절연을 하고 평생 등지고 살 생각을 했을 겁니다. 그러나 매형은 오히려 누나가 말을 하기 전에 먼저 저를 생각하고 세심하게 챙겨 주셨습니다. 그래서 저도 그분을 매형이라기보다 친형님처럼 생각하고 있습니다.

　저희 아버지는 재산을 모두 보상비로 내 놓은 후로는 그 충격이 너무 컸던지 힘을 잃고 아무 일에도 손을 대지 못하고 집에만 계셨습니다. 게다가 정신력이 약해지니까 몸도 점점 야위고 약해졌습니다. 돈이 없으니 병원에 갈 수도 없고 민간 요법으로 치료를 한다고 닭에 지네를 넣고 다려 잡수셨는데 업친데 덮친 격으로 그만 잘못되어 풍이 왔습니다. 그래서 한쪽이 마비되어 여러 해 고생하시다가 결국 집안이 일어나는 것을 보지 못하고 돌아가셨습니다.

　이미 말했지만 생시에 아버지는 동네에서도 알아주는 양반이었습니다. 집안에서도 얼마나 엄했는지 늦둥이 막내로 귀엽게만 자란 저도 밥상머리에서는 절대로 말을 할 수 없었고, 누나들은 해가 진 후에는 절대 바깥출입을 할 수 없었습니다. 어머니는 아주 인자한 분인 반면 아버지는 무섭고 엄한 분으로 저는 기억하고 있습니다.

　식사할 때도 아버지와 저는 따로 상을 차렸습니다. 남자들과 여자들 상도 따로 봤고, 밥을 먹을 때에는 반드시 양반 다리를 하고 앉아서 소리내지 않고 먹어야만 했습니다. 그리고 옛날 군인들처럼 식사를 하기 전에는 숟가락을 양손으로 잡고 이마까지 들어올린 후에 머리를 숙여 한 번 절을 하고 나서야 식사를 시작했고, 다 먹고 나면 반드시 다같이 합장을 하면서 “잘 먹었습니다” 하고 인사를 해야 했습니다.

　아마 지금 이런 절차를 지키면서 밥을 먹으라고 하면 그대로 할 아이들이 거의 없을 겁니다. 어른이 먼저 숟가락을 든 다음에야 아이들이 숟가락을 드는 기본적인 식사 예절조차도 잘 지키지 않고 있는 집이 많을 것입니다. 지금 사람들에게는 자기 부모님보다도 자식들을 더 상전처럼 떠받드는 이상한 풍조가 있는 것 같습니다. 아이들이 원하는 것이면 무엇이든지 해 주려고 하면서 부모님께는 문안인사 한 번 하지 않는 요즘 사람들을 저는 잘 이해할 수 없습니다. 제가 자식을 낳아 길러 보면 그런 사람들을 이해할 수 있을지도 모르겠지만 지금은 도저히 이해할 수 없습니다.

저는 지금도 술을 거의 못하지만 저희 아버지는 아주 술을 좋아하셨습니다. 트럭 사고 후로는 울화 때문에 주사까지 붙어서 아버지가 술을 드신 날이면 어머니를 비롯해서 전 가족이 아주 피곤하게 시달려야 했습니다. 어머니는 아버지의 주사에 넌더리가 나서 술이라면 노이로제에 걸릴 지경이었습니다. 그래서 제가 군에 갈 때도 담배는 배워도 좋지만 절대로 술을 배우지는 말라고 신신당부하셨습니다. 술이나 담배나 사람 몸에 나쁘기는 마찬가지지만 최소한 담배는 다른 사람들을 괴롭히고 해를 끼치지는 않는다는 것이 그 이유였습니다. 사실 본인 몸에는 술보다 담배가 더 나쁠 수도 있는데 얼마나 술주정에 시달리셨는지 차라리 담배를 배우는 쪽이 좋다고 생각하신 것입니다. 어머니가 얼마나 술에 몸서리를 내는지 술 마시지 말라는 것은 우리 집의 가훈이라고 해도 과언이 아닐 정도였습니다.

그렇지만 그런 아버지께도 자상한 일면이 있었습니다. 아버지께서는 연을 아주 잘 만드셨고 연 날리는 것을 좋아하셨습니다. 겨울이 되면 항상 연날리기를 했는데, 아버지가 만들어준 연은 균형이 잘 맞고 유리 가루를 묻힌 연실은 단단하고 팽팽하게 매겨져서 연싸움에 진 적이 없을 만큼 천하무적이었습니다. 덕분에 저도 연을 잘 만들게 되었고 연싸움 기술도 아주 많이 알고 있습니다.

이제는 그 시절이 아득하고 연을 날려 본 지도 아주 오래 되었지만, 꿈처럼 생각하고 있는 한 가정을 이루고 혹여 불가능한 일이지만 자식을 얻게 된다면 그 자식에게 제 손으로 연을 만들어주고 얼레를 조종하는 법을 가르쳐주고도 싶군요. 누구에게도 지지 않을 만큼 재주를 부리면서 멋진 연싸움을 할 수 있을 텐데. 언젠가 그럴 기회가 올까요?

제가 초등학교 2학년이 되자 사고를 냈던 형님이 형기를 마치고 출소했습니다. 그렇게 큰 사고를 냈으면 핸들을 보기도 싫을 텐데 형님은 다시 핸들 잡는 일자리를 얻었습니다. 아마 자기 때문에 망한 집안을 하루라도 빨리 일으키는 방법은 그것밖에 없다고 생각해서 그랬겠지요. 그 덕분에 제가 초등학교를 졸업할 때쯤에는 어느 정도 가난을 면할 수 있었습니다.

6년 동안 공부는 뒷전이고 개구쟁이로 노는 데만 열중한 저였지만 중학교에 입학했을 때는 그래도 나름대로 공부를 열심히 하려고 마음을 먹었습니다. 형편이 나아지긴 했어도 교복이나 가방은 당연히 남이 쓰던 것을 물려 입을 줄 알았는데 어머니께서 중학교 입학 기념으로 큰맘 먹고 새것을 사주셨습니다. 새 가방을 들게 된 것이 얼마나 기분 좋은지 이제부터는 공부 잘하는 것이 그리 어려운 문제가 아니라는 생각까지 들었습니다.

집안 형편도 좀 나아졌으니 공부를 열심히 해서 고등학교에 들어가기만 하면 모든 일이 잘 플릴 것만 같았습니다. 어머니께서는 제가 손재주가 있다고 하시면서 진주기술고등학교에 들어가라고 권하셨습니다. 그렇게단 되면 교복이건 가방이건 모두 새것으로 사주겠다고 약속하셨습니다. 어머니의 그 말씀에 들떠서 저는 어떻게 해서든지 꼭 진주기술고등학교에 들어가겠다고 장담을 했습니다. 제 장담에 어머니께서는 이미 들어간 거나 다름없는 것처럼 대견해하셨습니다.

어머니께 큰소리 친 것도 있고 해서 그때부터 저 나름대로는 열심히 공부했습니다. 일단 기술고등학교에만 들어가면 무엇이라도 될 수 있을 것 같아서 그전처럼 밖에 나가서 놀고 싶은 마음도 꾹 참고 공부에 열중했습니다. 공부하는 습관이 하루아침에 붙는 것도 아니고, 놀던 버릇이 여전히 남아 있어서 늘 밖으로 나가고 싶은 마음이 굴뚝 같았지만 될 수 있는 한 집에 붙어 있으려고 노력했습니다.

그러나 결과는 낙방이었습니다. 3년 동안 기술고등학교 진학이라는 부푼 꿈을 갖고 결석 한 번 하지 않고 열심히 공부했는데 낙방을 하자 엄청난 충격이 왔습니다. 정말 열심히 공부했고 꼭 붙을 거라고 생각했는데 합격자 명단에 이름이 없는 것이 믿어지지 않았습니다. 가장 먼저 어머니 얼굴이 떠올랐습니다. 꼭 합격해서 어머니께 장한 막내아들의 모습을 보여드리겠다고 결심했는데, 이젠 집에 어떻게 들어가나 싶자 눈앞이 캄캄했습니다.

이 청천벽력 같은 사실을 저 자신도 믿어지지가 않는데 부모님께 말씀을 드려야 한다고 생각하니 까마득했습니다. 잔뜩 기대를 하고 계실 어머니 모습을 떠올리니 말씀을 드리기는커녕 차마 집으로 들어갈 용기도 나지 않았습니다. 저는 그 날 집으로 들어가지 않고 친구와 함께 거리를 배회하다가 그 친구 집에 그냥 눌러앉아 버렸습니다. 처음에는 두려워서 집에 못 들어갔으나 나중에는 자포자기하는 심정이 되어 그 생활을 즐기게 되었습니다. 그리고 결국 이 가출이 계속해서 제 인생에 사선을 긋게 만드는 출발점이 되었습니다.

그 때는 너무 어리고 생각이 모자라서 어머니께 진정으로 효도하는 길이 무엇인지 몰랐습니다. 어머니가 저에게 바라시는 것은 좋은 학교에 들어가는 것이 아니라 저에게 주어진 길을 바르게 살아가라는 것인데 그것을 깨닫지 못했습니다. 그저 당장 어머니 볼 면목도 없고 두렵고 절망적인 마음에 자포자기하는 심정이 되어 발 한번 잘못 디딘 것이 두고두고 어머니께 더욱 큰 불효를 저지르는 길이 되고 말았던 것입니다.

제가 한 달 동안이나 집에 들어가지 않자 어머니를 비롯해서 저의 가족들은 저를 찾느라고 백방으로 수소문을 하고 다녔셨습니다. 저도 친구 집에서 더이상 버틸 수 없게 되자 못이기는 척하고 한 달만에 집으로 들어갔습니다. 하지만 그 때는 이미 한 달 동안 아무런 간섭도 받지 않고 마음대로 살았던 생활에 젖어서 몸과 마음이 많이 삐뚤어져 있었습니다.

어머니와 가족들은 제가 다시 집을 나갈까 봐 야단치지도 못하고 그저 달래고 위로하느라고 여념이 없었지만, 저는 공부에 완전히 흥미를 잃고 모든 것이 귀찮기만 했습니다. 누가 아무리 좋은 소리를 해도 귀에 들어오지 않았습니다. 그저 아무에게도 간섭받지 않고 자유롭고 편하게만 살고 싶었습니다.

가족들은 저의 이런 생각을 눈치채고 어떻게 해서든지 저를 고등학교에 보낼 궁리를 했습니다. 그래서 고민 끝에 정당하지 못한 방법이지만 큰 매형이 사천농고에 힘을 써서 보결로 겨우겨우 입학할 수 있게 되었습니다.

일단 입학은 했지만 금방 공부에 정이 붙지는 않았습니다. 아침에는 학교가기가 지옥 가는 것만큼 싫었고, 할 수 없이 학교에는 가도 수업에 들어가기는 더욱 싫었습니다. 가끔은 이래서는 안된다는 생각이 들기도 했지만, 그 생각은 잠깐이었고 어떻게든 친구들과 어울려 놀러다닐 궁리만 했습니다. 1학년이었지만 알아주는 건달 싸움꾼이라서 3학년이나 규율반 아이들도 저를 함부로 하지 못할 만큼 이미 학교에서는 드러난 문제아였습니다.

학교가 싫어 입대한 철부지

이렇게 어쩔 수 없이 교복만 읽고 학교를 왔다갔다하던 중에 우연히 행운이 찾아왔습니다. 어느 날 아침 학교 가는 길에 합법적으로 학교를 그만둘 수 있는 방법을 발견한 것입니다. 그날도 내키지 않는 발걸음으로 터덕터덕 학교로 가다가 군청 앞을 지나게 되었는데 마침 게시판에 붙어 있는 모집공고 하나가 눈에 띄었습니다. 군대에서 소년 기술하사관을 모집하는 공고문이었습니다.

그것을 본 순간 저는 눈이 번쩍 띄면서 '바로 이거구나' 싶었습니다. 공부는 죽어도 하기 싫으니 차라리 군인이 되는 것이 낫겠다 싶었던 것입니다. 하사관 시험은 5월 중순경이었고 나이는 만 17세 이상이면 자격이 되었습니다. 저는 50년 5월 29일 생이었기 때문에 시험일이 되면 간신히 만 18세가 되는 것도 하늘이 준 행운이라고 생각되었습니다.

그래서 공고를 본 그날로 몰래 모든 구비서류를 준비하기 시작했습니다. 가족이나 친구들에게는 전혀 알리지 않고 혼자서 준비했고, 시험이 있는 날은 이틀씩이나 결석하면서 창원까지 내려가서 시험을 쳤습니다. 그리고 고등학교 시험을 쳤을 때만큼이나 초조하게 시험 결과를 기다렸습니다. 누구와 말을 나눌 수도 없었기 때문에 한 달은 어느 때보다 길게 느껴졌습니다.

그렇게 한 달이 지나자 기다리던 합격통지서가 날아왔습니다. 저는 뛸 듯이 기뻤습니다. 제 힘으로 시험을 준비하고 당당히 합격까지 했다는 것이 정말 자랑스러웠습니다. 지금 생각해 보면 제가 시험을 잘 쳐서라기보다 운이 닿았고 나이가 아슬아슬하게 커트라인을 넘었기 때문에 합격을 시켜 준 것 같습니다.

제가 소년 기술하사관 합격 통지서를 보여드리면서 입대하겠다고 하자 어머니께서는 걱정은 되지만 일단 합격한 것이니 잘 해보라면서 격려해 주셨습니다. 저는 남들보다 어린 나이에 제 힘으로 군인이 되었다는 것이 스스로 아주 대견하게 느껴졌습니다. 또 다른 친구들보다 앞서서 어른이 되는 것이 자랑스러워서 아무런 미련없이 학교를 자퇴했습니다. 사실 군입대는 학교가 너무 싫어서 학교에 가지 않을 수 있는 합법적인 방법을 찾다보니 생긴 묘수라서 졸업을 못한다는 아쉬움은 하나도 없었습니다.

저는 친구들에게도 전혀 알리지 않고 논산훈련소로 떠났습니다. 그 때가 1967년 7월초로 제가 갓 18살이 되던 해였습니다.

의기양양하게 입대했지만 훈련소 생활은 고되고 힘이 들었습니다. 아직 어린 나이에 무거운 총을 들고 총검술을 하는 것도 힘겨웠지만, 무엇보다도 먹을 것이 부족하고 부실해서 그야말로 죽을 지경이었습니다. 월요일부터 금요일까지는 오로지 배가 고프다는 생각과 어떻게 하면 허기를 면할 수 있을까 하는 생각만 했습니다. 그러다가 일요일이 되면 PX에 가서 빵 같은 것을 사 먹었습니다.

그 당시에는 논산훈련소 담이 철조망으로 되어 있었는데 주변 동네에 사는 아주머니들이 얼마나 재주가 좋은지 먹을 것을 들고 철조망을 넘어왔습니다. 그 아주머니들은 화장실 쪽에 숨어 있다가 훈련생들이 휴식시간어 화장실에 오면 먹을 것을 팔았습니다. 군대를 안 가본 사람들은 화장실에서 음식을 먹는다는 것이 추하게 느껴지겠지만 일단 배가 고프면 화장실이고 쓰레기장이고 먹는 데 문제가 안됩니다. 지금 생각해도 화장실에서 먹는 빵이 그렇게 맛있을 수가 없었습니다.

그런데 제가 훈련생으로 있을 때 토요일과 일요일에는 사역을 했는데, 그 때 한 일이 훈련소 주변에 철조망을 걷어내고 블록으로 담을 쌓는 작업이었습니다. 명령이니까 담을 쌓기는 했지만 식량을 조달하는 길을 막는다고 생각하니 정말 하기 싫었습니다. 아마 지금은 그 벽도 다 헐리고 다시 더 튼튼한 담을 올렸을 겁니다.

드디어 전후반기 10주 교육을 무사히 마치고 대구에 있는 병기학교에서 기술 교육을 받았습니다. 처음 10주간은 중고등학생처럼 일반교육을 받고 그 다음에는 병과교육을 받는데, 저는 기계공작반에 배치되었습니다. 기계공작반에서는 선반 및 모든 기계류 다루는 법과 전기기술, 산소용접 등을 배웠습니다. 그런데 교육을 받던 중 잠시 기계 옆에서 장난하다가 그만 잘못하여 왼손 새끼손가락이 약간 잘려나가는 부상을 입었습니다. 다행히 큰 부상은 아니어서 후송되지 않고 계속해서 훈련을 받을 수 있었습니다. 물론 지금도 생활하는 데는 전혀 불편이 없습니다.

훈련으로 한 해가 지나고 68년 9월, 나이 19살에 드디어 하사관으로 임관되었습니다. 임관이 되자 일주일 특별 휴가를 받아서 집으로 내려갔습니다. 그 때 저를 1년만에 본 친구들은 군복을 입은 제 모습을 보고는 기가 막힌지 입을 다물지 못했습니다. 1년 전에 아무런 말도 없이 사라졌던 친구가 생각지도 않던 하사관이 되어 나타났으니 놀랄 수밖에요. 저는 그 때까지도 고3 딱지를 떼지 못하고 다 낡은 검은 교복을 입고 있는 친구들 앞에서 은근히 우월감이 들었습니다.

휴가를 마치자 20사단 보충대로 배속 명령을 받았습니다. 20사단은 경기도 전곡에 있는 부대였습니다. 경기도가 초행이었던 저는 다행히도 넷째 누나가 의정부에 살고 있기 때문에, 일단 누나 집에서 하루를 묵고 전곡으로 가는 일정을 잡았습니다.

의정부 누나 집에 들어서자 누나와 매형은 군복을 입은 저를 보고 너무나 놀라워 했습니다. 그 때는 전화도 흔하지 않을 때고 딸이 먼 친정에 왕래하기도 어려웠기 때문에 누나는 제가 군에 입대한 사실도 모르고 있었습니다. 이제는 졸업해서 취직할 생각이나 하고 있겠거니 했는데, 느닷없이 군인이 되어 나타났으니 너무나 뜻밖이었겠지요. 더구나 나이가 너무 어려서 입대했으리라고는 생각지도 않고 있었겠지요.

아무튼 저는 누나와 매형에게 환대를 받으며 하룻밤을 지내고 다음날 매형이 태워준 전곡행 버스에 올랐습니다. 전곡에 내리기는 했지만 지리를 잘 몰라서 한참을 걸은 후에야 20사단 보충대로 가는 지프차를 얻어 타고 부대에 도착했습니다.

일단 신고를 하고 내무반을 배치받고 나서 저녁 식사를 하러 갔는데, 그곳에서 뜻밖에도 하사관 학교 선배인 오 하사를 만났습니다. 저는 7기 3차생이었고 오 하사는 7기 1차생이었습니다. 그분은 저와 달리 월남에 가기 위해 보충대에 집결해 있는 상태였는데 우연히 만나니 얼마나 반가웠는지 모릅니다. 함께 고생하고 훈련을 받아서 그런지 아주 오래된 선배처럼 가깝고 애틋하게 느껴졌습니다. 아마 군대를 경험해 보지 못한 여자들은 이런 남자들의 기분을 이해하지 못할 것입니다.

그 날 오 하사와 같이 취침을 하게 되었는데 잠은 자지 않고 늦게까지 이런 저런 이야기를 나누고 있었습니다. 그런데 어디

선가 남진의 '가슴 아프게'가 희미하게 들려왔습니다. 저는 하도 이상해서 이 소리가 어디서 들려오느냐고 했더니 바로 이북에서 보내는 방송이라고 했습니다. 그렇지 않아도 고향에 있을 때, 전방 부대에서는 군인들이 잠자는 사이에 공비들이 와서 군인들의 귀와 코를 베어간다는 소리를 종종 들었기 때문에 저는 더럭 겁이 났습니다. 그러나 오 하사는 이 곳은 비교적 후방에 있는 군대라서 염려할 것이 없다고 안심을 시켜 주었습니다.

사실 그 당시 우리 부대의 경례구호는 지금처럼 '충성', '필승'처럼 간단한 두 단어가 아니라 '내 때에 전쟁을 치르자'였습니다. 그만큼 언제라도 전쟁이 일어날 수 있다는 긴장된 분위기였기 때문에 경례를 할 때마다 섬짓섬짓했습니다.

저는 3일만에 다시 청산면에 있는 사단 병기 중대로 명령을 받았습니다. 청산면은 전곡보다 후방이라서 불안이 덜했습니다. 병기 중대에서의 군 생활은 아주 즐거웠습니다. 부대원들과도 아주 잘 지냈고 운전을 비롯해서 모든 정비 기술을 익힐 수 있어서 마치 기술학교 생활처럼 유익했습니다.

그런데 그렇게 편하고 즐거워서였는지, 저는 마음이 해이해져서 그만 만 1년만에 근무이탈을 하고 말았습니다. 저는 사실 틀에 매여 있는 생활을 잘하지 못했습니다. 엄격한 규율이 동반된 조직생활에 저는 까닭모를 거부반응을 항상 보여왔지요.

저를 잘 모르는 분들은 아마 저의 이런 부분을 잘 이해하지 못할 겁니다. 어머니는 그것도 제가 어렸을 때 머리를 다쳤기 때문이라고 합니다. 지금은 그렇지 않지만 감옥에 가기 전까지는 틀에 매인 생활을 3개월 이상하면 머리가 심하게 아프고 몸이 말을 잘 듣지 않는 경향이 있었습니다. 사회에 나와서도 한 직장에 오래 붙어 있질 못하곤 했는데 그것도 아마 그런 영향이었던 것 같습니다. 그랬던 제가 정해진 일과 외에는 한 발짝도 옴쭉달싹 할 수 없는 감옥에서 21년을 보냈다는 것은 참으로 기이한 일이라면 기이한 일이지요. 아마 한 자리에서 뿌리를 내리고 굳게 설 수 있게 만드는 데 21년이라는 긴 세월이 필요했던 모양입니다. 3, 4년간 마음을 붙이고 훈련했으면 되었을 것을 그 때를 놓치고 잘 보내지 못하는 바람에 20여 년의 시간을 들여서 아주 어렵고 힘들게 적응하는 길을 걷게 되었지요. 어리석게도.

모든 것이 그렇겠지만 자기 자신을 잘 다스리고 길들이는 데에도 때가 있는 법인데, 그 훈련을 본격적으로 해야 할 때 잘하지 못하고 엇나간 바람에 나중에 아주 큰 대가를 치른 것이라고 생각합니다. 학교다닐 때는 다른 친구들보다 제가 힘도 더 세고 남자답다고 우쭐거리면서 규율을 무시하고 지냈습니다. 아주 어리석은 생각이었지요.

그 때는 정말 철이 없었고, 철이 없다보니 무서운 것도 없었습니다. 그래서 하고 싶은 대로 하고 사는 사람이 강하고 잘사는 사람이라고 믿었던 것 같습니다. 자신을 잘 다스리는 것을 제대로 배운 사람이 정말 강한 사람이라는 것은 청춘을 모두 털어 넣는 비싼 수업료를 내고서야 깨달았습니다.

결국 부산에 있는 육군 제2교도소에서 징역 1월을 선고받고 복역한 후 이등병으로 강등되어 불명예 제대를 하게 되었습니다. 남들보다 일찍 자리잡을 수 있는 기회를 스스로 내팽개친 셈이었습니다.

근무 이탈을 하고도 징역 1월이라는 가벼운 형을 선고받은 것은 선거 덕분이었습니다. 당시에 박정희 대통령이 3선개헌을 하려고 할 시점이어서, 한 사람이라도 표를 얻는 것이 중요했기 때문에 저 같은 근무 이탈자에게도 가벼운 형을 준 것이지요. 세상에는 박 대통령에 대한 평가가 여러 가지이지만 저는 어쨌든 결정적인 때에 그 분 덕을 많이 입은 사람입니다.

제대를 하고 집으로 돌아왔지만, 저를 반기는 사람은 어머니밖에 없었습니다. 친구들은 그 때 한창 군대에 갈 나이였기 때문에 고향에 남아 있는 아이들이 거의 없었습니다. 이래저래 저는 취직하는 것이 가장 좋은 선택이었습니다.

마침 그 당시에 둘째 형님이 6톤, 8톤짜리 트럭을 갖고 있었는데, 저는 군대에서 운전을 배웠기 때문에 트럭 운전을 하기로 했습니다. 처음부터 트럭 운전을 할 수는 없어 일단 조수로 일하면서 전국 방방곡곡의 도로를 다 익혔습니다. 그리고 2년이 지나서야 직접 운전을 하면서 남의 집 차였지만 트럭 운전사 생활을 시작했습니다.

그러나 이미 말씀드렸다시피 한 집에서 진득하게 붙어 있지를 못했습니다. 한 3개월 정도 지나면 이상하게 머리가 지끈거리고 온몸이 들썩거려서 다시 한 달 정도를 쉬지 않으면 견딜 수 없었습니다. 아마 몸도 몸이지만 마음가짐이 아직까지 단단해지지 않아서 더 그랬을 것입니다. 성인으로서 사회 생활을 한다고는 했지만, 이제 갓 20대 초반이고 즉흥적이고 참을성이 없는 성격 탓에 아직도 자신을 책임질 수 있는 능력이 없는 어린아이 같아서 하고 싶은 일만 하고, 하기 싫은 일은 죽어도 하지 않으려고 했습니다. 운전을 하면 어디서든 밥은 먹고 살 수 있다는 자신감 때문에 더욱 겁없이 행동한 면도 있었습니다.

이렇게 사회생활은 망나니처럼 했지만 그런 중에도 잘한 것이 한 가지 있다면 그것은 어머니를 극진히 대했다는 것입니다. 일자리를 얻고 월급을 받게 된 후로는 한 번도 빠지지 않고 일단 월급을 받으면 그것이 얼마가 되었든 상관하지 않고 봉투째 어머니께 먼저 갖다 드렸습니다. 그리고 장거리를 뛰느라고 집에 들어가지 못한 날 다음에는 반드시 생과자나 종합선물 한 세트를 사들고 들어갔습니다.

그러면 어머니는 그것 중에서 겨우 한두 개 드는 둥 마는 둥 하곤 모아 두었다가 손자들에게 나누어주는 것을 아주 즐기셨습니다. 그러고도 늘 빵이나 사탕이나 과자가 항상 여유 있게 남아 돌아서 어머니의 친구분들이 가끔 놀러오면 내 놓기도 하셨습니다. 그럴 때마다 어머니는 막내아들 자랑을 빼놓지 않고 하셨습니다.

저에게도 대견스럽다는 말씀을 여러 번 하셨습니다. "어려서 그렇게 속을 썩이더니 이제 한꺼번에 몰아서 효도를 하는구나" 하시기도 하고 가끔은 "내가 죽을 때가 되어서 너한테 효도를 받는 모양이다" 하기도 하셨습니다.

사고가 나기 전 3년 동안은 정말 제가 생각해도 어머니께만은 효도하는 아들이었습니다. 조금이라도 좋은 일이 생기거나 돈이 생기면 항상 어머니를 먼저 생각하고 기쁘게 해 드릴려고 노력했습니다.

어느 어머니인들 자식을 사랑하지 않고 자식의 고통을 함께 하려고 하지 않으시겠습니까. 하지만 저의 경우에는 어줍잖지만 늘 말썽만 피우던 고민 덩어리 자식이 하는 효도인지라 어머니의 마음에 아주 사무치게 고마우셨던 것 같습니다. 그래서 저를 더욱 애틋하게 생각하고 끝까지 저와 운명을 같이 하겠다는 마음을 더욱 굳게 하셨던 것이 아닐까 하는 생각도 해보게 됩니다.

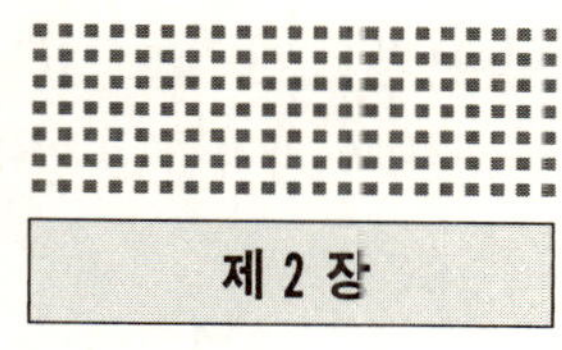

제 2 장

그렇습니다, 저는 사형수였습니다

…… 상(相)에 집착하지 않고 본래 모습 그대로 흔들리지 말지니라.
일체의 현상계는 꿈이요, 허깨비요, 물거품이요, 그림자요,
이슬 같고 번갯불 같으니 마땅히 이와 같이 볼지니라……
— 〈금강경〉 중에서 —

우리 옛 유행가에도 보면 '과거를 묻지 마세요'라는 노래가 있듯이 사람에게는 누구나 감추고 싶은 과거가 있을 것입니다. 그러나 입에 올리는 것은 물론이고 돌이켜 생각하는 것조차도 괴로워서 과거를 하얗게 지울 수 있는 지우개가 있다면 구해다가 감쪽같이 지워버리고 싶은 끔찍한 과거가 있는 사람은 그리 많지 않을 것입니다.

저는 가능하면 정말 이제부터 하게 될 이 얘기를 어디에서라도 다시 하고 싶지 않습니다. 이미 저희 어머니의 지극하신 옥바라지 때문에 알 만한 사람은 다 알고 있는 이야기지만, 그렇다 하더라도 다시 누군가에게 지나가는 말로라도 하고 싶지 않습니다.

저는 제가 하는 이 이야기가 흥밋거리나 흉한 이야기로 들리지 않기를 바랍니다. 다만 제가 바라는 것은 다시금 속죄하는 마음으로 이 사건을 사실대로 써서 피해자의 가족과 독자분들의 관용을 구하고자 합니다.

지워버리고 싶은 그 날

저는 74년에 주정순(가명)이라는 여자를 만나 동거를 시작했습니다. 당시에는 형편상 정식으로 결혼할 수는 없었지만 76년 2월로 결혼 날짜를 잡아 놓았기 때문에, 가볍게 만나서 시작한 살림은 아니었습니다.

저도 결혼을 생각할 나이였고 어머니도 별 말씀이 없으셔서 따로 방을 얻고 동거부터 했지요. 그리고 별탈없이 그런 대로 잘 살았습니다. 결혼 날짜도 받아 놓은 데다 살림살이를 하나둘 사들이며 사는 것도 재미있었습니다.

이제 식을 올리고 아이가 생기면 살림살이도 만만치 않을 것 같고, 평생 남의 차 운전만 할 수도 없다는 생각이 들어 저도 제 차를 한 대 살 계획을 세웠습니다.

다른 사람보다 먼저 어머니에게 상의를 드리고 혹시 돈 좀 융통할 데가 있으면 알아봐 주십사고 부탁드렸습니다. 어머니는 제 말씀을 듣자마자 이미 예상하고 계셨다는 듯이 화물차

한 대 사는 데 얼마나 필요한지 물으셨습니다. 그래서 저는 한 150만 원 정도만 있으면 8톤 트럭 한 대를 살 수 있을 것 같다고 했습니다. 그러자 어머니께서는 정말 놀라운 말씀을 하셨습니다.

"그 정도의 돈은 이미 동수 네가 가지고 있다."

"아니 어머니, 저한테 무슨 그런 돈이 있어요?"

"그 동안 네가 월급 타서 갖다 준 돈을 내가 다 모아 놓았다. 그 돈은 네가 번 돈이니 네 돈이다."

어머니께서는 제가 월급 타서 드린 돈을 거의 쓰지 않고 모아 두셨던 것입니다. 자식의 앞날을 생각하는 어머니가 아니면 할 수 없는 일이었습니다. 제 어머니는 정말 저 자신보다도 저를 더 염려하고 생각하는 분이셨습니다.

저는 너무 놀랍기도 하고 고맙기도 하고 기쁘기도 해서 어떻게 감사를 해야 할지 몰랐습니다. 일단 빚을 지고 시작할 생각이었는데 제가 번 돈으로 제 차를 살 수 있다고 생각하니 가슴이 너무 벅차고 금방 억만장자가 될 수 있을 것 같았습니다.

어머니가 모은 돈으로 화물차를 사서 한 4개월간 몰고 다녔습니다. 제 소유의 차라고 생각하니 절로 신명이 나서 참 열심히 일했지요. 그리고 다시 그 차를 팔고 좀더 좋은 차를 살 생각으로 집에서 좀 쉬었습니다. 차 판 돈은 집에 그냥 둔 채 차일피일 하는 사이에 12월이 되었고 거리는 벌써 연말과 크리스마스 분위기로 들뜨기 시작했습니다. 저는 아이를 가져 몸이 무거운 사람을 생각해서 크리스마스 이브에는 시내 구경도 시켜주고 영화 구경도 시켜 주기로 하고 만날 시간까지 약속했습니다. 그 사람도 제 말에 아주 큰 기대를 걸고 그 날을 손꼽아 기다리고 있었습니다.

그런데 그 날 저는 결정적인 실수를 하고 말았습니다. 24일 아침에 나가면서 전에 한 그 약속을 새까맣게 잊고 말았습니다. 어렸을 때 머리를 다친 후로는 무슨 약속을 해도 여러 번 반복해야 잊지 않는데, 그 날의 약속은 너무 소홀히 하고 그냥 넘어갔던 것입니다. 지금 와서 말해봐야 전혀 소용없는 말이고 또 모든 것이 제 잘못인 줄은 알지만, 당일날 아침에 그 약속을 일깨워 주었더라면 얼마나 좋았을까 하는 생각을 하기도 했습니다. 일이 잘못되려고 그런 것이겠지만 저에게 그 약속에 대해서 한 마디도 일깨워 주지 않은 것이 정말 원망스러울 때도 있었습니다.

약속은 전혀 생각지도 못한 채 친구 집에서 잘 놀다가 저녁 8시쯤 집으로 돌아와보니 당연히 있어야 할 사람이 없었습니다. 몸도 무거운데다 집에 많은 돈까지 있는데 캄캄해 지도록 집을 비워 놓았으니, 저는 그 사람에게 왈칵 화가 났습니다. 응당 제가 돌아오면 집에서 맞이해 주고 저녁을 함께 먹을 거라고 생각했는데 그 예상이 깨져 더욱 화가 치밀었는지도 모르겠습니다.

너무 화가 나서 그런지 그 약속은 전혀 떠오르지 않았습니다. 불같이 화가 치솟아 도저히 그대로 집에서 기다릴 수가 없었습니다. 장롱에서 잠바를 찾아 입고 밖으로 나왔습니다. 그런데 일이 잘못되려고 그랬는지 그 잠바 속에는 과도가 하나 들어 있었습니다. 평소에 운전을 하면서 입고 다닌 잠바였는데 운전을 하다가 과일을 깎아 먹기도 하고 다른 필요한 데가 있으면 쓰기도 하는 그런 칼이었습니다.

일단 무작정 시내로 나간 저는 우연히 누나집 근처에 사는 친구를 만났습니다. 마침 잘됐다 싶은 생각에 우리 둘은 탁구장에 들어가 신나게 탁구를 쳤습니다. 저는 탁구를 아주 좋아했습니다. 한참 친 후 다시 탁구장을 나와 걷다가 우연히 꼬깃하게 접혀진 돈 2,000원을 주웠습니다. 그 때 돈 2,000원이면 두 사람이 마음껏 먹고 놀 수 있는 돈이었습니다. 아마 누군가가 그 날 하루를 잘 즐기기 위해 가지고 나왔다가 떨어뜨린 돈이었을 겁니다.

저는 이게 웬 떡이냐 싶었습니다. 집에 들어가기도 싫고 화도 나 있던 참에 공돈이 생겼으니 정말 횡재한 기분이었습니다. 사람이 너무 어리석은 거지요. 그 돈으로 인해 두어 시간 후에 어떤 일이 생길지 모르고 공돈 생긴 것만 마냥 좋아라 한 것입니다. 한 치 앞을 못보고 그저 당장 손에 든 것만이 전부인 것처럼 생각하고 있으니 얼마나 어리석은 모습입니까. 바로 그 돈이 제 운명을 지옥의 구렁텅이로 빠져들게 만든 올가미인 줄도 모르고 그저 횡재하는 것이라고 생각했습니다.

아무런 수고도 하지 않고 생각지도 않은 돈이 생겼으니 좋은 데 쓸 생각을 할 리가 없었지요. 친구와 저는 기분이 좋아져서 그 돈을 어떻게 쓸까 궁리하다가 술집으로 갔습니다. 이미 말씀드렸지만 술이라면 저희 어머니께서 진저리를 치며 말린 괴물이었습니다. 그래서 저도 술을 거의 입에 대지 않았습니다. 그런데도 그 날은 순간적인 기분에 먼저 취해서 다른 사람들이 하는 것처럼 술을 마시러 간 것입니다.

　처음부터 기분이 별로 좋지 않은 상태에서 집을 나온 데다 못 먹는 술까지 들어갔으니 제가 어떻게 되었겠습니까. 먹지도 못하는 술을 괜히 호기 부리느라고 잔뜩 마시고는 엉망으로 취해서 횡설수설했던 것 같습니다. 임신을 한 여자가 집에 붙어 있지 않고 밤늦도록 어디를 그렇게 싸돌아다니는지 모르겠다고 고래고래 소리를 지르며 욕을 하기도 했습니다.

　24일은 통행금지도 없는 날이라서 술집도 오래까지 했고, 우리가 그 집을 나왔을 때는 새벽 1시쯤 되었습니다. 친구는 저에게 너무 취하고 늦었으니 집으로 가지 말고 누나 집에 가서 자라고 하고 먼저 갔습니다. 저도 그럴 생각으로 비틀거리며 걸어서 누나 집이라고 생각한 집의 문을 열고 들어갔습니다. 그런데 그 집은 누나 집이 아니라 바로 누나 옆집이었고, 다른 식구들은 모두 나갔는지 여자 두 명만 집을 지키고 있다가 갑자기 술취한 남자가 들어서니까 너무 놀라서 소리를 지르기 시작했습니다. 저도 여자의 목소리에 너무 놀라서 얼떨결에 잠바에 있던 칼을 들고 소리 지르지 말라고 위협했습니다. 그러나 겁에 질린 여자들은 계속해서 소리를 질렀고 칼을 든 제 손은 제가 정신차릴 사이도 없이 여자들에게 날아갔습니다. 칼에 찔린 사람은 취한 저의 눈에 비친 대로 성숙한 여인이 아니라 부엌일 하는 14살짜리 소녀였습니다. 이 가엾은 소녀는 끝내 절명하고 말았습니다. 나중 희생자는 목숨은 건졌으나 역시 어린 소녀였습니다. 멍한 정신적인 공황이 한동안 계속되었습니다. 이대로 시간이 정지되었다면 얼마나 좋았을까요. 저는 엉겁결에 한 사람의 생명을 빼앗는 엄청난 범죄를 저지른 것입니다.

굳이 제 변명을 하자면, 처음부터 무슨 의도가 있었다면 그렇게 무턱대고 일이 일어나지는 않았을 것입니다. 그러나 모든 것이 명백하게 제가 저지른 죄인데 어떻게 다른 변명을 할 수 있겠습니까. 제가 하루도 빼지 않고 금강경을 외우며 그 무고하게 죽은 영혼을 위해 재를 올리고 기도한다 해도 그 죄를 다 씻을 수 없을 것입니다.

사람으로 태어나서 천수를 다하고 죽어도 억울한데 그렇지 못하고 다른 사람 손에 의해 비명에 갔으니, 당사자는 물론이려니와 그 가족들이 가진 한은 또 어떻겠습니까. 저는 그 자리에서 사형이 집행되었다 해도 할 말이 없는 사람입니다.

정신없는 상태에서 엄청난 일을 저질러 놓고 더럭 겁이 난 저는 무조건 달려서 집으로 왔습니다. 그리고 체포되기 전까지 보름간은 정말 사람 사는 것이 아니었습니다. 누구에게 말도 못하고 그저 혼자서 공포에 떨었습니다. 낮에는 사람들을 그냥 쳐다볼 수조차 없었고, 밤에는 잠을 잘 수도 없었습니다. 어쩌다가 잠이 들어도 꿈에 항상 죽은 사람이 나타나서 저를 괴롭혔습니다. 정말 사람은 죄를 짓고는 살 수 없구나 하는 것을 절실하게 느꼈습니다.

자수를 할까 생각도 해 보았지만, 사형을 받을 것이 두려웠고 2월에 결혼 날짜를 받아 놓은 데다 곧 아이까지 태어날 텐데 하는 생각에 선뜻 자수를 할 용기가 나지 않았습니다. 그러나 마음 한구석에는 하루 빨리 경찰에서 나를 잡아가서 이 악몽 같은 시간이 끝났으면 하는 생각이 간절했습니다.

그렇게 괴로운 나날을 보내고 있던 저는 결국 보름 후인 76년 1월 10일 경찰에 잡혀가 모든 것을 자백했습니다. 경찰은 처음부터 제가 범인이라는 것을 알고 잡으러 온 것은 아니었습니다. 일단 살인 사건이 났으므로 그 주변의 전과자들을 모두 불러 심문을 했는데도 진범이 잡히지 않고 사건이 오리무중에 빠지자, 혹시 하는 심정으로 그 때 직업도 없이 놀고 있던 저까지 불러들인 것이었습니다.

처음에 경찰관이 "네가 범인이지?" 하고 물었을 때는 너무 겁이 나서 아니라고 부인했습니다. 결국 올 것이 왔다고 생각했으면서도 일단 날아오는 칼을 피하고 싶은 심정이었습니다. 그러나 두번째 다그쳐 묻자 사실대로 말하지 않을 수 없었습니다. 두 번이나 거짓말을 한다는 것이 양심에 걸려서 도저히 더 이상 부인할 수 없었습니다. 저의 순순한 자백으로 사실 경찰들로서는 아주 뜻밖에 범인을 체포한 셈이 되었습니다.

일단 자백을 하고 나자 모든 것이 끝났다고 생각한 저는 현장검증까지 마친 일주일 동안 모든 요구에 순순히 응했습니다. 자포자기의 심정이 되자 경찰이 의도하는 대로만 따라하게 되었습니다. 다른 생각이나 이후의 제 삶에 대한 생각은 전혀 들 수가 없었습니다. 그리고 그 모든 절차가 다 끝난 후에야 비로소 제대로 잠다운 잠을 잘 수 있었습니다. 일단 살인한 것을 자백했으니 더이상 공포에 떨 것도 없었고 꿈에 시달릴 일도 없었습니다. 저는 그저 법의 처분만을 기다릴 뿐이었습니다.

제가 체포되고 난 후 집에서 어떤 일이 벌어졌는지는 모릅니다. 더 이상 살고 싶은 생각이 없었기 때문에 밖에서 무슨 일이 벌어지고 있는지 별로 관심이 없었습니다. 다만 늙은 어머니와 홀몸도 아닌 처가 이런 청천 하늘에 날벼락 같은 소리를 듣고 어떻게 되었을까를 생각하니 걱정이 되기도 하고 어서 죽고만 싶기도 했습니다.

수인번호 879

76년 1월 18일에 저는 진주 경찰서 유치장에서 이송되어 교도소에 수감되었습니다. 살인범은 요시찰 인물이고 흉악범이기 때문에 처음 도착한 신입자 대기실은 독방이었습니다. 독방에 들어가기 전에 간수 앞에서 옷을 모두 벗고 샅샅이 검신을 당했습니다. 머리카락을 훑고 입속과 귓속은 물론이고 항문까지 다 본 후에야 속옷도 없이 푸른 수의 한 벌만 덜렁 주었습니다. 저는 인간으로서 심한 수치심을 느꼈지만 이미 죽은 목숨이나 다름없다고 생각하기로 했습니다.

나중에 알고 보니 혹시 몸 속에 탈출에 이용할 수 있는 도구나 자해 기구 혹은 담배나 라이터 돌 같은 것을 숨겨가지고 왔을까 봐 그렇게 심하게 검신을 하는 것이었습니다.

수의와 함께 받은 것이 수저 한 벌과 식기 세 벌 그리고 목찰이었습니다. 목찰은 군대의 군번과 같은 것으로 이름과 수인번호, 생년월일, 죄명 등이 적혀 있는 나무표찰입니다. 저의 수인번호는 879번이었습니다. 이제 저라는 사람은 양동수라는 이름보다 879번이라는 번호로 살게 된 것입니다.

입소 절차를 끝내고 교도관을 따라 간 미결사 신입자 방에 들어갔을 때는 대부분 재소자들이 잠들어 있었습니다. 제가 문을 열고 조심스럽게 들어가자 누워있던 봉사원(감방장을 이르는 말)이 부시시 일어났습니다. 그리고 제 얼굴을 보고는 "범죄할 상이 아닌데……" 하고 중얼거렸습니다. "앞으로 잘 지내봅시다" 하고는 자기 옆자리를 내주었습니다.

속옷도 없이 수의만 입은 저는 너무 추워서 오돌오돌 떨기만 했습니다. 그런데 옆자리의 다른 사람과 등을 대고 눕자 그나마 옆사람의 훈기가 전해져왔습니다. 그것이 얼마나 따뜻하고 고마웠는지 모릅니다. 모든 것을 포기해서인지 그저 따뜻하다는 이유 하나만으로 저는 그 퀘퀘한 방과 옷에서 나는 곰팡이 냄새도 아랑곳없이 깊은 잠에 빠졌습니다.

다음 날에야 저는 속옷을 받았습니다. 그리고 가족과 첫 접견을 했습니다. 수의를 입고 어머니를 만나는 일이 얼마나 비참한지 모릅니다. 어머니는 꿈에도 생각지 않던 일을 당한지라 아직도 믿어지지 않는다는 듯 "네가 어떻게 이런 일을 했단 말이냐?"하시면서 통곡하셨습니다. 그렇게 통곡하는 어머니를 보니 정말 내가 무슨 일을 저지른 것인가 아득하게 느껴졌습니다. 그리고 이제 어머니와 저는 전혀 다른 세계의 사람이라는 것이 뼈저리게 느껴졌습니다.

저의 처 주정숙은 아무 말도 하지 못하고 한쪽에 서서 눈물만 흘리고 있었습니다. 새로운 생명을 잉태하고 결혼날짜만을 손꼽아 기다리고 있었는데 하늘 같이 믿던 남편이 살인범이 되어 수의를 입고 있으니 얼마나 기가 막혔겠습니까.

처는 모든 것이 자기 잘못이라면서 울기만 하는데 저는 그 사람에게도 아무런 할 말이 없었습니다. 오랜만에 얼굴을 보니 너무 반가웠습니다. 하지만 죄를 짓고 교도소에 갇혀 있고 여기서 나가기는커녕 살아나갈 가망이 없는 제가 무슨 말을 할 수 있었겠습니까. 저는 그저 미안하다고 말했습니다. 혼자서 아이를 키울 능력도 없을 것이고 내가 살아서 나가기는 다 틀렸으니 미련 갖지 말고 아이는 유산을 시키고 좋은 사람 만나 시집가라는 말밖에 할 수가 없었습니다.

접견을 마치고 돌아오니 정말 내가 어쩌다가 이렇게 되었나 싶은 것이 지금 벌어지고 있는 상황이 전혀 실감나지 않았습니다. 꼭 미로 속을 헤매며 돌아다니다 꿍하고 바위에 머리를 받힌 것만 같았습니다. 며칠 전까지만 해도 아주 평범한 아들이고 남편으로 살던 내가 어쩌다가 이런 꼴로 포승에 묶여 있어야 하는지, 이제 다 자란 사람 꼴이 되었을 내 자식을 떼라고 말해야 하는 처지에 놓이게 되었나를 생각하니 너무나 비참했습니다. 아무리 생각해도 수의를 입고 있는 내가 정말 내가 아닌 것처럼 생각되었습니다.

도저히 믿을 수가 없어서 하룻밤 자고 나면 모든 것이 꿈처럼 사라질 것만 같았습니다. 끔찍한 일을 당하기는 했지만 꿈이어서 너무 다행이라고 생각하고 다시 평상시의 모습으로 돌아갈 수 있을 것만 같았습니다. 그러나 실상은 그렇게 생각하는 것이 꿈이었습니다.

사건을 저지르고 나서 왜 그 칼로 그 자리에서 죽지 못했나 하는 생각도 들고, 그 후에라도 이렇게 잡혀오기 전에 왜 약이라도 먹고 죽지 못했나 생각하니 더욱 괴로웠습니다. 그랬으면 이렇게 감옥에 갇혀서 어머니를 만나지 않아도 되고 형제나 처에게도 잠시는 충격이었겠지만 곧 잊혀질 수 있었을 텐데 하는 생각이 들었습니다.

그런 생각이 들자 지금이라도 죽는 것이 낫겠다 싶었습니다. 재판을 해봐야 어차피 죽을 건데 이렇게 짐승만도 못하게 살다가 남의 손에 비참하게 죽느니 차라리 지금 내 손으로 목숨을 끊자 하는 생각이 들었습니다. 그래서 저는 모든 사람들이 잠든 밤에 어떻게 해서든지 죽을 길을 찾자고 생각했습니다.

그러나 그런 결심을 했다고 해서 마음대로 죽을 수 있는 것도 아니었습니다. 일단 취침 시간에 누웠다가 새벽에 살그머니 일어나 보면 야간 근무 교도관이 아예 제 방 앞 창살에 눈을 붙이고 감시를 하고 있는 것이었습니다. 저는 요시찰 인물이라서 저에게는 밤이나 낮이나 한시도 눈을 떼지 않고 있었습니다. 아마 저처럼 살인을 한 사람들은 저와 비슷한 심정으로 자해를 하는 경우가 많기 때문에 그렇게 철저하게 지키는 것이 아닌가 싶었습니다. 정말 죄인은 죽을 날을 받아 놓았다 해도 미리 스스로 죽을 수도 없는 사람입니다.

사실 지금에서야 말이지만 그 때 만에 하나 감시가 소홀해서 제가 죽었더라면 이런 글을 쓸 수도 없었겠지요. 이 환한 사회의 공기를 마시고 땅을 밟고 다닌다는 자체가 있을 수 없었겠지요.

그러고 보면 사람의 운명이란 참 알 수 없습니다. 평범하게 가정을 갖고 사회의 일원으로 세금을 내면서 살던 제가 하룻밤 사이에 사람을 죽인 파렴치한 조수가 되었고, 또 사형을 언도 받아서 법적으로는 죽은 사람이나 다름없었는데도 이렇게 다시 사회에 나와서 바닷바람을 쐬면서 앞날을 설계할 수 있게 되기도 하니 말입니다.

그래서 저는 어떤 상황에 처하더라도 본인이나 주변 사람들이 희망을 잃지 않는 것이 중요하다고 생각합니다. 제 경우와 같은 기적적인 일이 자주 일어날 수는 없겠지만, 당장 괴롭고 절망스럽다고 해서 목숨을 끊거나 하면 뒤에 얼마든지 잘 살 수 있는 기회를 본인 스스로 없애버리는 것입니다.

사람은 지금 잘 나간다고 해서 먼 후일에도 그럴 거라는 보장은 없지만 그렇기 때문에 한편으로는 미래에 자기 앞에 무슨 일이 일어날지는 아무도 모릅니다. 지금 죽는 것이 천만 번 나을 것 같다고 해도 그 고비만 잘 넘기면 또 다른 살 길이 반드시 열릴 것입니다. 그 길이 자기 공에 의해서 열리든 남의 덕을 입어서 열리든 열리게 되어 있습니다. 그래서 우리 옛 어른들 속담에 "하늘이 무너져도 솟아날 구멍이 있다"고 하는 말도 생겨났을 것입니다. 그러니 아무리 어려운 일이 있더라도 스스로 목숨을 끊는 극단적인 행동을 해서는 안됩니다. 일 분 앞도 못 보는 사람이 어떻게 일 년 후, 십 년 후를 짐작할 수 있겠습니까.

평소에 자기 공력을 잘 쌓아두는 것이 필요한 것도 바로 이런 때문입니다. 평상시에 사람들에게 음으로 양으로 공을 쌓은 사람은 생각지도 않은 어려움에 처했을 때 그 공력 때문에 자신도 음덕을 입을 것입니다. 물론 저는 아무런 공이 없지만 저희 어머니께서 쌓으신 공이 바로 저에게 온 것이라고 생각합니다.

설사 자기 생전에는 자기가 쌓은 공덕을 보지 못한다 할지라도 쌓은 그 공은 없어지지 않고 자식대에 가서라도 반드시 큰 덕을 입을 것입니다. 그런 이치가 아니라면 제가 무슨 공이 있어서 사형선고를 받고도 새 삶을 얻을 수 있었겠습니까. 나무를 심어서 그 나무가 곧바로 열매 맺는 것도 좋겠지만, 자신이 죽은 후에 자손들에게 그늘도 만들어 주고 열매도 따먹을 수 있게 된다면 그보다 좋은 일이 어디 있겠습니까.

더군다나 우리 어머니들은 자식을 위해서라면 어떤 일도 마다하지 않고 합니다. 그러다 보니 정도가 너무 심해서 신문에 난 것을 보면 몸을 팔아서 과외 공부를 시키는 어머니들까지 있습니다. 그렇게 해서 몇 백만 원짜리 과외를 시키는 것보다 평소에 선하게 살고 주위 사람들에게 덕을 쌓고 사는 것이 길게 보면 자식들을 위해서 더 좋은 일이라고 생각합니다.

저 같은 사람이 이런 말을 하면 설교를 하는 것 같아서 주제넘어 보일 수도 있지만 어느 누구보다 제가 아주 절실하게 체험한 사람이기 때문에 지금 어려움을 겪고 있는 사람들에게 이런 말씀을 꼭 해 드리고 싶었습니다.

그 날 이후 저는 일단 마음을 안정시키고, 살아있는 동안 만이라도 피해자에게 속죄하는 마음으로 있다가 죽음으로 죗값을 치러야겠다는 생각을 굳혔습니다.

면제된 신고식

진주 교도소에 있었던 기간은 사형선고를 받기 전까지 6개월 간이었습니다. 형이 확정되어 기결수가 되면 출역을 나가기 때문에 좀 경우가 다르지만 미결수의 교도소 생활은 하루 종일 웃을 일이 거의 없습니다. 죄를 짓고 들어와서 어떤 형량이 내려질지도 모르는 불안한 상황이니 웃고 싶지도 않지만, 그대로 하루 이틀 있는 것도 아니고 한두 사람이 있는 것도 아니기 때문에 자연 심심하고 소일거리를 찾게 됩니다. 그렇지만 일단 좁은 데서 서로 마주보고 앉거나 눕는 것 외에는 움직일 수 없는 형편이고 밥 먹는 식기 외에는 아무것도 없으니 할 일도 없습니다.

그런데도 가끔 소리 내어 웃을 수 있는 일이 있다면 그것은 신입이 들어와서 신고식을 할 때입니다. 저는 요시찰 인물이라는 딱지가 붙어서인지 신고식도 안했습니다. 재소자들이 사형수에게 주는 일종의 배려입니다. 다른 사람들은 그렇지가 않습니다.

신고식을 하는 방법도 여러 가지가 있는데 우리 방에서는 아리랑 신고식과 엉덩이로 글씨를 쓰는 것으로 했습니다. 아리랑 신고식은 두 사람이 양쪽에서 수건 끝을 잡고 있고, 신입자는 그 높이를 대강 재어보게 한 후 두 눈을 가립니다. 그리고 입으로는 계속해서 아리랑 노래를 부르면서 첫발은 수건에 닿지 않게 위에서 수건을 넘고 그 다음에는 역시 수건에 닿지 않게 수건 밑으로 기어나오는 것을 반복하는 것입니다.

그렇게 서너 번을 하면 수건을 들고 있던 사람들은 슬그머니 수건을 치우는데 두 눈을 가린 신입자는 그것도 모르고 처음과 거의 같은 동작으로 있지도 않은 수건줄을 넘고 기고 하면서 큰 소리로 계속해서 아리랑을 부릅니다. 입으로는 아리랑을 계속해서 부르면서 혹시라도 수건에 닿을까봐 조심하면서 있지도 않은 수건을 넘고 기고 하는 모습이 꼭 얼빠진 허수아비 같아서 그 방에 있던 재소자들은 모두 낄낄거리고 웃으면서 재미있어 합니다.

만일 이런 신고식을 하지 않겠다고 버티는 사람이 생기면 방 사람들 전체가 몰매를 때리기 때문에 아무리 배짱 좋은 사람도 감히 안한다는 말을 할 수가 없습니다. 일단 배치를 받고 감방에 발을 들여놓는 순간부터 겁을 잔뜩 먹고 있는 상태이기 때문에 누구라도 시키면 시키는 대로 고분고분 최선을 다해 하게 되어 있습니다. 어차피 형이 확정되기 전까지는 미우나 고우나 함께 있어야 할 사람들인데 처음부터 잘못 보여서 좋을 것이 없다는 것쯤은 누구라도 알지 않겠어요.

아리랑 신고식이 끝나면 그 다음에는 엉덩이로 글씨 쓰기를 시킵니다. 이름만 쓰는 것이 아니라 본적, 주소, 생년월일을 쓰고 기혼자인 경우에는 부인과 자식들의 이름까지 다 써야 합니다. 성인 남자가, 그것도 한 집안의 가장인 사람이 엉덩이를 흔들면서 이름을 쓰는 것을 상상해 보십시오. 본인은 얼마나 수치스러울 것이며 보는 사람들은 그 모습이 또 얼마나 우습겠습니까.

그 외에도 '김일성 눈깔빼기'라고 해서 왼손으로 오른쪽 귀를 잡고 그 사이로 오른손을 집어넣어 코끼리 손을 하고는 그 손을 바닥에 대고 그 자리에서 자기 나이만큼 돈 다음에 벽에 붙여 놓은 종이를 짚는 것이 있습니다. 나이만큼 돌고나면 어지러워서 벽에 가지도 못하고 쓰러지는 경우가 대부분입니다. 또 얼굴에 단추를 붙여놓고 손 대지 않고 얼굴을 찡그려서 떼라고 시키기도 합니다.

요즘 같으면 중고등학생도 하지 않을 이런 유치한 신고식을 하는 것은 그 사람을 괴롭히기 위한 목적이 아닙니다. 일단 이런 신고식을 치르고 나면 그 방의 규율에 잘 순종하게 되고 사람들끼리도 친해질 수 있습니다. 그리고 사회에서 무엇을 하던 사람이든 일단 감옥에 들어온 이상은 고하를 막론하고 그 방의 규칙과 감방장의 지휘에 따라야 한다는 것을 터득하게 됩니다. 또 방 안 사람들에게는 이런 신고식을 통해서나마 웃을 수 있는 기회가 생기는 것입니다.

그런데 가끔은 너무 심하게 신고식을 치르다가 잘못되거나 신입식을 하지 않겠다고 버티다가 구타를 당해서 죽어나가는 경우도 있습니다. 갇혀서 감정을 제대로 발산하지 못하고 사는 사람들이라서 한 번 흥분하면 자제하기가 어려워서 이런 불상사가 생기기도 하는 것입니다.

저는 진주에서 일심 재판에 사형 언도를 받고 다시 항소했습니다. 이미 각오하고 있었던 바라서 저는 담담했지만 어머니는 그렇지 않았습니다. 어떻게 해서라도 저를 살리려고 백방으로 노력했습니다.

항소심은 대구 고등법원에서 있었고 저는 76년 7월 8일 대구 교도소로 이감되어 왔습니다. 진주 교도소는 기결, 미결 수용자를 모두 합쳐 7~800명이었는데 대구에는 약 3,500명 정도의 재소자들이 있었습니다. 진주 교도소와는 비교도 안되게 크게 지어진 건물이기는 하지만 이렇게 많은 사람들을 수용하다보니 혼거방에도 평균 18명에서 20명 정도의 사람들이 득실거렸습니다.

대구는 여름에는 전국에서 가장 덥고 겨울에도 기온차가 아주 심한 곳입니다. 그러다 보니 차라리 겨울은 좀 나은데 여름에는 마치 한증탕에 있는 것 같은 기분이 들었습니다. 저는 그 방을 보면서 정말 콩나물 시루가 따로 없다고 생각하니 짜증이 났습니다. 그렇지만 달리 생각하면 죄인의 몸으로 방을 가릴 형편도 아니었습니다. 감옥이 너무 춥거나 너무 더워서 사람이 죽었다는 소리는 듣지 못했고, 이 방을 거쳐간 사람들도 모두 같은 환경에서 살았을 것이니 나도 사는 날까지 살겠지 했습니다.

교도소는 상하 층으로 된 몇 개의 큰 사동으로 되어 있는데 제가 처음 배치받은 곳은 2사 하의 4방이었습니다. 주로 교통사고를 낸 운전사들이 있는 방이었습니다. 그 큰 사동에 대부분 운전사들로 차 있어서 처음에 저는 전국에서 사고 낸 운전사들이 다 모였나 했습니다. 그만큼 그 당시에도 교통사고가 많았다는 말이지요.

제가 들어가기 전에는 이 방에 사형수가 없었습니다. 그 이유는 한국 사람이면 누구나 죽을 사(死)자가 연상되어서 4자를 싫어하는 것처럼, 아무리 사형 선고를 받은 사람이라고 해도 일단 4자는 피하고 싶은 것이 인지상정이라서 될 수 있으면 4자가 들어간 방에는 사형수를 넣지 않습니다. 그런데 저는 그런 것을 전혀 모르는 초범이었기 때문에 4방에 넣은 것이었습니다.

사형수가 있는 방은 모든 분위기가 사형수에 의해서 좌우됩니다. 사형수들은 언제 죽을지 모른다는 강박관념 때문에 늘 신경이 곤두서 있습니다. 괜히 기분을 상하게 했다가 '기왕에 죽을 것'하고 마음을 삐딱하게 먹으면 무슨 일을 저지를지 모르는 사람들이었습니다. 그래서 사형수가 있는 방은 그 사람의 신경을 건드리지 않으려고 조심하다 보니 다른 방보다 조용하고 질서가 잘 잡혀 있습니다. 얼마 안 있으면 저 세상으로 갈 사람이기 때문에 측은한 마음이 들어서 가능하면 예의를 지키려고 방 사람들이 다같이 노력합니다.

아무래도 사회에서 거칠게 산 사람들이 많기 때문에 자기들끼리 얘기할 때 보면 '이 새끼, 저 새끼'는 욕으로 치지도 않습니다. 대화 중에도 비속어가 많고 또 대부분 그런 말들을 아무렇지도 않게 일상 용어처럼 사용합니다. 다른 사람들보다 험하고 거칠게 행동할수록 아무도 건드리지 않기 때문에 더 그렇습니다. 그러나 아무리 포악하고 안하무인인 사람도 사형수에게만은 그렇게 함부로 대하지 않습니다. 아무리 거친 세계라도 인간에 대한 최소한의 예의는 지킨다고 봐야겠지요.

사형수들의 수형 태도도 사람에 따라 극과 극을 달립니다. 이 세상에 대한 미련은 하나도 없이 달관한 사람처럼 아주 평

온한 얼굴을 하고 말썽 없이 수형생활을 하는 사람이 있는가 하면, 살 날이 얼마 남지 않았으니 그 동안 실컷 포악을 떨자는 생각으로 같은 방 사람들을 죽으라고 못살게 구는 사람도 있습니다. 이런 사람을 만나면 그 방 사람들은 정말 지옥 같은 감옥살이를 해야 합니다. 제압할 힘이 있어도 아무 생각 없이 그저 덤벼들기만 하는 사람을 상대로 싸워서는 전혀 효과가 없기 때문입니다. 심지어는 교도관들도 이런 사람들이 문제를 일으키면 골치만 아프니까 웬만한 것은 적당히 지는 척하고 넘어가기도 합니다. 죽을 날을 받아 놓은 사람하고 대거리를 해서 무슨 이득이 있겠습니까.

첫발 뗀 1번 접견 옥바라지

1심 재판 후라서인지 대구 교도소 생활은 진주 교도소와 달랐습니다. 현행법상 사형수는 수갑을 차고 생활하게 되어 있지만 진주에서는 제가 모범적인 수감생활을 한다고 당시 보안과장이 특별히 배려해서 수갑을 차지 않고 생활했습니다. 그런데 대구에 오니 낮에는 반드시 수갑을 차고 있어야 했습니다. 아무리 할 일이 없다지만 하루종일 수갑을 차고 있는 상태를 상상해 보십시오. 가만히 앉아 있는다고 해도 얼마나 불편하겠습니까. 게다가 저녁 취침 시간이 되었는데도 그 방에는 누구 하나 수갑을 풀 줄 아는 사람이 없었습니다.

그나마 방 사람 중에 군 헌병대에 근무했다는 사람이 밥 먹는 대젓가락을 사용해서 애를 쓴 끝에 겨우 수갑을 풀고 자리에 누웠습니다. 일단 밤이고 잘 시간이라 풀기는 했지만 앞으로 계속해서 수갑을 차고 살 생각을 하니 잠이 오지 않았습니다. 다른 방의 사형수들은 정말 하루 종일 수갑을 차고 생활하는지, 잘 때는 수갑을 풀어도 되는 건지 어떤지가 너무 궁금했습니다.

거의 뜬눈으로 밤을 세우다시피 하고 아침에 일어났지만 세수하러 나갈 수도 없었습니다. 수갑을 찬 데다가 처음 들어온 초자라서 다른 사람들과 같이 세면장에 가서 세수할 마음이 생기지 않았습니다. 방 사람들은 물을 떠다가 방에서라도 세수를 하라고 했지만 교도관에게 들키면 창피를 당하고 징벌을 받을까 봐 겁이 나서 한사코 괜찮다고 했습니다. 결국 그 날은 세수도 하지 못하고 손에 수갑을 찬 채 밥을 먹었습니다.

나중에 생각하니 그 날 제 행동이 너무 우습고 창피했습니다. 요령을 전혀 몰랐기 때문에 그런 행동을 했던 것입니다. 감방은 어디나 다 같은 것이라고 생각하기 쉽지만 새로운 곳으로 이감을 가면 누구라도 두려운 마음이 생깁니다. 새 방을 배정 받고 낯선 사람들과 지낸다는 것은 한동안 긴장의 연속입니다. 어떤 곳이나 사람이 모인 곳에는 아무리 좁고 사람이 적어도 그 나름대로의 위계질서가 있고 관행이 있습니다. 오히려 감옥은 군대처럼 그런 규율이 더 엄하고 분명합니다.

이렇게 세수도 못하고 묶인 손으로 아침을 먹은 첫날, 아침 교대 점검을 마치고 얼마 있지 않아서 저에게 1번 접견신청이 왔습니다. 대구에는 아는 사람도 없고 어제 함께 올라온 어머니도 진주로 내려가셨을 텐데 오전부터 접견이라고 하니 무척

의아스러웠습니다.

영문을 모르고 접견장에 나갔던 저는 너무 놀랐습니다. 거기에는 진주에 가셨을 것으로 생각한 어머니가 와 계셨습니다.

전날 진주에서 이감 올 때 어머니도 저와 같은 버스를 타고 오셨습니다. 이감 온 죄수들은 8명이었는데 모두 시승 시갑을 하고 맨 뒷좌석에 앉고 앞에는 사복 교도관이 우리를 계호하고 있었습니다. 대구에 도착해서 한 사람씩 차에서 내리는데 제 차례가 되자 어머니는 제 손을 잡고는 놓지 못하고 우셨습니다.

"이제 이 손을 잡는 것도 마지막이 될지 모르겠구나, 동수야."

아마 그 때 어머니는 괴물처럼 버티고 선 대구 교도소를 보면서 이 손을 놓고 저 안으로 들어가면 다시 만나지도 못하고 곧바로 저승으로 갈 것만 같으셨나 봅니다. 저도 가슴이 미어지는 것 같아서 어떻게 해야 할지 모르고 마냥 서 있기만 했습니다.

"할머니, 이제 손 놓으십시오. 할머니 심정은 이해가 가지만 저희 입장도 생각을 좀 해 주십시오."

어머니와 제가 손을 붙잡고 울면서 움직이지 않고 있으니까 교도관도 인간적인 마음에서 잠시 내버려두고 있었습니다. 그렇지만 그 사람도 자신이 맡은 임무가 있고 남의 눈도 있기 때문에 더 이상은 봐 줄 수가 없는지 어머니의 손을 떼어놓았습니다.

저는 한 자리에 서서 꼼짝도 않고 울고 계시는 어머니를 뒤로 한 채 고개를 숙이고 교도소 정문을 향해 걸었습니다. 그리고 속으로 어머니께 이렇게 말씀드렸습니다.

'자식이 죽음의 문으로 들어가는데 그 어머니는 얼마나 슬프시겠습니까. 어쩌다가 이렇게 못난 자식을 두셔서 이런 고통을 당하십니까. 정말 저는 면목이 없고 더이상 살고 싶은 마음도 없습니다. 제가 죽으면 부디 불효막심한 이 자식은 잊으시고 여생을 편히 사십시오. 어머니는 자식이 살인을 한 죄 때문에 벌을 받는데도 자식 사랑하는 마음에는 변함이 없고 가슴이 찢어지는데, 저 때문에 아무 이유도 없이 금쪽 같은 자식을 잃은 피해자 부모의 마음은 어떻겠습니까. 제가 죽어야만 비명에 간 피해자나 그 부모님들의 한이 풀릴 것입니다. 저는 제가 저지른 죗값을 받는 것이니 너무 원통하게 생각하지 마시고 돌아가십시오.'

차마 어머니께는 소리 내어 말씀 드리지 못했지만 그 때의 제 심정은 정말 그랬습니다. 이제 저 문으로 들어가면 살아서 나올 수 없을 거라고 생각해서였는지 모든 것을 체념하게 되었고 그저 어서 죽어서 제가 지은 죗값을 치르고만 싶었습니다.

그렇게 어머니와 피맺힌 이별을 했는데 그 어머니가 하룻밤 만에 다시 저를 면회 오신 것이었으니 놀라지 않을 수가 없었습니다.

"아니 어머니, 오늘 새벽차로 올라오셨습니까? 뭐하러 그러세요. 칠십 노인이 차 타고 다니시다가 무슨 일을 당할지도 모르는데."

저는 반갑기도 하고 놀랍기도 했지만 정말 어머니가 걱정되어 역정을 내는 것처럼 말했습니다. 그런데 어머니께서 아주 뜻밖의 말씀을 하셨습니다.

"나는 진주로 안 간다. 어제 교도소 옆에다가 방을 얻어 놓았으니 이제 매일 면회 올 수 있다. 고등법원에서 재판을 하면 달라질 수도 있으니 기운을 내라."

"아니 어머니, 지금 무슨 말씀을 하시는 겁니까. 왜 혼자 방을 얻어요? 이제 제 걱정은 마시라니까요. 이건 걱정을 하신다고 될 일도 아니고 어머니가 교도소 옆에 사신다고 다른 수가 생기는 것도 아닙니다. 괜한 고생 마시고 어서 빨리 내려가세요, 글쎄."

"너는 그런 걱정할 것 없다. 내 일은 내 알아서 할 테니 그리 알고 있어라. 내일 다시 오마."

이렇게 몇 마디 했는데 면회 시간 3분이 금방 지나서 저는 더이상 어머니께 애기도 못하고 방으로 돌아왔습니다. 그 때가 바로 1번 접견의 첫날이었습니다. 어머니는 바로 이 날부터 무기로 감형되어 기결수가 되는 날까지 2년 6개월 동안 거의 하루도 빠지지 않고 1번으로 면회를 오셨습니다.

돌아와서 생각하니 큰일이다 싶었습니다. 어머니는 이미 중대 결심을 하신 것 같은데 갇혀 있는 제가 말릴 방법은 없고, 어떻게 해야 할지 정말 고민이었습니다.

그렇게 한참을 내 생각에만 빠져 있다가 문득 고개를 들어보니 방안 공기가 이상했습니다. 아무도 말을 하지 않고 묵묵히 앉아만 있는 모습들이 뭔가 싸늘한 한기가 돌았습니다.

"아니 저 없는 사이에 무슨 일이 있었습니까?"

하고 물어도 사람들이 아무것도 아니라고 했지만 좀 이상했습니다. 조금 있다가 보니 왜 그런지 알게 되었습니다. 어느 방이나 사형수의 기분이 방 분위기를 좌우합니다. 그런데 제가 접견을 갔다 와서 아무 말 없이 앉아 있으니까 사람들이 무슨 일이 생긴 것인가 싶어서 조심하느라고 말을 하지 않고 제 눈치만 살피고 있었던 것입니다.

저는 웃으면서 접견실에서 어머니를 만난 이야기를 해 주었습니다. 방 사람들은 어머니 이야기를 듣고 어머니가 자식 사랑하는 마음은 경중이 없겠지만, 정말 대단한 어머니를 두셨다고 이구동성으로 칭송했습니다. 저는 그런 말을 들으면서 한편으로는 기쁘면서도 한편으로는 걱정이 되어서 마음이 착잡했습니다.

칠순이면 아들 딸 다 장가들이고 커 나가는 손자 손녀들 귀여워하는 재미로 살 나이가 아닙니까. 그런데 손자 안겨 드리고 용돈도 드리면서 잘 모시지는 못할망정 옥바라지를 하는 고생을 시킨다는 것이 말이나 되는 얘기입니까. 저는 정말 내가 빨리 죽어야 어머니가 편해지겠다고 생각하면서 자신을 원망했습니다.

그렇지만 걱정을 하면서도 그 때만 해도 어머니가 그렇게 오랫동안 매일 1번 접견을 하면서 제 옥바라지를 하리라고는 상상도 못했습니다. 아무리 그렇게 결심을 하셨어도 이미 너무 연로하시기 때문에 얼마 안 가면 힘에 부치셔서라도 못하실 걸로 생각했습니다. 자식을 사랑하는 부모 마음이 얼마나 초인적인 힘을 발휘하는지, 그 때까지 철이 없었던 저는 몰랐던 거지요.

그런 어머니에 비하면 살을 섞고 살았던 처는 돌아서니 남이었습니다. 일단 미안한 마음에 다른 사람에게 시집을 가라고는 했지만 사실 아이까지 가진 처가 어떻게 되었는지 궁금하기도 했습니다. 정식으로 식을 올리고 혼인신고를 한 것은 아니었지만 그래도 같이 살림을 하고 임신까지 한 사람인데, 아무리 내가 죄를 지었다고 해서 금방 다른 사람에게 갈 수 있을까 하는 생각도 했습니다.

아무래도 남남이 만나서 사는 거니까 남녀 관계는 부모 자식과는 다르겠지요. 몇 년형이라는 기한이 있는 것도 아니고 살인을 해서 사형선고를 받은 사람의 옥바라지는 말도 안되는 소리일 겁니다. 젊디젊은 사람이니 새 길을 찾아가는 것이 천만 번 마땅한 일이겠지요. 그래도 솔직히 그 당시에는 미련이 있어서, 혹시나 면회를 오지는 않을까 하고 기다리는 마음도 있었습니다. 그러나 그 사람은 오지 않았습니다. 한 번만 와 달라는 말을 전했는데도 아무런 소식이 없었습니다. 기다리다 지치니까 미움으로 변해서 속으로 원망도 많이 했습니다.

3년쯤 지나서 무기로 감형이 된 다음에 단 한 번 찾아왔었는데 그 때는 이미 마음이 싸늘하게 식어 있었습니다. 만일 제가 이렇게 살아서 다시 나올 것을 알았다면 그 사람이 어떻게 했을까 하는 생각도 간혹 했지만 다 부질없는 것이고, 지금은 그저 어딘가에서 잘 살고 있기만을 바라고 있습니다.

동병상련으로 맺어진 사람들

접견을 하고 돌아와서 한 시간쯤 지나자 운동 시간이 되었습니다. 운동장 역시 진주와는 비교도 안되게 엄청나게 컸습니다. 진주에서는 운동을 하면 10여 평 남짓한 곳에 짚으로 짠 매트를 깔아 놓고 맨발로 그 위를 왔다갔다하는 것이 운동의 전부였습니다. 그나마 시간이 짧아서 보통 15분 정도이고 길어야 20분 정도 걷는 것이 고작이었습니다. 그런데 대구는 100여 평 되는 공간에 빙 돌아가면서 부챗살 모양으로 담을 쌓아서 한 칸에 한 방 사람들이 모두 들어가서 걷게 되어 있었습니다. 교도관이 한가운데서 감시를 하기 때문에 각 칸에 있는 사람들이 한눈에 다 보이게 구조를 만들어 놓았습니다.

운동을 하면서는 다른 방 사람들과 원칙적으로 통방을 할 수 없습니다. 그렇지만 아무리 죄인이라도 입이 있고 눈이 있는 사람이 사는 곳인데 전혀 통방이 안되는 것은 아닙니다. 저는 처음이라 그저 열심히 운동을 하고 있는데 제 옆방인 3방에 있는 사형수가 저를 찾아와서 인사를 했습니다. 그 사람이 바로 〈천사와 사형수〉라는 제목으로 라디오 드라마 '법창야화'에 방영된 주인공 박은석이었습니다. 이 분에 대한 이야기는 뒤에 자세히 하겠습니다.

어떻게 저에 대해서 알았는지 선배 되는 분이 먼저 인사를 하니 그저 너무 고맙고 감사했습니다. 저는 고개를 숙이면서 "아무것도 모르는 사람이니 선배님들께서 잘 가르쳐 주십시오"하고 공손하게 인사를 했습니다. 박은석 씨는 미리 이야기가 되어 있었던 듯 1방부터 7방까지 있는 사형수들과 인사를 나눌 수 있도록 해 주었습니다. 사형수들은 이미 죽을 사람으로 확정되었다는 특수한 상황 때문인지 생면부지의 사람들이라도 다른 사람들보다 더 끈끈한 인정을 느끼면서 형제 같은 유대관계를 갖습니다.

이미 모범 사형수로 오래 있어서 그런지 아니면 사형수라는 것 때문에 인정으로 봐 주었는지 모르지만, 또다른 특혜도 받게 해 주었습니다. 우리 방 운동 시간이 끝날 무렵 박은석 씨가 교도관에게 다가가서 무어라고 말을 하니까 저만 그 자리에 좀더 남을 수 있게 해 주었습니다.

1방에서 7방까지의 운동시간이 끝나고 샤워를 하러 가면 그 다음 번에는 8방부터 다음 조가 들어와서 운동을 하게 되어 있습니다. 그렇지만 저는 교도관이 묵인해 주어서 한 시간 정도 더 운동장에 머물러 있으면서 2사 하에 있는 사형수들과 차례로 인사를 했습니다. 그 중에는 나중에 제가 새 생명을 얻는데 아주 중요한 역할을 해준 방영근이라는 분도 있었습니다. 아주 기구한 삶을 살다간 이 분에 대해서도 나중에 말씀 드리겠습니다.

저는 모두 처음 보는 사람들이었지만 서로가 같은 처지에 있기 때문에 많은 말을 하지 않아도 지금의 심정들을 모두 다 이해할 수 있을 것 같았습니다. 박은석 씨가 인사를 시킨 다음, 저는 제 소개를 간략하게 했고 그분들도 자신들을 소개하면서 서로 같은 처지이니 형제처럼 지내자는 말들을 주고받았습니다.

그 후로 우리들은 매일 운동장에서 잠깐씩 짬을 내어 서로 말을 나눌 수 있는 시간을 가졌습니다. 그런 때는 주로 자기가 어떤 사건으로 사형수가 되었는가를 이야기했습니다. 억울한 부분이 있으니 판사가 참작을 했어야 한다고 자기 변론을 하는 사람들도 있고, 그저 모든 것을 체념하고 받아들이는 태도로 말하는 사람도 있었습니다.

애초부터 사형수가 될 요량으로 태어나는 사람은 없겠지요. 무기수나 장기수들보다 사형수들이 오히려 훨씬 순진한 초범들인 경우가 많습니다. 각박한 세상에서 힘들게 살다가 아주 작은 일로도 어처구니없는 죄를 짓거나, 순간적인 흥분을 참지 못한 사람들이 사형수가 되는 예가 많습니다. 또 범죄를 저지른 후 자포자기의 심정이 되어서 사형을 받을만한 죄가 아닌데도 불구하고 사형수가 되는 경우도 있다고 합니다.

저마다 사연은 다 다르지만 일단 사형수가 되면 동병상련하는 마음이 되어 서로의 말을 일단 다 믿어 주고 또 믿으려고 합니다. 죽을 날만 모를 뿐이지 이미 법적으로는 죽은 사람이나 다름없는 마당에 무슨 거짓말을 하겠습니까.

얼마 전에 서울에 갔다가 〈데드 맨 워킹〉이라는 영화를 보았습니다. 어떤 분이 한 번 보라고 하기에 봤는데, 사형수에 관한 영화였습니다. '데드 맨 워킹'이라는 말은 수감된 방을 나서서 사형장까지 걷는 것을 이르는 말입니다. 그 영화의 주인공은 아주 파렴치하고 이기적인 사람이었습니다. 자기를 도와주려고 하는 수녀님에게도 성적인 농담을 하지요. 자기는 사건을 저지른 친구 옆에 있기만 했으니 죄가 없고 사형집행은 억울하다고 자기 변호만 합니다.

그런데 죽음을 30분 앞두고 수녀님께 자신이 저지른 살인에 대한 진실한 고백을 합니다. 미국은 우리와 사형제도가 달라서 교수형이 아니라 주사를 놓아 마취시키고 심장을 파열시키는 방법을 쓴다고 하지요. 또 피해자 가족과 변호사와 신부님과 수녀님은 유리벽을 통해서 사형수가 죽는 최후의 모습을 참관할 수 있게 되어 있었습니다.

사형 집행 전에 최후의 말을 하라고 하자, 그 사형수는 먼저 피해자의 부모님께 용서를 빌고 죽은 사람들의 명복을 빌고 나서 "사람을 죽이는 것은 살인이든 사형이든 다 나쁩니다"라고 말한 뒤에 죽어갑니다. 그 사람은 살아 있는 동안 내내 동정의 여지가 없을 정도로 나쁜 사람이었지만 죽음을 맞이하는 그 순간만은 진실하게 자신의 죄를 고백하고 용서를 구했습니다. 죽으면서까지 거짓말을 하고 싶지 않은 것이 인간의 본성일 것입니다.

사형을 집행하는 순간이나 꼭 그 때가 아니라 사형이 확정된 다음에라도 극구 자신의 무죄를 주장하는 사람들은 다시 한번 그 사건을 심의해 봐야 합니다. 만일 최후까지 자기가 무죄라고 주장하는 사람들은 무죄일 가능성이 많습니다. 재판을 할 때는 세밀하게 다 조사하고 확정적인 증거가 있어서 사형선고를 내린 것이니 만일 자신이 저지른 일이라면 끝까지 무죄를 주장할 수가 없겠지요.

저는 증거가 있어서 취조를 한 것도 아니었고, 경찰이 그저 한 번 물어나 보자 싶은 생각으로 다그친 것인데도 두번째 물으니까 양심에 걸려서 거짓말을 할 수가 없었습니다. 처음에는 겁이 나서 일단 아니라고 했지만 엄연히 지은 죄가 있는데 어떻게 끝까지 거짓말을 할 수 있겠습니까.

말로 사기를 쳤거나 교묘하게 머리를 써서 범죄를 하는 사람은 자기가 해 놓고도 오리발을 내밀 수 있습니다. 그렇지만 미리 치밀하게 계획을 세워서 한 일이 아니면 강력범일수록 거짓말을 하지 못합니다. 대개 강력범죄를 저지르는 사람은 말보다 주먹이 먼저 나가는 사람들이기 때문에 단순하고 오히려 순진한 사람들이 많습니다.

강력범이나 사형수를 옹호하려고 이런 말을 하는 것이 아닙니다. 저는 명백하게 범죄를 했으니 저에 대해서는 더이상 변명할 말도 없고 하고 싶지도 않습니다. 다만 단순한 사람들일수록 자기 분이나 충동을 참지 못해서 강력범이 되고 사형수가 되는 수가 많기 때문에, 죽음에 이르러서까지 교활하게 자기 범죄를 숨기려고 하지 않는다는 것을 말하고 싶은 것입니다. 그래서 저는 사형을 집행 당하면서도 끝까지 자신은 범인이 아니라고 하는 사람들은 다시 한번 희생할 기회를 주어야 한다고 생각합니다. 죽음 앞에서는 어떤 악한도 진실해진다고 믿기 때문입니다.

저에게 각 방에 있는 사형수들과 인사를 나눌 수 있도록 다리를 놓아준 박은석 씨는 또 한 가지 아주 고마운 것을 가르쳐 주었습니다. 규정에 어긋나는 것이기는 하지만 하루 종일 수갑을 차고 생활해야 하는 괴로움에서 벗어날 수 있는 방법이 있었습니다. 수갑을 한 손에만 차고 한 손은 풀어놓았다가 수갑 검열관이 오면 다시 원상대로 복귀해 놓고 보여줍니다. 그러면 일단 통과시킵니다. 사실 대부분 교도관이나 검열관들은 평상시에는 수갑을 한 쪽만 차고 있는 줄 다 압니다. 두 손이 묶인 채로 하루 종일 생활하는 것이 얼마나 힘든 줄 알기 때문에 눈감아 주는 것입니다. 이 곳도 인정이 통하는 사회라는 말입니다.

그렇다고 해서 공공연하게 드러내 놓고 그렇게 하지는 않습니다. 서로 다 알고 있는 일이라도 요식행위는 합니다. 교도소에는 교도관들이 모자라기 때문에 기결 재소자들 중에서 죄질이 가볍고, 형행성적이 좋은 사람들을 뽑아 교도관 옆에서 비공식적으로 보좌하는 지도원 업무를 맡깁니다. 수갑검열을 하게 되면 지도원들은 미리 복도를 다니면서 수갑 검열이 나왔다는 것을 알려 줍니다. 그것도 곧이곧대로 알려 줄 수는 없고 '아야 잡아라', '새 잡아라'라는 은어를 사용합니다. 또 이렇게 망을 보고 가르쳐 주는 것을 '떵을 본다'고 합니다.

검열 들어온 검열관은 양쪽 수갑을 다 살펴보고 혹시 허술한 데가 없는지 조사를 한 다음에 "수갑 풀지 말고 항상 차고 있으세요"라고 의례적인 인사를 합니다. 우리들 역시 "예" 하고 큰 소리로 대답하고 검열을 마칩니다. 이미 날을 받아 놓은 사람들이 이 깊은 감옥에서 무슨 딴 짓을 하겠습니까. 오히려 기강 잡는다고 원리 원칙대로 했다가 불만이 폭발하면 걷잡을 수 없이 되기 쉬우니까 서로 편의를 봐 주고 달래는 것이 현명한 일입니다.

그렇지만 보안과에서 시찰을 나올 때에는 원칙대로 정확하게 해서 지적을 받지 않도록 해야 합니다. 만일 지적을 받으면 근무 교도관이나 재소자나 서로 시달리고 피곤해지기 때문에, 편의를 봐 주는 만큼 상황에 따라서 지켜야 할 것들은 재소자들 스스로 알아서 지켜 주기도 합니다.

그런데 야간에 검열 나오면 일이 좀 어려워집니다. 한밤중에 갑자기 방 앞에서 "최고수 일어나시오"라고 부르면 그 때는 재주껏 요령을 부려야 합니다. 미처 한 쪽 손을 수갑에 끼우지 못한 때니까 일어나면서 최대한 시간을 끌어야 합니다. 일어나라는 소리를 들었어도 바로 일어나지 않고 '새를 잡으면서' 몸부림을 치다가, 슬쩍 풀어놓았던 손에 수갑을 차고 일어나 검열관에게 보여줍니다. 이 때도 검열관들이 몰라서 그냥 지나가는 것이 아니고 알고도 모르는 척 눈을 감아 주는 것입니다. 어쨌든 자신이 맡은 일을 해야 하기 때문에 요식 행위로라도 검열은 해야 되니, 사형수들도 거기에 따르는 것입니다. 일단 검열이 지나가면 다시 한 쪽 수갑은 풀고 잠이 듭니다.

어머니의 접견물을 거절하다

대구에 온 지 이틀째 되는 날 또다시 1번 접견 용지가 왔습니다. 어머니가 진주로 내려가시지 않았다는 증거였습니다. 어머니는 저를 보자마자 건강부터 물으셨습니다.

"여기는 진주보다 훨씬 더 더운데 견딜 만하냐. 고향에서만 살다가 타지에 오면 물갈이를 해서 배탈 나기 쉬우니 물 한 모금 먹는 것도 조심해라."

"어머니 저는 괜찮습니다. 어머니나 조심하세요. 저는 무고한 생명을 죽였으니 사형을 당해도 마땅합니다. 고등법원에 항소를 해도 가망이 없을 테니까, 저는 이미 죽은 자식이라고 생각하시고 당장 진주로 내려가세요. 이러다 병이라도 나면 어쩌시려고 그러십니까?"

"죽은 자식으로 생각하라니 멀쩡하게 살아 있는 놈이 그게 에미 앞에서 할 소리냐? …… 내 걱정은 할 것 없다. 열 손가락 물어서 안 아픈 손가락이 없는 법인데, 하는 데까지는 해봐야지."

"글쎄 항소를 해도 제가 어떻게 살기를 바라겠습니까. 무고하게 사람을 죽인 마당에……."

"야 이놈아, 나도 죽은 사람이 억울하다는 거 다 안다. 피해자 가족에게도 할말이 없고. 그래도 일단 산 사람은 살 도리를 해봐야지 자식이 죽는 마당에 에미가 어떻게 가만 있으라고……."

어머니는 역정을 내면서 언성을 높이다가 말씀을 다 잇지 못하고 우셨습니다.

"이삼 년 전부터 월급 갖다 맡기고 에미 생각해서 빈손으로 들어오는 법이 없고 그렇게 잘하더니 이런 사고를 내다니…… 막내아들 덕보고 살겠다고 다들 그랬는데…… 하늘도 무심하시지……."

"어머니께서 이러시면 제가 어디 마음이 놓이겠습니까. 제발 더이상 불효하게 하지 마시고 그만 내려가세요."

"이놈아, 세상에서 가장 불효막심한 놈이 제 부모보다 먼저 세상 떠나는 놈이다. 세상에 낳아준 부모가 그 자식 무덤까지 만들어 주는 법이 세상 천지에 어디 있다고……."

"그러니 피해자 부모님은 심정이 어떻겠습니까?"

제가 이렇게 잘라 말하자 어머니는 아무 말씀도 않고 저를 물끄러미 바라보시더니 "내일 다시 오마" 하고는 접견장을 나가셨습니다. 방으로 돌아온 저는 어머니를 따뜻한 마음으로 대해 드리지 못한 것이 안타까웠습니다. 제가 왜 어머니 마음을 모르겠습니까. 하지만 저로서는 어떻게 할 수도 없었습니다. 무거운 마음으로 운동하는 시간만 기다렸습니다.

운동장에 나가서 교도관에게 가볍게 고개를 숙이고 인사를 하자 교도관은 조용히 저를 한쪽으로 부르더니 "희망을 버리지 말고 꿋꿋하게 지내라"고 하면서 저를 위로해 주었습니다. 저는 그 말이 고맙기는 했지만 어차피 살아날 가망도 없고 살고 싶은 마음도 없어서 건성으로 고맙다는 말을 했습니다.

20분이 지나 우리 방 사람들은 다 들어갔지만 저는 어제처럼 남아서 다른 방 사형수들과 인사를 나누고, 답답한 마음에 어머니 이야기도 했습니다. 이야기를 하고 나니까 어느 정도 마음이 풀리는 것 같았습니다. 나이로 보나 수형생활로 보나 선배님들이라서 형님 같은 생각도 들고 같은 처지에 있어서 그런지 만난 지 얼마 안됐어도 가족 같은 느낌도 들었습니다.

말이 나왔으니 말인데 어느 사회나 서열상 선배가 있기 마련이고 선배라면 일단 대접을 받기 때문에 선배 되기를 싫어하는 사람은 없을 겁니다. 그러나 사형수들만큼은 선배라는 소리를 제일 듣기 싫어합니다. 날짜가 정해져 있는 것은 아니지만 특별한 사유가 없는 한 사형도 먼저 선고를 받은 사람들 순서대로 집행됩니다. 따라서 사형수 선배라는 것은 먼저 들어온 사람이라는 말도 되지만 곧 먼저 죽을 사람이라는 뜻이나 같습니다. 그러니 선배라는 말을 듣는 사람의 기분이 좋을 리가 없는 것입니다.

또 사형수를 부를 때에는 사형수라고 하지 않고 '최고수'라고 하고, 방 사람들이 부를 때는 그냥 고수라고 합니다. 같은 말이라도 조금이라도 듣기 좋은 말로 바꿔 불러서 마음에 부담감을 줄이려고 그런 말을 쓰는 것입니다.

그 날 점심을 먹은 후에 접견물을 받았습니다. 기결수들이 하는 보직 중에 하나인 영치물 소지가 저의 이름을 부르기에 대답을 하고 일어났습니다. 영치물을 넣어 주던 소지가 제 얼굴을 보더니 당황하면서 사과의 말을 했습니다.

"죄송합니다. 저는 고수 이름인 줄 모르고 불렀습니다."

"아닙니다. 괜찮습니다."

소지는 같은 재소자이기 때문에 평소에는 사형수의 이름을 함부로 부르지 않습니다.

그런데 제가 접견물을 받자 방에서 난리가 났습니다. 보통 사형수들은 접견을 잘 오지 않습니다. 일단 사형선고를 받으면 부모 형제라 하더라도 차츰 발길이 뜸해지고 인연을 끊을 생각을 합니다. 그래서 사형수가 접견받는 것도 희귀한 일인데 방 사람들이 함께 먹을 것까지 영치물을 넣는다는 것은 거의 없는 일에 속했습니다.

“고수님은 영치물을 넣지 않아도 됩니다. 우리들이 넣은 영치물만으로도 먹고 남는데 고수님까지 영치물을 넣으면 우리가 그것을 어떻게 먹겠습니까. 그러니 우리를 도와주는 셈치고 다음부터는 제발 영치물을 넣지 마십시오.”

방 사람들은 최고수가 넣은 영치물을 먹는 것은 도리가 아니라고 생각했습니다. 언제 죽을지 모르는 사람의 영치물을 나누어 먹는다는 것은 못할 일이라고 여겼던 것이지요.

저는 다음날 1번 접견을 하면서 어머니께 방 사람들의 뜻을 전했습니다. 그런데 어머니의 생각은 달랐습니다.

“사람이 어디에 있더라도 항상 남의 것만 얻어먹으면서 살아서는 안된다. 내가 알아서 부담 가지 않도록 조치할 테니 너는 그런 염려 말고 방 사람들 하고 좋게 지내고 건강에나 신경 써라.”

“어머니, 자꾸 이러시면 정말 안됩니다. 다른 신경 쓰지 마시고 제발 진주로 내려가세요.”

어머니만큼 생각도 깊지 못하고 말재주도 없는 저는 어제와 똑같은 말만 되풀이하면서 어머니를 설득하려고 했습니다.

“너는 자식이 없어서 에미 마음을 모른다. 네가 아무리 뭐라고 해도 나는 진주에 안 간다. 내 일은 내가 알아서 할 테니 다시는 그런 말하지 말고 너는 그저 마음속으로 관세음보살이나 열심히 외어라.”

저는 더이상 할 말이 없었습니다. 방으로 돌아와서는 신심도 없으면서 어머니가 시킨 대로 그저 ‘관세음보살’을 주문 외우듯이 외웠습니다. 그나마 조금 외다 보니 입으로 아무리 관세음보살을 찾는다고 죽은 사람이 살아나는 것도 아니고 죄가 없어지는 것도 아닌데 이걸 외워서 무엇하나 싶어서 그만두고 운동 시간만 기다렸습니다.

운동 시간에 선배들을 만나서 이야기를 나누기는 했지만 마음은 여전히 무거웠습니다. 산란한 마음을 가라앉히지 못하고 있는데 또 영치물이 들어왔습니다. 그러자 이번에는 배식반장이 정색을 하고 말했습니다.

"고수님, 우리가 영치물을 넣지 말라고 말씀드렸는데 왜 또 영치물을 넣었습니까. 이러시면 우리가 불안합니다. 제발 영치물을 넣지 마십시오."

배식반장은 각 방의 살림을 꾸려 나가는 사람이라 발언권도 세고 힘도 있습니다. 저는 그 사람들의 마음을 잘 알기에 공손하게 사과했습니다.

"저도 그렇게 말씀 드렸는데 어머니께서 여러분들 마음을 잘 모르고 그런 것이니까 일단 오늘은 받으세요. 내일 접견을 나가면 다시는 넣지 마라고 말씀드리겠습니다. 죄송합니다."

바깥 사람들이 보면 아마 이해가 가지 않을 겁니다. 아무리 사형수의 영치물이 들어온다 해도 일단 먹을 것이 들어오면 좋을 텐데 이렇게 절대 사양하는 것이 이상하겠지요. 그러나 이런 것이 바로 나름대로 그 세계의 인정을 표현하는 방식입니다. 저는 다음날 접견 때 어머니를 설득할 수 있었습니다.

"그 방에는 그렇게 고마운 분들만 모여 있어서 참 다행이다. 정 그렇다면 다시는 영치물을 넣지 않으마."

제 얘기를 들은 어머니께서는 제가 그런 사람들과 있다는 것에 마음을 놓으시는 것 같았습니다. 사실 접견하는 것도 어려운 형편에 매번 영치물까지 넣어야 한다면 얼마나 더 힘들었겠습니까. 저는 방 사람들 덕분으로 한 가지 짐을 덜은 셈이었습니다.

살의를 품다

교도소라고 하면 일반적으로 다 거칠고 무례하고 인정이 없는 사람들만 득실거린다고 생각하겠지만 그렇지 않습니다. 어느 곳이나 거친 사람들과 부드러운 사람들이 공존합니다. 재소자들도 천차만별이고 교도행정을 수행하는 교도관들도 마찬가지입니다. 흉악범 중에도 착하고 여린 사람이 있는가 하면, 법적으로는 아무 하자 없는 교도관들 중에도 상식적으로 이해가 가지 않는 악하고 비열한 사람들이 있습니다. 남을 괴롭히면서 삶의 희열을 느끼려고 교도관이 된 것은 아닌가 하는 생각이 들게 하는 사람도 있습니다. 아무리 지은 죄를 참회하고 있는 사형수라고 하지만 인격이 있고 자존심이 있는 사람으로서 당할 수 없는 고통과 인격적인 모욕을 받으면 원초적인 독기가 생깁니다. 저도 한번은 인간 이하의 취급을 받고 마음 깊은 곳에 있던 마성이 살아난 적이 있었습니다. 그 때 자칫 잘못했으면 또 한 번의 실수를 했을지도 모릅니다.

제가 대구 교도소에 온 지 얼마 되지 않았을 때의 일입니다. 그 때 임종희(가명)라는 담당 교도관이 있었습니다. 그 사람은 재소자들을 꼭 일제 때 일본 간수들이 조선 사람 대하는 것처럼 했습니다. 한마디로 아주 간악했습니다.

그 사람을 보면 교도관들이 교도하는 사람이 아니라 재소자들을 괴롭히는 사람인가 하는 생각이 들었습니다. 말로 해도 충분히 될 일을 꼭 때리면서 윽박질렀습니다. 걸핏하면 철창 앞에 서서 "대가리 대"라고 소리치고 방문을 따는 키를 거꾸로 돌려서 사람들의 머리를 망치로 못박듯이 쥐어박는 것이 취미였습니다. 하루라도 재소자들을 때리지 않으면 손목이 근질거리는 사람 같았습니다.

이렇게 지독한 사람한테 제가 걸려들었습니다. 임 교도관은 그 날도 사동 앞에서 전체 차려를 시켰습니다. 그러면 방 사람들은 다섯 명씩 줄을 맞춰서 앉습니다. 사형수들은 늘 맨 앞줄 오른쪽에 앉게 되어 있었습니다. 저는 제 자리를 찾아서 앉았는데 갑자기 소변이 마려웠습니다. 그래서 화장실에 가려고 일어나는데 본무 담당이 "왜 일어나느냐"고 소리를 질렀습니다. 제가 화장실이 급해서 일어났다고 대답을 하는데 갑자기 "이게 개아리(말대꾸)를 해" 하더니 방문을 따고는 "이리 나와 이 개새끼야" 하면서 욕설을 퍼부으며 저를 밖으로 끌어냈습니다.

아무리 죄인이지만 화장실 가는 일로 욕을 먹는다는 것이 서럽고 화가 났습니다. 좋은 소리로 해도 될 말을 꼭 욕을 입에 달아서 하는 것도 싫었습니다. 그는 저를 끌고 옆의 세면장으로 갔습니다.

"니가 사형수면 사형수지 왜 움직여, 이 씹새끼야. 반항하는 거야 뭐야. 엉?"

"그게 아니고 갑자기 소변이……."

그 사람은 제 말을 들어볼 생각도 하지 않고 다짜고짜 저를 구타하기 시작했습니다. 얼마나 무차별로 때리는지 저는 순식간에 거의 움직일 수도 없이 만신창이가 되었습니다. 한참을 때리더니 자기도 지쳤는지 욕조에 물을 받아 놓고는 들어가 앉아서 반성을 하라고 했습니다. 저는 기다시피 해서 욕탕으로 들어가 앉았습니다. 금세 피가 물 속으로 번져 나갔습니다. 그 사람도 그걸 봤는지 한 5분쯤 지나자 "앞으로 잘해. 이 새끼야" 하면서 방으로 들여보내 주었습니다.

얼마나 얻어터졌는지 벌집처럼 된 얼굴에 물에 빠진 생쥐처럼 된 저는 방에 들어오자마자 쓰러졌습니다. 그러나 몸보다 마음이 더 아프고 고통스러웠습니다. 아무리 사형수라도 인간인데 이렇게 맞고 모욕을 당해야 한다는 게 너무 서러웠습니다. 잘못한 게 있다면 맞는 것도 감수할 수 있지만 화장실에 가려고 움직인 것이 이렇게 짐승처럼 맞을 일은 아니지 않습니까. 게다가 평소에 그 사람이 재소자들을 개 패듯 구타했던 걸 떠올리니 분이 나서 도저히 참을 수가 없었습니다.

그 때 정말 마음에 살의가 느껴졌습니다. 제가 사건을 저지를 때는 술에 취해서 저도 모르게 저지른 것이었습니다. 그렇지만 이번에는 내가 두 번 죽은 한이 있어도 그 사람을 꼭 죽여버리고야 말겠다고 생각했습니다. 그래야만 다른 재소자들이 그나마 인간적인 대접을 받고 살 것 같았습니다. 이렇게 잔인한 사람을 그대로 두면 또 자기 기분에 따라 무고하게 다른 사람들을 괴롭힐 것이 분명했습니다. 사람에게 욕하고 때리는 것을 아무런 양심의 가책도 없이 즐기는 그 작자는 사람이 아니라는 생각까지 들었습니다.

저는 그 날 이후로 아무도 모르게 흉기를 만들기 시작했습니다. 그 사람은 3개월 후에 인사이동으로 구내 담당으로 갔지만 저의 복수심은 식지 않았습니다. '너가 구매 담당으로 갔어도 하루에 한 번씩 구매물을 나누어주러 미결사에 들어오니 어디 한번 두고 보자' 하면서 기회를 보고 있었습니다.

그런데 저의 이런 생각을 눈치 챈 사람이 있었습니다. 그 사람은 새로 온 양인수(가명) 본무 담당에게 제 이야기를 했습니다. 양 담당은 조용히 저를 불렀습니다.

"양동수, 내가 들은 말이 있는데. 나도 너 심정은 이해하지만 사람을 해치면 안된다. 그만 마음 풀고 흉기를 내놔라."

"흉기라니요. 저는 그런 것 없습니다."

저는 아니라고 잡아뗐습니다. 양 담당이 어떤 사람인지도 몰랐고 일단은 버틸 수 있는 데까지 버틸 생각이었습니다. 그러나 양 담당은 저를 진심으로 도와주려는 사람이었습니다. 이미 알고 있는 일을 아니라고 잡아떼는 데도 인내심을 가지고 저를 설득했습니다. 저는 인간적으로 저를 생각해 주는 그 마음에 설복해서 순순히 자백을 하고 숨기고 있던 흉기를 내 놓았습니다.

"이제 됐다. 이 일은 너하고 나하고만 아는 일로 하자. 그리고 다음에는 무슨 일을 당하더라도 다시 이런 생각을 하면 안된다."

양 담당의 그 말은 마지막에 조금 남아 있었던 감정의 찌꺼기까지 다 없어지게 했습니다. 거칠고 험악하게 다루는 것보다

진심으로 부드럽게 대하는 것이 진정으로 사람의 마음을 교화
시킬 수 있다는 것을 배웠습니다. 같은 교도관이지만 전혀 상
반된 인격을 가진 훌륭한 사람도 있다는 것을 알았습니다. 웬
만한 사람 같았으면 건수 하나 올렸다 싶어서 원인은 알아볼
생각도 않고 당장 보안과에 보고했을 겁니다. 그러나 양 담당
은 끝까지 비밀을 지켜 주었습니다. 그분이 아니었으면 제 운
명은 또 한 번 달라졌을지도 모릅니다.

검열 때 벌어지는 웃지 못할 에피소드도 많습니다. 사형수들
은 일반 재소자보다 제약이 많기 때문에 범칙도 많고 사건도
많습니다.

원칙적으로 사형수들은 평상시에도 수갑을 양쪽 다 차고 있
어야 합니다. 그렇지만 앞에서도 말했다시피 평소에는 교도관
들의 묵인하에 한 쪽 손만 수갑을 차고 있습니다. 그런데 높은
사람들이 순시할 때는 철저하게 에프엠으로 해야 합니다. 만일
순시할 때 들키면 담당 교도관들이 곤욕을 치르게 되고 그것이
자연 우리들에게까지 영향을 미치게 되기 때문에 최대한 조심
을 해야 하지요.

그런데 한 번은 미결관구를 총책임지고 있는 계장의 순시가
있었습니다. 그 사람은 재소자들 사이에서 족제비라는 별명으
로 통했습니다. 계장이 순시할 때는 지도원이 먼저 새(망)를
잡아주고 순시를 시작하면 “족제비 아야받고” 하면서 각 방마
다 연락을 해 줍니다. 헌데 그 날은 그만 잘못해서 꿩을 잡고
(순시를 잘못 보는 것) 말았습니다.

계장이 순시를 하는데도 우리 방 사람들은 전혀 눈치를 채지

못했고 저는 한 손에만 수갑을 차고 있다가 들켜 버렸습니다. 족제비 계장은 불같이 화를 내면서 한바탕 교도관들에게 호통을 쳤습니다. 그러고는 각 방의 사형수들에게 문 앞으로 오게 해서 풀어놓은 한쪽 수갑을 앞의 철창에 채워 버렸습니다. 안전핀까지 완벽하게 꽂아 놓고는 "지금부터 수갑을 푸는 대로 관구실로 보고하라"고 했습니다. 그런데 그 말을 마치고 돌아서서 몇 발자국 걷자마자 "계장님" 하면서 몇 명의 사형수들이 수갑 풀린 손을 들어보였습니다.

단 몇 초 사이에 수갑을 푸는 것을 본 계장은 기가 막힌다는 표정이었지만 현실이 그러니 어쩔 수 없다는 표정으로 돌아서고 말았습니다. 사실 교도소에 있는 사형수들에게 양쪽 다 수갑을 채워 놓으면 불편하기만 할 뿐 다른 기능은 전혀 없습니다. 그저 형식적인 눈가림에 지나지 않습니다. 교도관들도 그걸 잘 알기 때문에 그냥 지나치는 것입니다.

또 한 번은 이런 일도 있었습니다. 하루는 방 동료 한 사람이 교도관들의 눈을 피해서 과감하게 화장실에서 속옷을 빨고 있었습니다. 그런데 갑작스럽게 계장님의 순시가 있었습니다. 너무나 순식간의 일이어서 우리들 중에 누구 한 사람도 화장실에 있는 그 사람에게 이 사실을 알려 줄 틈이 없었습니다. 방 전체가 다 조용히 사열을 받고 있는데 화장실에서 뭔가 치대는 소리가 들렸습니다. 계장은 "저 사람은 뭐 하는 사람이냐"고 물었습니다. 그러자 그 때서야 화장실에 있던 사람이 순시 중이라는 걸 알았습니다. 당황한 그 사람은 얼떨결에 "걸레 빨고 있습니다"라고 대답했습니다. 이미 상황을 파악한 계장은 그럼 걸레를 들어보라고 했습니다. 주의를 둘러보아도 걸레가 있을 턱이 없지요. 그 사람은 할 수 없이 빨고 있던 자기 속옷을 들어보였습니다. 그걸 본 계장은 "니 눈에는 보름달이고 내 눈에는 초승달이가" 하시더니 당장 나오라고 소리쳤습니다.

결국 그 사람은 초등학교 학생처럼 우리 방 앞 복도에서 무릎을 꿇고 두 손을 드는 벌을 받았습니다. 그 후로는 마치 사회에서 코미디언이 한 말이 유행되듯이, 재소자들 사이에 "니 눈에는 보름달이고 내 눈에는 초승달이가" 하는 말이 한참 동안 유행되었지요.

죽음의 길목에서 만난 사람들

불교에서는 '인연'이라는 말을 많이 합니다. 이 말은 아주 심오한 진리를 포함하고 있는 말입니다. 세상에서 만나는 인연 중에는 좋은 인연도 있고 반대로 나쁜 인연도 있습니다. 지금 제가 만나고 있는 인연은 좋은 인연입니다.

사람들은 어디에 있느냐 보다 어떤 인연을 만나느냐에 따라 살아있는 사람이 죽기도 하고 죽은 거나 다름없었던 사람이 살기도 합니다. 저는 이 사회의 다른 곳과는 비교할 수조차 없는 곳에 있었지만, 사회에 있을 때보다 더 좋은 사람들과 인연을 맺었고 그 덕분에 새 생명을 얻게 되었습니다.

제가 만난 사람들 중에 정말 죽을 때까지 잊을 수 없는 사람들이 있습니다. 이 사람들의 이야기를 빼면 제 인생의 반 이상이 날아가 버릴 겁니다. 이 사람들을 따뜻한 시선으로, 이해할 수 있다는 감정으로 대할 수 있기를 바랍니다.

참새 아범 방영근

　제일 먼저 떠오르는 사람은 방영근이라는 사형수입니다. 이미 《참새와 사형수》라는 책을 통해서 그를 아는 사람도 많이 있을 겁니다. 이 사람은 살인범이었고 사형수였고 형이 집행되어 이미 이 세상에 없습니다. 그러나 사형수로 교도소에 살 동안 자신의 주변에 있는 사람들에게 만큼은 아주 훌륭한 인격으로 깊은 인상을 심어주고 갔습니다. 이 사람이 아니었으면 저도 지금 이 자리에 없었을 겁니다.

　방영근 씨는 그의 어머니가 살아계셨지만 거의 고아나 다름없이 떠돌며 지낸 사람입니다. 배운 것도 없고 가진 것도 없었지만 원래 천성이 착하고 부드러워서 남에게 못할 짓을 하고 살지는 않았습니다. 그는 구미에서 허드렛일을 전전하면서 살았는데 저당잡힌 패물을 찾기 위해 5만 원이 꼭 필요했습니다. 그 패물은 살림집을 마련하기 위해 처형에게 빌린 패물이었습니다. 평소에도 거의 무일푼인 사람이 그런 큰돈을 어떻게 마련하겠습니까. 기반이 없는 그를 믿고 돈을 꾸어 줄 사람도 없었습니다.

　소도 언덕이 있어야 비빈다고 아무리 궁리해도 돈이 나올 곳이 없었습니다. 돈이 다급하기는 하고 막다른 곳에 몰리자 생각한 것이 도둑질이었습니다. 아무 집에나 들어갈 수는 없고 같은 동네에 할머니 혼자 살고 있는 집이 생각났습니다. 물론 사람을 해칠 생각은 전혀 없었습니다.

어느 날 밤 큰맘 먹고 할머니가 자고 있는 안방으로 들어갔습니다. 방안을 둘러보고 값나가는 물건을 고른다는 게 금방 눈에 띄는 텔레비전을 들었습니다. 코드까지 있는 큰 물건을 들자니 자연히 소리가 났고 인기척을 느낀 노인이 잠에서 깨 소리를 질렀습니다. 그는 얼떨결에 텔레비전을 놓고 노인을 밀었는데 그만 뒤로 넘어져 뇌진탕으로 즉사하고 말았습니다.

그는 놀라 도망을 나오다가 이웃 사람들한테 금방 붙들렸고 곧바로 경찰서로 넘겨졌습니다. 도둑질을 하러 가서 노인을 죽였기 때문에 참작의 여지도 없이 사형언도를 받았습니다. 그를 위해 변호해 줄 사람도 없었고 그 자신도 너무나 엄청난 죄를 저질렀다는 생각에 모든 것을 운명으로 받아들였습니다.

열심히 나가지는 않았지만 마음 속에 기독교 신앙을 가지고 있던 그는 교도소에서 삼중 스님을 만나 불교로 개종을 했습니다. 원래 심성이 착했던 그는 불심을 닦으면서 성자 같은 사람으로 탈바꿈 되었습니다. 그의 깊은 마음 씀씀이에는 같은 동료 죄수들뿐만 아니라 교도관들도 깊이 감동했습니다. 특히 그가 기른 참새 이야기는 교도소 내에서 모르는 사람이 없을 정도로 따뜻한 미담으로 남아 있습니다.

어느 날 어디선가 짹짹거리는 새 소리가 들려서 창밖을 내다보니 새 한 마리가 사동 뒤편에 떨어져 있는 것이 보였습니다. 밖으로 나갈 수 없었던 그는 위생들(교도소의 인분을 퍼는 재소자들)이 오기를 기다렸다가 위생반장에게 그 새를 좀 가져다달라고 했습니다. 위생반장이 주워 온 새는 다리를 다친 참새였습니다.

그는 밥을 먹을 때 쓰는 대젓가락을 가늘게 잘라서 다친 참새 다리에 대 주고 할 수 있는 데까지 정성껏 치료해 주었습니다. 밥을 입으로 씹어서 죽을 만들어 새에게 먹이고 물을 쪼아 먹게 하면서 자식 기르는 부모처럼 참새를 돌봤습니다. 마땅히 정을 붙일 데가 없었던 사형수로서 참새를 키우는 데 온갖 정성을 쏟아부은 것입니다. 그 때부터 그는 동료들한테 '참새 아범'으로 불렸습니다.

매일 보는 그 얼굴들하고만 애기하고 운동하는 거 외에는 다른 소일거리가 없는 사형수로서는 하루하루 다르게 상처가 회복되고 자라는 참새를 보면서 전에는 맛볼 수 없었던 기쁨을 느끼며 살았을 것입니다. 저도 교도소 생활을 한 지 3, 4년쯤 되었을 무렵 가을에 창 밖에서 짹짹거리며 나는 참새들을 보면서 남다른 감회에 젖었던 적이 있었습니다.

그 날은 기상 나팔도 불기 전에 눈이 떠졌는데 이른 새벽부터 유난히 참새소리가 크게 들렸습니다. 저는 다른 사람들이 깨지 않도록 조심하면서 살며시 창가로 다가가 쇠창살을 잡고 서서 교도소 담을 바라보았습니다. 15척 담 위에는 여러 마리의 참새들이 나란히 앉아서 지저귀고 있었습니다. 그 모습이 참 평화로워 보였습니다. 저는 속으로 '나는 저 참새들보다도 못하다'는 생각을 했습니다. 참새도 아침이면 자기 보금자리를 나와 창공을 날아다니며 마음껏 울어도 아무도 간섭하지 않는데, 나는 이 담 안을 잠시도 떠날 수 없고, 자유로운 공기 한 번 제대로 들이킬 수 없고, 소리 한번 마음껏 지를 수 없으니 어찌 참새보다 낫다고 할 수 있을까 싶었습니다.

방영근 씨 얘기로 다시 돌아가지요. 얼마 지나자 다쳤던 참새 다리도 다 나았습니다. 이제는 놓아주어도 혼자 날 수 있을 만큼 되자 참새를 창 밖으로 날려보냈습니다. 그 동안 너무 정이 들어서 될 수 있는 한 오래도록 같이 있고 싶었지만, 누구보다 갇혀 있는 심정을 잘 아는 사형수의 몸인지라 자유의 몸이 되라고 풀어준 것입니다. 그런데 이상하게도 그 참새는 몇 시간 되지 않아 다시 8방으로 날아왔습니다. 자기를 자식처럼 돌봐주던 방영근 씨의 손길이 그리웠는지, 8방이 자기 집이라고 생각했는지 사형수에게 다시 돌아온 것입니다. 그는 한편으로는 기쁘면서도 날짐승을 자기 욕심대로 가둬 둘 수가 없어서 몇 번이나 다시 날려보냈지만 그 때마다 참새는 돌아오곤 했습니다. 참새는 어엿한 8방 식구가 되었습니다.

8방에 방영근 씨가 참새를 기른다는 것은 미결사동이나 기결사동이나 다 알고 있는 사실이었습니다. 사형수가 감방에서 새를 기른다는 것은 교도행정상 있을 수 없는 일이었지만 교도관들도 묵인해 주었습니다. 나중에는 본무 담당과 관구 부장까지도 알게 되었지만 두 분도 눈감아 주었습니다.

그런데 하루는 보안과장의 순시가 있었습니다. 재소자들은 보안과장이 떴다 하면 숨을 죽이고 긴장하지만 참새야 어디 그렇습니까. 보안과장이 8방 앞을 지나는 순간, 눈치 없이 짹짹거리며 인사를 했습니다. 보안과장이 새 소리를 듣고 깜짝 놀라자 옆에 있던 본무 담당과 관구 부장께서 자초지정을 다 이야기해 주었습니다. 다행히 이야기를 들은 보안과장도 8방에서 참새 기르는 것을 쾌히 승낙해 주었습니다. 비공식적인 것이긴 했지만 보안과장의 승낙을 받자 날마다 검방을 하는 교도관과 소소하게 주고받던 입씨름마저도 안하게 되었습니다.

그 후로는 8방으로 참새를 보러 오는 사람들도 생겼습니다. 참새는 대구 교도소의 명물이 되었습니다. 이렇게 여러 사람의 사랑을 받으면서 8방 식구로 있던 참새는 결국은 창공으로 날아갔습니다. 날개가 있는 날짐승은 마음껏 날개를 펴고 날 수 있는 곳으로 돌아가는 것이 자연의 이치입니다. 방영근 씨뿐만 아니라 많은 재소자들이 섭섭해했지만, 사람의 힘으로 막을 수 없는 자연의 이치를 받아들일 수밖에 없었습니다.

주먹만한 참새였지만 그 빈자리는 온 방안이 빈 것처럼 허전하고 컸을 것입니다. 애지중지하던 자식을 먼 곳으로 떠나보낸 것 같은 마음이었을 겁니다. 어려서부터 부모님의 사랑을 제대로 받지 못하고 떠돌아다녔고 가족의 사랑을 모르고 자란 사람이라 늘 따뜻한 사람의 정을 아주 그리워했습니다. 그는 평소 어려서 헤어진 어머니를 그리며 죽기 전에 한 번만이라도 만나는 것이 유일한 소원이었습니다. 그 소원을 들어주기 위해 삼중 스님께서 백방으로 수소문을 하고 무던히도 애를 많이 쓰셨지만 끝내 그 어머니를 찾지 못했습니다. 이 생에서는 부모 형제의 사랑 한번 받지 못하고 가는 그의 인생이 너무 불쌍해서 마지막 길목에서나마 애정을 나누도록 부처님께서 참새를 보내주셨는지도 모릅니다. 이생에서는 미물인 참새와 나눈 정이지만 전생이나 후생에는 사람의 연으로 만났었거나 만날지도 모르는 일입니다.

방영근 씨는 그 후로도 형집행을 당할 때까지 성자처럼 살았습니다. 참새를 살리고 푸른 창공으로 날려보냈듯이 저를 죽음의 나락에서 길어올려 삶의 첫 문을 열어 준 사람도 그였습니다. 제 어머니 이야기를 듣고 저를 삼중 스님에게 소개하고 제가 불교도가 되도록 많은 애를 썼습니다. 남다르게 어머니를 그리워했던 그는 제 어머니의 이야기를 그저 지나가는 남의 이야기로만 듣지 않았습니다. 어떻게든 자식을 살리려는 어머니의 노고가 헛되게 끝나서는 안된다고 생각하고 삼중 스님께 저와 어머니를 만나 달라고 부탁했습니다. 자신은 어머니를 만나지도 못하고 죽지만 아직 살아있는 두 사람을 위해서는 할 수 있는 한 최선을 다한 것입니다.

방영근 씨와 저는 전생에 어떤 깊은 인연이 있었는지도 모른다는 생각이 듭니다. 저는 그가 형집행을 당하던 날 마지막 모습을 보았습니다. 그저 화장실에 가려고 일어섰는데 방문 창살 사이로 방영근 씨 얼굴이 보였습니다. 창백하고 고요한 얼굴이었습니다. 양쪽에 호송하는 교도관들을 보고 그 얼굴이 마지막 얼굴이라는 것을 알았습니다. 저는 그 모습에서 저의 얼굴을 보는 것 같았습니다. 방 사람들에게는 말을 하지 않았지만 그날 온종일 저는 그의 명복을 빌고 한편으로는 저의 집행 날을 생각하면서 보냈습니다. 그의 모습이 곧 저의 모습이 될 것이라고 생각하니 새삼스레 만감이 교차했습니다.

이미 자신이 집행당할 것을 안 방영근 씨는 방을 나올 때 방 식구들의 손을 잡고 일일이 인사를 했습니다. 그는 웃는 얼굴로 앞으로 잘 되길 빈다고 인사말을 했지만 그 말을 들은 사람들은 모두 울었습니다. 교도관들도 인사가 끝날 때까지 조용히 기다려 주었습니다. 집행을 당하기 전에도 최후로 교도관들과 다음 생에서의 좋은 인연을 기대하는 인사와 감사의 말을 하고 평안한 얼굴로 눈을 감았습니다.

동료 재소자들은 말할 것도 없고 형장에 있던 사람들이나 그를 아는 교도관들은 하나같이 그의 죽음을 안타까워했고 진정으로 슬퍼했습니다. 생전에 그를 아꼈던 삼중 스님은 그가 죽기 전에 그렇게도 그리워했던 어머니를 찾아주지 못한 것을 가슴 아파하셨습니다.

그에게도 저와 같은 어머니가 계셨더라면 아마 죽지 않았을지도 모르지요. 만일 그가 살아나왔더라면 소설의 주인공 장발장처럼 살았을 것입니다. 그는 형 집행을 당해 대구 비슬산에 있는 사형수무연고 묘지에 묻혀 있지만, 그를 아는 사람들 중에는 저나 삼중 스님처럼 아직도 그 사람의 모습을 잊지 못하고 있는 사람들이 많이 있습니다.

지옥문에서 천사를 만난 박은석

박은석 씨는 제가 대구 교도소에 이감 와서 제일 먼저 안 사람이고, 저와 함께 무기로 감형을 받은 사람입니다. 이 분도 방영근 씨처럼 법창야화에 〈천사와 사형수〉라는 제목으로 드라마가 방송되었습니다. 종교적으로나 인간적으로 아주 배울 점이 많은 분이라서 아주 존경하면서 지낸 사람입니다.

이 분 역시 배가 고파 구멍가게에 들어갔다가 노인을 죽이고 손가락을 잘라 끼고 있던 반지를 빼서 달아났다가 잡혔습니다. 죄명이나 죄질로 보면 아주 극악무도하고 파렴치한 사람으로 상상이 되지요. 그러나 교도소에서 천주교 신자가 되면서 아주 선하고 훌륭한 인격을 가진 사람으로 변화했습니다. 박은석 씨가 그렇게 된 데에는 한 수녀님의 헌신적인 노력이 있었습니다. 이 수녀님은 각계 천주교 인사들과 함께 박은석 씨 구명운동에 앞장섰고, 그 결과 9대 대통령 취임식 때 저와 함께 무기로 감형되었습니다.

제가 처음 박은석 씨를 봤을 때 입고 있는 죄수복이 너무나 특이했습니다. 등과 팔꿈치, 그리고 엉덩이 부분에 색깔이 완전히 표시가 나는 푸른 천을 대그 기운 옷을 입고 있었습니다. 그 옷을 보는 순간 어렸을 때 너무 가난해서 누덕누덕 기운 옷을 입고 다녔던 기억이 났습니다. 바느질도 자신이 직접 했는지 아주 꼼꼼하게 보였습니다. 다 헤진 옷을 입고 있는 이유가 과에서 주지 않아서 그런 건지 일부러 검소하게 살려고 그러는지 알 수가 없었습니다.

체격도 왜소한 편인데다 사형수가 하필 그런 누더기 옷을 입고 있으니 더 안돼 보였습니다. 그런데 며칠 지내면서 대화를 해 보니 아주 겸손하고 도리에 어긋남이 없는 사람이었습니다. 평소에 어떤 사람을 대하더라도 먼저 자신을 낮추면서 예의를 갖추었고, 다른 사람들이 잘못 행동하는 것은 그냥 두고 넘어가지 않고 고쳐 주었습니다. 같은 처지에 있어도 자기보다 못한 사람에게 늘 신경을 더 쓰고 잘해 주었습니다. 제가 처음 대구 교도소에 갔을 때에도 먼저 말을 걸고 다른 사람들에게 인사를 시켜주고 생활하는데 불편이 없도록 여러 가지 도움을 많이 주었습니다.

무기로 감형되어 기결수가 되면서 저는 인쇄공장으로, 박은석 씨는 목공장으로 출역하게 되었습니다. 출역하는 공장이 다르니 운동시간에 만날 수도 없어서 얼굴 보기가 아주 힘들었습니다. 어쩌다 운이 좋아서 마주치게 되면 서로 형제 상봉을 하는 것처럼 반가워했습니다.

얼마 후에 박은석 씨는 대전으로 이감을 갔습니다. 한참을 만나지 못하고 있다가 나중에서야 그 소식을 듣고 얼마나 허전했는지 모릅니다. 교도소 간에는 서로 편지를 주고받을 수 없기 때문에 5년간 서로에 대한 소식을 모르고 지냈습니다. 그러다가 제가 있는 인쇄공장에 신입으로 들어온 사람이 박은석 씨 소식을 전해 주었습니다. 대전에서 마산으로 이감을 가서 이발반장을 한다는 소식을 들었습니다.

그는 재소자들을 이발해 주면서 혹시 대구로 이감 가게 되면 인쇄 공장의 양동수를 찾아서 자기 소식을 전해 달라는 말을 했다고 합니다. 이렇게 해서 말로라도 자기 소식을 전하려고 했던 것입니다. 그 이야기를 듣고 너무 반갑고 고마워서 혹시 주변에서 이감을 가는 사람에게 박은석 씨를 만나면 제 안부를 전해 달라고 부탁했습니다. 그 사람이 어디로 이감을 가는지도 모르고 또 박은석 씨가 어디에 있을지도 불분명하지만, 저는 꼭 그 말을 전했습니다. 이렇게 하다 보면 어디에서 만나도 한 번은 만나서 제 소식을 전할 수 있을 거라고 생각해서였습니다.

이렇게 어렵게 구전으로만 소식을 전하다가 89년 6월에 저희 두 사람은 상봉을 했습니다. 제가 마산으로 이감을 간 다음

날 박은석 씨가 소식을 듣고 저를 찾아온 것입니다. 우리 두 사람은 이산가족이 상봉하는 것처럼 서로 얼싸안고 눈물을 흘렸습니다. 그 때 기분은 뭐라고 말로 표현할 수 없었습니다. 우리의 인연을 생각하면 피를 나눈 형제를 만난 거나 다름없었습니다.

마산에서 4년간 같이 있던 박은석 씨는 93년에 청주교도소로 이감을 갔습니다. 청주교도소는 기술교도소라서 6개월에 한 번씩은 전국 교도소에서 기술이감을 가는 곳입니다. 그 곳에 소식을 전하고 싶으면 기술 자격증 시험을 보러 가는 사람들에게 부탁하면 됩니다. 우리들은 서로 그런 방법으로 연락을 하면서 지냈습니다.

저는 지금 이 글을 쓰면서도 박은석 씨를 남겨 두고 저 혼자만 나오게 되어서 아주 미안하게 생각합니다. 그런 분들은 다시 사회에 복귀해도 남에게 폐끼치지 않고 성실하게 살 분입니다. 씻지 못할 죄를 지었으니 사람들에게 다른 변명은 소용도 없겠지요. 그렇지만 박은석 씨가 믿는 천주님은 그 사람의 진가를 알고 계실 겁니다. 저도 추워지기 전에 한 번 더 박은석 씨를 만나러 가야겠습니다.

구원을 체험한 김영준

제가 불교도 중 한 사람으로 감형을 받을 때 기독교인 중 하나로 감형을 받은 사람이 김영준입니다. 그는 나이가 어렸습니다. 그는 일명 '아리랑치기'를 하다가 사람을 죽여 사형수가 되었습니다. 아리랑치기는 한밤중에 술에 취한 취객의 주머니를 터는 것입니다. 그러다가 다른 행인이 나타나면 술 취한 사람을 부축하면서 "아버지 오늘따라 왜 이렇게 술을 많이 드셨어요?" 하면서 연극을 하기도 합니다. 만일 술에 취했어도 힘이 있어서 반항을 하거나 소리를 지르면 몽둥이를 휘둘러 기절을 시킵니다. 그런데 이 때 몽둥이를 잘못 휘두르면 사람이 죽는 수도 있습니다. 김영준도 몽둥이를 잘못 휘둘러서 살인까지 하게 된 것입니다.

김영준은 재판정에서 저와 여러 번 만났고 같이 재판을 받은 적도 있어서 저도 사건 내용을 잘 알고 있습니다. 공범 두 명과 함께 재판정에 선 김영준은 계속해서 두 사람은 잘못이 없고 자기가 모든 범행을 저질렀다고 주장했습니다. 그 때문이었는지 두 사람은 상고심에서 원심을 깨고 무기에서 감형을 받았는데 김영준만 원심 그대로 사형이 확정되었습니다.

김영준은 어려서 양친을 잃고 고아원에서 자랐습니다. 고아원을 나온 뒤로는 사회의 밑바닥을 전전하면서 나쁜 친구들과 어울리다 결국에는 어린 나이에 사형수가 된 것입니다. 다른 말은 하지 않아도 그가 얼마나 불우한 어린 시절을 보냈는지는 짐작이 갈 겁니다. 살인을 하고 성인방에 있었지만 그는 그저 철모르는 장난꾸러기 소년이나 다름없었습니다.

사형이 확정되고 나서 들어간 방이 경제사범들이 있는 방이었는데, 김영준은 여기서도 천지를 모르고 장난을 쳤습니다. 걸핏하면 수갑찬 손으로 가만있는 옆 사람을 쿡쿡 찌르거나 하면서 장난을 걸었습니다. 그 방 사람들은 너무 귀찮아서 훈계도 해 보고, 지금 자신이 어떤 처지에 있는지 생각 좀 해보라고 야단을 쳐도 그 때뿐이고 우이독경이었습니다.

경제사범들은 죄질의 성격상 문교부 혜택도 많이 받고 사회에서도 대우받고 산 사람들이 많습니다. 나이도 좀 있고 부드러운 편인 이 방 사람들은 김영준을 불쌍하게 여겼습니다. 태어날 때부터 사회에서 기본적인 보호도 받지 못하고 커서 채 성인이 되기도 전에 사형수가 되어버린 김영준을 동정했습니다. 그래서 보다 못해 종교를 가질 기회를 주라고 건의하기에 이르렀습니다.

그 소리를 들은 관구 부장은 교무과에 특별히 부탁해서 김영준에게 기독교의 교리를 전했습니다. 처음 며칠 동안은 전혀 변화가 없는 것 같았는데 점점 사람이 달라지더니 4개월이 지나자 아주 독실한 하나님의 아들로 변했습니다. 김영준이 제 옆방으로 와서 지내기도 했는데, 매일 얼마나 열심히 찬송가를 부르는지 덕분에 저도 찬송가를 몇 곡 정도는 따라 부를 수 있게 되었습니다.

그 후 김영준도 저와 같이 9대 대통령 취임식 때 감형되어 기결로 넘어와서 몇 개월 동안 인쇄 공장도 함께 다녔습니다. 그러다가 아무리 무기수라 하더라도 기초적인 공부는 해야겠다고 생각했는지 다시 미지정으로 들어가 출역을 하지 않고 검정고시 준비를 했습니다. 학교를 거의 다녀본 적이 없는 무학자였는데 감옥에 들어와서야 공부를 시작해서 검정고시로 고등학교까지 마쳤습니다.

사회생활을 전혀 안 해 봐서 그런지 김영준은 작은 일이라도 자기가 생각한 원칙에 맞지 않으면 잘 따지는 편이었습니다. 당연히 교도 행정 담당자들에게 잘못 보이게 되었고 무기수인데도 처벌성 이감을 자주 다니는 등 요시찰 딱지가 붙었습니다. 마산으로 이감와서 만났을 때 하루빨리 출역 신청을 해서 출역도 나가고 좀 둥글게 살라고 충고도 해 주었습니다. 그런데 타고난 성품은 어쩔 수 없는지, 이감 온 지 얼마 되지 않아서 남의 일에 끼여드는 바람에 청송보호감호소까지 가고 말았습니다.

저도 그런 편이지만 김영준은 그야말로 청춘을 모두 감옥에서 보냈습니다. 철 들기 전에 죄부터 지은 때문에 제대로 한번 가정을 이루고 살지 못하고 감옥이 사회 생활의 전부가 될지도 모르지요. 만일 그렇게 된다면 정말 안타까운 일이 아닐 수 없습니다. 제대로 교육시키고 돌봐준 부모가 있었다면 그런 인생이 되지는 않았을 겁니다. 인생을 결정하는 데 가정이 얼마나 중요한가는 김영준을 보면 알 수 있습니다. 저와의 각별한 인연도 인연이지만 그를 생각하면 지금도 마음이 아프고 걱정이 됩니다.

죽음의 얼굴들

자신에 대한 절망과 어머니에 대한 죄책감에 빠져 있던 저에게 삶의 새로운 소망을 준 사람은 방영근 씨였습니다. 제가 대구로 온 지 나흘째 되는 날 방영근 씨는 저에게 조용히 다가와서 말했습니다.

"양동수 씨, 혹시 종교를 가지고 있습니까."

"아니 저는 아직 없습니다."

"제가 듣기로는 어머니가 독실한 불교 신자신 모양인데 양동수 씨도 불교에 한번 귀의해 보는 것이 어떻겠습니까."

항상 관세음보살을 외우라고 하신 어머니 말씀도 있고 해서 저는 그 제안이 솔깃했습니다.

"저도 관심은 있는데 어떻게 하던 되는지 방법을 모르겠습니다."

"그러면 먼저 본무 담당한테 가서 말씀을 드린 다음에 허락이 나면 중앙 관구실에 가서 부장님께 말씀드리세요. 그러면 부장님이 교무과에 연락을 하고 교무과에서는 양동수 씨를 직접 만나서 면담을 한 다음에 원하는 종교에 입문하게 해 줄 겁니다. 저는 불제자이지만 어떤 종교든지 상관없으니 꼭 하나를 선택해서 종교생활을 하도록 하세요."

방영근 씨는 아주 오랜 친구에게 충고하듯이 간곡하게 부탁했습니다. 아닌게 아니라 저도 죽음을 앞두고 있다는 생각을 하면 어느 종교든지 종교에 귀의해서 사죄를 위한 기도도 하고 위로도 받고 싶었습니다.

저는 그 날 운동을 마치자마자 본무 담당관을 찾아가서 종교 문제로 상의를 하고 싶다고 말했습니다. 본무 담당관은 곧 그 사실을 관구부장에게 전했고 관구부장은 "그렇잖아도 종교를 가져보라고 권유할 참이었다"고 하면서 교무과에 연락해서 절차를 밟도록 해 주었습니다.

그 때도 그랬고 지금도 물론 그렇겠지만 죽음을 앞둔 사형수에게는 적극적으로 종교에 귀의할 것을 권합니다. 복역 기간을 마치고 다시 사회로 돌아갈 사람들에게는 교육을 잘 해서 다시는 이 곳에 오지 않도록 하는 것이 교정 교육입니다. 하지만 다시는 사회의 땅을 밟을 수 없는 사형수들에게는 종교에 귀의해서 신앙인으로 죄를 용서받고 편안한 마음으로 죽음을 맞이할 수 있게 해 주는 것이 최선입니다. 그래서 저처럼 본인이 먼저 종교를 갖겠다고 하지 않는 사람에게도 꼭 한 번쯤은 교무과의 면담을 거쳐서 종교에 귀의하도록 종용합니다.

죽음을 생각하면 누구나 심각해지고 두려운 마음이 들 겁니다. 사형수들은 선고를 받은 그 날부터 하루에도 열두 번씩 죽습니다. 어느 때는 모든 것을 체념한 상태가 되어 담담하기도 하다가, 두렵고 불안해서 미칠 것 같은 날도 있습니다. 하루 사이에도 감정의 기복이 극과 극을 달립니다. 그런 때는 누가 무슨 말을 해도 귀에 들어오지 않습니다. 그래서 사형수들에게는 영혼의 평안함을 주는 종교가 있어야 하는지도 모릅니다.

제가 대구 교도소에 있을 때에는 아침이면 찬송가 소리와 천주교 성가 소리가 들려왔습니다. 각 방에 있는 사형수들이 자기들 나름대로 예배를 드리는 소리였습니다. 그래서 아침이 되면 이쪽 방은 성당이 되고 저쪽 방은 교회가 됩니다. 제일 조용한 방이 불교도가 있는 방입니다. 불교도들은 염불이나 찬불가를 잘 할 줄 모릅니다. 신도 수도 많지 않고 교육도 다른 종교에 비해서 안돼 있기 때문입니다.

종교가 없는 사람들도 많지만 사형수들이 예배드리는 심정을 다 이해하기 때문에 좀 시끄러워도 별로 불평하는 사람들은 없습니다. 아침마다 들리는 찬송가 소리 때문에 그 방 가까이에 있는 재소자들은 자신도 모르는 사이에 찬송가를 따라 부를 수 있게 됩니다. 저도 바로 옆방에서 김영준이 예배를 드리는 덕분에 기독교 찬송가를 10곡 정도 할 수 있습니다.

삼중 스님을 만나고 금강경을 알게 되면서부터는 저도 아침마다 예불을 드렸습니다. 그 때부터 아침이면 기독교, 천주교, 불교가 사이좋게 예배를 드리게 되었습니다. 그리고 잠깐 동안이지만 그 시간만큼은 감옥이 천당도 되고 극락도 됩니다.

사형집행에 대한 얘기를 좀 할까요.

사형을 집행할 때에도 종교가 있는 사람은 그 종교의 성직자를 집행장까지 오게 합니다. 기도와 염불로 마지막 가는 길을 인도하기 위해서입니다. 종교의식이 끝나면 사형수를 의자에 앉히고 자동 레일을 작동시켜서 벽쪽으로 밉니다. 그 벽에는 목을 매는 줄이 늘어뜨려져 있습니다. 이어서 검은 벨벳이 사방에 쳐지고 마지막 유언을 할 시간을 줍니다.

유언도 여러 가지입니다. 들뜬 목소리로 찬송가를 부르는 기독교인도 있습니다. 자기 두 눈과 장기를 기증하면서 "나는 사회에 있을 때에 나쁜 일만 하였지만 내 눈과 장기를 받는 사람은 사회에서 꼭 필요한 사람이 되고 훌륭한 일꾼이 되었으면 좋겠습니다"라는 유언을 남기는 사람도 있습니다. 간혹 어떤 사람은 그 자리에서도 자신은 범인이 아니라고 하기도 합니다. 이런 사람은 정말 다시 재판을 해야 할 필요가 있는 사람입니다. 그러나 현실적으로는 불가능한 이야기입니다.

유언이 끝나면 집행관은 "죽음으로서 무죄를 판시한다"라고 선언하고 하얀 장갑을 낀 교도관에게 신호를 보냅니다. 그러면 교도관은 신호가 떨어지자마자 포인트를 당기고, 그와 동시에 사형수가 앉아 있던 자리가 밑으로 빠지면서 사형수의 목이 위에 걸려 있던 줄에 달립니다. 죽음으로 죄도 없어지고 인생도 끝나는 것입니다.

그런데 예외도 있습니다. 죽음으로서 무죄가 되는 것이 아니라 "죽음으로서 징역 1년에 처한다"고 선언하는 경우입니다. 이런 사람은 사형이 집행되었어도 1년이 지나기 전에는 가족들이 시체를 찾아갈 수 없습니다. 징역 기간인 1년 동안 교도소에서 관리하는 공동묘지에 시신을 두었다가 기간이 지나야 찾아갈 수 있습니다. 이런 판결은 죽음으로써도 씻지 못할 만큼 큰 죄를 지은 사람에게 내리는 판결이라 흔한 것은 아닙니다. 자신이 범죄를 인정하면서도 전혀 반성의 기미가 없다거나, 인간으로서는 있을 수 없는 패륜을 저지른 죄인에게 내리는 판결입니다.

집행장과 제가 있던 방과의 거리는 30미터 정도였습니다. 집행이 있는 날에는 사형수가 앉아 있던 자리가 꺼지면서 "덜커덩" 하면서 내는 소리가 천둥소리처럼 들렸습니다. 그 소리를 30분 간격으로 서너 번 들은 날도 있습니다. 저는 그 소리를 들을 때마다 제가 죽는 것 같았습니다. 집행을 당하는 사람보다 그 소리를 듣는 공포가 더 컸는지도 모릅니다.

사형은 대법원에서 사형이 확정된 후에 보통 2년에서 길게는 6년 사이에 집행됩니다. 형법상으로는 사형 확정 후 10년 이내에 집행하게 되어 있습니다. 기간을 조정하는 것은 그 사람의 거실내 수용 태도입니다. 사형수들의 생활은 '요시찰 일일 거동 동태 상황서'에 그대로 기록되어 보고됩니다. 그 보고 내용에 따라서 같은 시기에 비슷한 범죄로 사형선고를 받았다 하더라도 형이 집행되는 시간차는 길게는 6년 이상까지도 갈 수 있습니다.

사형선고를 받은 사람들은 언제 집행되는가가 문제지 거의 예외없이 '넥타이 공장'이라는 말로 통하는 사형 집행장으로 가게 되어 있습니다. 그렇지만 사형을 기정 사실로 받아들이고 마음에 이미 단단한 준비를 한 사람이라 할지라도, 막상 국경일을 전후해서 사형이 있는 날이라는 것을 알면 불안하고 조마조마합니다. 갑자기 한 번도 받아 본 적이 없는 면회가 있다는 말을 듣게 될지 모르기 때문입니다.

이미 형이 확정되어 사형수 자신이나 교도관들이나 사형이 집행될 것이라는 걸 알고는 있지만 그래도 형집행 당일에는 면회가 있다고 말하고 방에서 데리고 나옵니다. 일반적으로 사형수가 되면 가족이고 친구고 면회를 오는 일이 거의 없습니다. 그렇게 1, 2년을 지냈는데 갑자기 누가 면회를 왔다고 하면 드디어 올 것이 왔구나 하는 것을 압니다. 이미 서로 다 알고 있는 사실을 가지고 눈 가리고 아웅하는 식이지요. 그래도 사형을 당할 사람이나 집행장으로 데리고 가는 사람이나 서로 못할 일이기 때문에 뻔히 알면서도 그런 말을 주고받습니다.

어느 날 교도관이 문을 따면서 그 방에 있는 사형수에게 "몇 번 누구, 면회!"라고 하면, 사형수의 반응은 두 가지로 나타납니다. 한 부류는 모든 것을 체념하고 오늘이 그날이라고 생각하고 교도관의 면회 소리에 정말 면회를 가는 사람처럼 일어납니다. 그리고 같이 지냈던 한 방 동료들에게 악수를 청하면서 "그 동안 고마웠습니다. 앞으로도 잘 지내시고 사회에 나가시면 열심히 사십시오"라고 여유 있게 인사를 합니다. 그러면 같은 방 동료들도 그 사람의 손을 꼭 잡고 침울한 얼굴로 잘 가시라는 마지막 인사를 나눕니다. 방 사람들과의 인사가 끝나면 교도관들에게 "이제 가시죠" 하면서 선선하게 사형장으로 걸어나갑니다.

이런 사람과 전혀 다른 행동을 하는 사람도 있습니다. "몇 번, 면회!"라는 말을 듣자마자 직감적으로 사형집행이라는 것을 눈치채고 안 나가겠다고 소리를 지르면서 끝까지 버티는 사람도 있습니다. 어떤 사람은 화장실 안으로 들어가 문고리를 잡고 안나오기도 합니다. 아무리 발버둥을 쳐도 안된다는 걸 알면서도 죽음에 대한 공포 때문에, 이렇게 자유가 없이 갇혀 살더라도 일단은 살고 싶어서 마지막 절규를 하는 것입니다. 단 한 순간이라도 더 살아보겠다는 것은 인간의 타고난 본능인가 봅니다. 이렇게 난동을 부리다가 짐승처럼 질질 끌려서 사형장으로 가는 사람을 보는 같은 방 사람들의 심정도 끌려가는 사람만큼 착잡합니다.

사형장으로 가는 길목에 물이 고인 웅덩이가 있으면 살짝 옆으로 피해가는 것이 인간의 본능이라고 합니다. 아무리 감옥이 지옥 같아도 죽어서 이 세상에서 없어지는 것보다는 감옥에서라도 목숨을 부지하고 싶은 것이 인간입니다. 저도 사형이 있는 날이면 그 날이 다 가도록 마음을 졸이면서 있다가 해가 지고 잠자리에 들어서야 "휴우—" 하고 안도의 숨을 쉽니다. 그 날을 무사히 지내면 최소한 몇 개월의 삶은 보장을 받았기 때문입니다. 그 하루 동안의 복잡한 심경을 겪어 보지 않은 사람은 모를 겁니다. 하루 동안 천국과 지옥을 다 경험하는 것과 같습니다. 그 날은 하루가 얼마나 길고 피를 말리는지 모릅니다.

삼중 스님과 만나다

관구 부장과의 면담을 마친 다음 날, 어머니께 종교상담을 신청했다는 말씀을 드렸습니다.

"잘 생각했다. 앞으로 일이 어떻게 될지 모르니 너는 그저 딴 생각하지 말고 늘 관세음보살을 외우도록 해라."

어머니는 제가 불교에 관심을 갖게 된 것도 기쁘셨겠지만 무엇보다도 제가 희망을 잃지 않고 대법 판결에 기대를 갖기를 원하고 계셨습니다. 그러나 제 생각은 달랐습니다. 저라고 왜 살고 싶은 마음이 없겠습니까. 제 죄가 얼마나 큰지 잘 알기 때문에 저 자신에 대해서는 조금도 미련이 없었습니다. 그러나 새벽부터 접견 오시는 늙은 어머니를 보면 순간적으로 살아야겠다는 생각이 강렬하게 들곤 했습니다. 그 때마다 저는 죽은 사람을 생각하면서 그런 욕망을 눌렀습니다.

어머니와의 접견을 마치고 들어가려고 하는데 본무 담당이 잠깐 기다리라고 하더니 잠시 후에 교무과의 불교 담당이 저를 데리러 왔습니다. 어제 신청한 종교 상담을 하기 위해서였습니다.

불교 담당을 따라간 교무과에는 가사 장삼을 입은 훤한 인상의 스님 한 분이 앉아 계셨습니다. 그분이 바로 저의 운명을 바꾸어 놓은 박삼중 스님이셨습니다.

삼중 스님께서는 방영근 씨를 통해서 저의 이야기를 대략 알고 계셨습니다. 저는 부처님 같은 얼굴을 한 스님을 보니 조금 두려운 마음도 들고 조심스럽기도 했습니다. 저는 일단 어렸을 때 가정 환경에서부터 현재까지 대략적으로 이야기를 드렸습니다. 교도소 옆에 방을 얻어서 생활하면서 매일 접견 오시는 어머니에 대해서는 상세하게 말씀드렸습니다. 짧은 시간 동안의 면담이었지만 아마 스님께서는 저보다도 저의 어머니 이야기에 깊은 인상을 받으시는 것 같았습니다. 첫날은 일단 제 얘기를 하는 것으로 면담을 마쳤습니다.

다음날 접견을 나갔는데 어머니 표정이 여느 때보다 아주 밝아 보였습니다.

"무슨 좋은 일이라도 있으셨습니까. 어머님 기분이 아주 좋아보이시네요."

"그래. 어제 저녁나절에 집에 스님 한 분이 다녀가셨다. 너를 만나 봤다고 하시면서 이제 교화의 길로 잘 인도할 테니 아무 걱정 말라고 말씀하시더라. 그렇게 좋은 스님을 만나리라고는 생각지도 않았는데 얼마나 고마운지 밤새 한잠도 못 잤다. 이게 다 부처님의 은덕이다. 너도 염불 외우는 거 게을리하지 말아라."

어머니가 기뻐하시는 것을 보니 저도 덩달아 기뻤지만 이 일로 인해서 괜히 불가능한 희망에 들뜨고 있는 것은 아닌가 싶기도 해서 마음 한구석은 어두웠습니다.

저는 일단 불교에 입문하기로 하고 스님도 접견했지만 내심으로는 불교에 정진할 자신이 없었습니다. 그저 절에 부처님을 모셔 놓고 그 앞에서 절하고 기도 드리는 것 외에는 불교에 대해서 아는 것도 없었습니다. 솔직하게 고백하면 그 당시 제 심정은 기왕에 죽을 목숨이니 좋은 것이 좋다는 정도였고, 그냥 대충 시늉만 하면 되겠지 했습니다.

그런데 삼중 스님 생각은 전혀 달랐습니다. 다음 날 다시 만난 스님은 저에게 책을 한 권 주시면서 읽어보라고 하셨습니다. 부처님의 가르침은 아주 오묘해서 잠깐씩 만나서 듣는 설법으로는 그 진리를 다 알 수 없으니 틈틈이 책을 읽어서 부처님의 말씀의 깨치라는 뜻이었습니다.

저는 책을 받고 나오면서 스님께 어머니 부탁을 드렸습니다. 어머니는 스님 말씀이라면 들으실 것 같으니 잘 설득하셔서 하루빨리 진주로 내려가시도록 해 달라고 간곡하게 말씀드렸습니다.

방으로 들어와 스님께 받은 책을 펼쳐 보니 순 한문으로 씌어져 있어서 한 자도 읽을 수가 없었습니다. 시꺼멓게 들어차 있는 글씨들이 저에게는 흡사 무슨 암호 같았습니다.

'내가 어떤 사람인지 다 말씀드렸는데 스님은 내가 이런 책을 읽을 수 있을 거라고 생각하셨나. 학교 때 공부도 제대로 하지 못했는데 이렇게 어려운 책을 어떻게 읽으라구.'

이런 생각을 하면서 책을 뒤적거리다가 1분도 안돼서 한 쪽

구석으로 던져버렸습니다. 책을 읽어본 지도 오래 되었고 원래 별로 책읽는 것에 흥미도 없었던 사람이라 스님이 주신 책이긴 했지만 아무런 관심도 없었습니다. 더구나 한문으로 되어 있어서 읽을 수도 없으니 당연한 반응이었습니다.

그렇지만 다음 날이 되자 스님께 미안한 마음이 들었습니다. 저를 교화하려고 주신 책인데 읽어볼 생각도 하지 않고 구석에 처박아 둔다는 게 배은망덕한 짓인 것 같았습니다. 저는 일단 운동 시간에 방영근 씨를 만나 도움을 구했습니다.

"어제 스님이 저한테 책을 한 권 주시고 읽어보라고 하셨는데 제가 글이 짧아서 도저히 읽을 수가 없는데 어찌지요."

"그 책이 아마 금강경일 겁니다. 어려워도 일단 읽기로 작정하고 시도를 해 보세요. 처음에는 어렵겠지만 자꾸 물어가면서 읽으려고 노력하면 나중에는 다 읽게 됩니다. 무슨 말인지 몰라도 일단 되는대로 읽어나가다 보면 자연적으로 뜻이 깨달아질 겁니다."

방영근 씨 말을 듣고 방으로 돌아와서 다시 책을 펴 들었지만 제목이 〈금강경〉이라는 것 외에는 여전히 눈에 들어오는 것이 없었습니다. 그런데 자세히 보니 한문 옆에 한글로 토가 달려 있었습니다. 무슨 말인지도 모르면서 그 토만이라도 읽어보려고 했지만 우리말 단어하고 너무 틀리니까 한글을 읽는데도 혀가 잘 돌아가지 않았습니다.

다음 날 다시 방영근 씨를 만나 무슨 좋은 방법이 없느냐고 물었지만 그냥 계속해서 읽어보라고만 했습니다. 저는 꼭 절도 모르고 시주를 하는 것 같아서 이대로 있어서는 안되겠다 싶었습니다. 그래서 방에 계신 분 중에 혹시 한문을 많이 아는 분 없느냐고 공개적으로 물어 보았습니다.

"한문이라면 어릴 때 서당에 다녀서 내가 좀 아는데, 왜 그러나?"

다행히도 50대 중반 정도 되는 아저씨 한 분이 선뜻 나섰습니다. 감옥에도 저를 가르칠 선생님이 있었던 겁니다.

"제가 이 책을 좀 읽어보고 싶은데 모르는 한문이 많아서 도저히 못 읽겠습니다. 저한테 한문 해석 좀 해 주십시오."

"글쎄. 이 책은 일반 한서가 아니고 불경이라서 나도 해석을 하는 것은 힘들고 그런 대로 한자음과 훈은 알고 있으니까 심심한데 토나 달아봅시다."

그러면서 책을 들고 슬슬 읽어 나가는데 막힘이 없었습니다. 그 많은 한자를 음뿐만 아니라 훈까지도 모르는 것 없이 읽어 내려가는 것을 보고 저뿐만 아니라 우리 방 사람들이 다 입이 벌어질 지경이었습니다. 아주 어릴 때 서당에서 배운 것이라는데, 50이 되어서도 잊지 않는 것을 보면서 어릴 때의 교육이 얼마나 중요한가 하는 것을 새삼스럽게 느꼈습니다.

그렇게 한자를 많이 아는 분이 있었지만 선생님이 훌륭하다고 제자가 하루아침에 한자를 알게 되는 것은 아니었습니다. 저도 한다고는 했지만 금강경을 저 혼자 읽는다는 것은 너무나 어려운 일이었습니다. 몇 번이나 마음을 단단히 먹고 공부를 했지만 거의 진전이 없자 너무 화가 나서 금강경 읽는 것을 포기했습니다. 공부에 길이 제대로 들려면 시간이 좀 걸리는데 그 때는 그걸 몰랐습니다.

그나마 완전히 불경에서 손을 떼자니 스님 보기도 그렇고 양심에 찔려서 어머니가 시키신 대로 관세음보살만 계속해서 외웠습니다. 관세음보살을 백 번 외우는 것이 금강경에 나오는 한자 하나를 외우는 것보다 백 배는 쉬웠습니다. 학교 다닐 때도 쉬운 공부만 하려고 했는데 그 버릇이 여전히 남아서 시늉만 한 것입니다.

심령과학에 심취하다

이러는 사이에 제가 대구에 온 지 3개월이 지났습니다. 어머니와 삼중스님은 고등법원 항소 준비를 위해 백방으로 뛰어다니셨습니다. 스님의 주선으로 목요상 변호사가 선임되었고 변호사도 성심성의를 다해서 변론을 해 주셨습니다. 어머니는 제가 어릴 때 머리를 다쳐서 간혹 이상 증세를 보인다는 걸 참작해 주십사고 거듭 부탁 드렸습니다. 변호사께서도 이 점을 강조해서 변론했습니다. 특히 사건 당일은 못 마시는 술까지 하는 바람에 정신착란 증세를 일으킨 것으로 보이니 정신 감정을 받게 해 달라고 요청했습니다. 재판부(주심 판사 : 고정권)는 일단 그 요청을 받아들였습니다. 그런데 정작 감정 일자가 정해지지 않고 차일피일 미뤄지는 동안 검사를 받지도 못하고 결심 공판날이 되고 말았습니다.

결국 항소심 재판부는 판결문에서 제가 어렸을 때 머리를 다쳤다는 것은 어머니의 증언을 통해서 인정되지만, 트럭 운전기사로 일을 할 정도면 착란 증세가 있는 사람이라고는 볼 수 없다고 결론내리고 항소를 기각시켰습니다.

저는 이미 감형은 가망 없는 일이라고 체념한 상태였습니다. 그러나 그것은 제 머릿속의 생각뿐이었던 모양입니다. 마음 한 구석에는 살아야겠다는 욕망이 숨쉬고 있었는지 "항소를 기각한다"는 판사의 목소리를 듣는 순간 눈앞이 아득해졌습니다. 그와 동시에 온 몸에 힘이 빠지면서 제 몸이 바닥으로 허물어져 내렸습니다. 잠깐 동안 정신을 잃고 쓰러져 버렸던 것입니다.

가까스로 정신을 차리고 교도관의 부축을 받아서 대기실에 앉았을 때는 새삼스럽게 제 자신이 그렇게 원망스러울 수가 없었습니다. 내가 어쩌다가 이렇게 푸른 수의를 입고 포승줄에 묶인 사형수가 되어 이 자리에 앉아 있게 되었는지 도대체 알 수 없었습니다. 진정 이게 꿈이 아닐까 하는 생각도 해 보다가 또다시 진작 죽지 못한 것이 원망스러웠습니다.

세상에 태어난 자체가 죄라는 생각도 했습니다. 태어나자마자 전쟁을 만났으니 그 때 죽었으면 부모 형제 고생도 시키지도 않고 나도 이런 부끄러운 일을 당하지 않았을 거라는 생각도 들었습니다. 네 살 때 천연두를 앓다가 죽었더라면 살인도 안 했을 텐데, 살인을 한 그 자리에서 나도 자살했더라면 모든 것이 한순간에 끝났을 텐데 하는 생각들이 꼬리를 물고 이어졌습니다. 그렇지만 후회는 아무리 일찍 해도 늦는다고, 이미 나는 사형수가 되어 있는데 무슨 소용이 있겠습니까.

한동안 멍하게 있다가 정신이 좀 들자 이제 어머니 얼굴을 어떻게 봐야 할지 막막했습니다. 혹시 항소가 기각된 충격으로 몸져 누우시지나 않을까 싶어서 속이 탔습니다. 저를 위해 애써 주신 스님과 형제들에게도 너무 미안해서 다시는 얼굴을 들 수가 없을 것 같았습니다.

방 식구들도 제 소식을 들었는지 방에 들어서자마자 방 안 공기가 썰렁하게 가라앉아 있는 것을 느낄 수 있었습니다. 방 식구들은 하나같이 제가 재판에 나갈 때부터 항소심이 잘 되어 무기로 감형받을 수 있을 거라면서 기운을 북돋워 주었습니다. 그런데 기각이 되자 저도 사람들을 볼 면목이 없고 방 사람들도 저에게 뭐라고 할 말이 없었습니다.

저는 착잡한 마음으로 밤을 지새웠습니다. 다음 날 역시 다른 날과 마찬가지로 1번 접견을 나갔습니다. 그 날은 어머니 혼자 계신 것이 아니라 형제들도 와 있었습니다. 어제 재판을 보고 곧장 내려가지 않고 어머니가 얻어 놓은 방에서 하룻밤 묵고 아침 일찍 면회를 온 것이었습니다. 어머니는 제가 걱정했던 것과는 달리 오히려 저를 위로해 주셨습니다.

"동수야, 너무 실망하지 마라. 에미가 부족해서 정신 감정 받는 걸 못해서 기각된 거다. 대법원에 올라가면 꼭 정신 감정을 받도록 해 주마. 너는 그저 딴 생각하지 말고 부처님께 관세음보살로 염불을 드려라."

"동수야, 미안하다. 우리도 최선을 다한다고 했는데 부족했나 보다……."

어머니는 애써 마음을 진정시키고 담담하게 말씀하셨습니다. 그러나 재판 때문에 오랜만에 얼굴을 보게 된 형님은 사형이 확정되어 버린 것이 가슴 아프셨는지 말을 다 잇지 못하고 울음을 터뜨렸습니다. 그 바람에 그 때까지 눈물을 참고 있던 저도 소리 내어 울고 어머니도 우셨습니다. 같이 우는 것 외에 다른 말이나 위로가 있을 수 있었겠습니까. 조용하던 면회실이 갑자기 울음바다가 되었지만 누구 하나 뭐라고 하는 사람이 없었습니다.

어머니는 우느라고 말씀을 제대로 하지도 못하면서도 대법원을 기대해 보자고 하셨습니다. 자식에 대한 어머니의 사랑이 무한한 것처럼 자식에 대한 희망도 무한했습니다. 어머니라고 왜 지치지 않고 절망하지 않으셨겠습니까. 그렇지만 자식을 살리기 위해서라면 저승까지라도 같이 갈 결심을 했기 때문에 할 수 있는 모든 방법은 다 해보자는 것이었습니다.

저는 그런 노력이 다 헛수고라고 생각했습니다. 대법원은 그간의 기록들과 문서로만 심리를 해서 유죄, 무죄를 가리고 해석하는 곳이기 때문에 자파(自破 : 고등법원에서 선고한 형량을 감형시켜 주는 것) 판결이 나기란 그야말로 하늘의 별따기입니다. 저는 저의 죄질로 보아 대법원에서도 사형이 확정될 것으로 예상했고 나중에 재판 결과 그 예상이 정확하게 들어맞았습니다.

저는 가까스로 울음을 멈추었지만 어머니와 형님들에게 무어라고 달리 할 말이 없었습니다. 이젠 죽은 목숨이려니 하고 가족들을 위로하려고 해도 어머니가 아직 포기하지 않으셨는데 그런 말을 꺼낼 수가 없었습니다. 그저 형님께 죄송하다는 말씀밖에 드릴 말이 없었습니다.

접견을 마치고 돌아갈 때 형님께 부탁을 한 가지 드렸습니다.

"저 형님, 부탁이 하나 있습니다."

"그래 무슨 부탁이냐. 뭐든지 들어줄 테니 말해라."

"진주 가시면 심령과학에 관한 책을 사서 좀 넣어 주십시오."

형님은 느닷없는 제 말에 약간 놀라는 듯했지만 다른 말씀없이 진주에 가는 대로 곧 넣어 주겠다고 했습니다.

제가 갑자기 심령과학 책에 대한 말을 꺼낸 것은 나름대로 이유가 있었습니다. 아무리 읽으려고 해도 도무지 읽혀지지 않는 금강경을 보면서 두 가지 생각이 들었습니다. 한 가지는 곧 죽을 사람이 어려운 불경은 읽어서 무엇하겠나 하는 것이고 다른 한 가지는 사람이 죽으면 어떻게 될까 하는 것이었습니다. 불교에서 말하는 대로 극락을 가는 것인지 다시 다른 세상에서 전혀 다른 존재로 태어나 윤회를 하는 것인지 알고 싶었습니다. 혹시 기독교에서 말하는 것처럼 하나님을 믿는 사람만 천당에 가고 안 믿는 사람들은 지옥에 가는 것은 아닌가 하는 의심도 들었습니다. 하루하루 다가오고 있는 죽음을 대책 없이 기다리는 것 외에는 달리 할 일도 없어서 그랬는지 죽은 후에는 내가 어떻게 될까 하는 사후세계에 관심이 깊어졌습니다.

죽지 않은 이상 산 사람이 죽은 다음의 일을 알 수는 없겠지요. 그러나 심령과학을 하는 사람들은 죽었다가 살아났다고 주장하는 사람들도 만나고 영적인 교감을 통해서 죽음의 세계를 연구하기도 한다는 얘기가 생각났습니다. 그래서 그런 사람들이 연구한 책을 통해서라도 죽음 후의 세계가 어떤지 좀 알아보고 싶은 마음이 있었습니다. 죽기 전에 하루라도 빨리 책을 봐야겠다 싶어서 염치없지만 형님께 부탁을 할 것입니다.

 "책은 내가 알아봐서 보내줄테니 걱정하지 말고 상고할 마음의 준비나 하고 있어라. 하는 데까지는 최대한 해 볼 테니 딴 생각하지 말고 마음 단단히 먹어라."

 "아닙니다. 형님. 괜히 헛고생만 하실 텐데 상고는 뭐하러 하십니까. 저는 상고 안합니다. 상고해서 감형이 될 가능성도 없고 또 무고한 사람을 죽인 제가 어떻게 살기를 바라겠습니까. 어머님께는 가장 큰 불효고 형제들한테도 면목이 없지만 저는 살기를 바라지 않습니다. 괜히 애쓰고 헛고생하지 마세요. 정말 죄스러워서 더이상 할 말이 없습니다."

 저는 또 눈물이 나오려고 하는 걸 이를 악물고 참았습니다. 어머니는 틀림없이 내일 다시 면회를 오실 테니까 다시 볼 수 있겠지만 형님 얼굴은 마지막이 될지도 모른다는 생각이 들었습니다. 사실은 조금이라도 더 있고 싶은 마음이 간절했지만 그 마음과 반대로 종료 시간을 알리는 벨 소리가 나자마자 저는 인사도 변변히 하지 못하고 돌아서 나오고 말았습니다.

 저 때문에 더 조용해진 방에서 잠시 마음을 진정시키고 쉬고 있는데 운동시간이 되었습니다. 저는 운동장에는 나갔지만 한 발짝도 움직이지 않고 한 쪽 편에 멍하니 서 있기만 했습니다. 다른 방 사형수들이 저에게 다가와 여러 가지로 위로의 말을 해 주었습니다. 사실 그분들이 저를 위로할 입장도 아니지만 같은 처지에 있는 사람들이 해 주는 말은 다른 사람들이 하는 말과 조금 다르게 다가왔습니다.

 그 중에서도 앞에서 말한 박은석 씨와 방영근 씨는 정말 자기 일인 것처럼 마음 아파하면서 저를 위로했습니다. 저는 인간적으로 그분들에게 부모나 형제와는 또 다른 가까운 감정을 느낄 수 있었습니다. 박은석 씨는 기독교인이고 방영근 씨는 불교도라서 그런지 다른 사람의 마음에 평안함을 주는 위로를 잘했습니다. 그래서 이 두 사람과는 더욱 깊이 마음을 터놓고 지내는 사이가 되었습니다.

다른 사람들이 위로의 말을 건넬 때마다 저는 "괜찮습니다. 이미 예상했던 일인데요"라고 응수는 했지만 착잡한 마음이 가시지 않았습니다. 운동장 가운데서 운동을 시키던 본무 교도관들도 저에게 와서 등을 두드리며 너무 상심하지 말라고 위로했습니다. 그리고 오늘은 마음이 많이 괴로울 테니 운동장에 좀 더 남아서 바람 좀 쐬다가 들어가라고 선처해 주었습니다. 그 덕에 그 날은 다른 날보다 두 배는 더 많은 시간 동안 운동장에 있었습니다.

형님과 접견을 한 지 일주일이 지나자 부탁했던 책들이 들어왔습니다. 《영혼과 4차원의 세계》, 《영계의 세계》, 《악령의 세계》, 《유감의 세계》 등 심령과학 시리즈였습니다. 저는 그 중에서도 스웨덴 브로커라는 사람이 쓴 《나는 영계를 보고 왔다》라는 책이 가장 흥미로웠습니다.

이 책은 저자가 직접 유체이탈을 해서 영혼의 세계를 두루 체험한 내용을 쓴 것입니다. 저는 이 책을 들자마자 푹 빠져서 단숨에 읽어 내려갔는데 두 가지 내용에 아주 놀랐습니다. 하나는 지옥과 천당이 정말 있다는 것이고 또 하나는 이승에서 타고난 지능과 배운 지식을 저승에까지 가지고 간다는 말이었습니다. 그렇다면 이승에서 머리 나쁜 사람은 저승에서도 영원히 머리가 나쁜 채로 이승에서 얻은 지식만 가지고 영원히 살아야 된다는 건데 이게 얼마나 무서운 말입니까.

저는 정신이 퍼뜩 들었습니다. 아무리 이승에서는 용서 못받을 죄인이라 해도 죽으면 모든 것이 끝난다고 해야 마음이 홀가분해질 텐데, 내세에도 지금도 비슷한 사람으로 살아야 한다면 얼마나 괴롭겠습니까. 학교 다닐 때 하라는 공부는 하지 않고 그저 놀러나 다니고 사고나 치고 했던 걸 생각하니 겁이 더럭 났습니다. 그 책을 다 읽고나니 죽을 때 죽더라도 공부를 해야겠다는 생각이 퍼뜩 들었습니다.

다음 날 접견에서 저는 어머니께 옥편 한 권하고 국어사전을 넣어달라고 부탁드렸습니다. 하루만에 책이 들어왔습니다. 그런데 책을 받기는 했어도 막상 공부를 시작하려고 하니 자신이 없어졌습니다. 작심 삼일이라고 처음 며칠간 의욕적으로 하다가 사흘도 못돼서 흐지부지 그만두면 아니 한만도 못하지 않습니까. 그래서 공부에만 매달릴 수 있게 하는 방법을 한 가지 생각해 냈습니다. 방 사람들과 내기를 하는 것이었습니다.

저는 일주일 내에 천자문을 다 떼겠다고 방 사람들에게 호언장담을 했습니다. 방 사람들은 다 코웃음을 치면서 그건 불가능하다고 믿지 않았습니다. 저는 두고 보라고 하면서 내기를 걸었습니다. 지금 들으면 어린애 같은 짓이라고 할지도 모르지만 저한테는 공부가 그만큼 절박했습니다.

아무것도 하지 말고 공부만 하라고 할 때는 그 말을 귓등으로 듣고 놀기만 하다가 이제 아무것도 하지 말고 앉아서 죽을 날만 기다리라고 하니까 공부하겠다고 발버둥을 치니 만사에 청개구리처럼 행동하는 격이지요. 남보기에는 심령과학 책을 읽고 공부를 하겠다고 하는 거나 공부하는 데 게으르지 않게 하려고 내기를 한다는 것이 우습게 생각되겠지만 저는 누가 뭐라고 해도 심각하게 생각하고 결정한 것이었습니다.

이렇게 해서 내기를 시작한 첫날은 죽으라고 한문을 외웠는데도 12자밖에는 외울 수가 없었습니다. 저녁에 가만히 생각하니 이렇게 나가서는 도저히 내기에 이길 승산이 없었습니다. 방 사람들은 그러면 그렇지 공부가 하루아침에 되는 것인가 하는 눈빛들이었습니다.

저는 안되겠다 싶어서 작전을 바꾸었습니다. 일주일 동안 잠은 하루에 네 시간만 자고 나머지 시간은 오로지 한문 공부만 했습니다. 먹는 시간도 최대한으로 줄이고 옆 사람과 말도 하지 않고 화장실 가는 시간과 운동하는 시간만 빼고는 천자문 외우기에 매달렸습니다.

드디어 내기 결과가 나오는 일주일째 되는 날이 왔습니다. 저는 벌써 내기에 이긴 듯 웃고 있는 방 식구들 앞에서 천자문을 한 자도 틀리지 않고 줄줄 외웠습니다. 설마 했던 사람들은 기절할 정도로 놀랐습니다. 제가 자랑을 하느라고 과장을 해서 말하는 것이 아니라 정말입니다. 일주일만에 한자 천자를 외운 것이 자랑할 만한 것인지 어떤지는 모르겠지만 저는 너무 기분이 좋고 뿌듯했습니다. 방 사람들은 정말 놀랐다고 하면서 아주 머리가 좋은 사람이라고 칭찬이 자자했습니다. 저는 겉으로 표는 안 냈어도 어깨가 으쓱거려졌습니다.

더 좋은 일은 일주일만에 천자문을 다 뗀 것뿐 아니라 그 일
주일 사이에 한문 공부에 취미가 생기고 재미가 붙은 것이었습
니다. 그래서 천자문에 만족하지 않고 2천 자 책을 구해서 공
부를 했는데 가속이 붙어서 그런지 20일만에 다 뗐습니다. 스
님이 주신 금강경은 막힘 없이 읽어 내려갈 수는 없었지만 아
는 글자가 많이 나와서 띄엄띄엄 읽을 수 있게 되었습니다.

진작에 이렇게 공부를 좀 했더라면 저의 인생이 많이 달라졌
을 겁니다. 인생이 다 마음먹은 대로 되는 것은 아니지만 적어
도 고등학교까지는 졸업을 했을 테고, 군대도 얌전히 갔다와서
착실하게 사회 생활을 하면서 지금과는 전혀 다른 인생을 살지
않았겠어요. 아무리 후회를 하고 가슴을 쳐도 지난 일을 돌이
킬 수는 없겠지요.

기각된 상고

이렇게 감옥 생활 일 년이 지났습니다. 76년 1월에 체포되어
교도소에 수감되었던 저는 일 년만인 77년 1월 21일에 대법원
에서 상고가 기각되었다는 소식을 들었습니다. 이미 예상했던
일이었습니다. 그러나 그 소식을 듣는 순간 저는 손에 들고 있
던 3천자 한문책을 집어던져 버렸습니다. 공부는 해서 뭐하겠
나 싶고 화가 났습니다. 이미 각오도 하고 있었고 어떤 말을
들어도 흥분하지 않고 마음을 흐트러뜨리지 않을 것 같았는데
도 그런 행동을 했습니다. 수양이 부족한 사람이라 그런 행동
이 나온 것입니다. 공부도 그렇고 수양도 그렇고 하루아침에

되는 일이 아닌 것 같습니다.

다행히 다음 날 어머니를 접견할 때는 마음이 많이 가라앉아서 제가 어머니를 위로할 수 있었습니다.

"어머니 죄송합니다. 이제 다 끝났습니다. 어머니는 할만큼 하셨으니 그만 포기하시고 진주로 내려가세요. 저는 처음부터 각오하고 있었기 때문에 아무렇지도 않습니다. 어머니만 진주로 내려가시면 모든 게 순리대로 잘 끝나는 겁니다."

"대법원에서는 어떻게 정상 참작이 될 줄 알았는데…… 니가 머리 다친 것도 말을 했고 정신 감정 요청까지 받아들이고 해서 희망을 가졌었는데…… 그래도 어떻게 하겠냐. 재심청구를 해야지."

"글쎄 어머니, 다 소용없는 일이라고 말씀드리는데도 왜 자꾸 이러세요. 제발 좀 집으로 내려가세요. 어머니 때문에 제가 더 죽을 지경입니다."

아무리 설득해도 어머니 고집을 꺾을 수 없자 어머니께 화까지 냈습니다. 저를 위해 최선을 다하시는 어머니께는 정말 못할 노릇이었지만 그렇게라도 하지 않으면 도저히 어머니께서 고향으로 내려가시지 않을 것 같았습니다.

접견을 마치고 돌아와서는 조용히 명상을 하면서 시간을 보냈습니다. 눈을 감고 가부좌를 틀고 앉아서 마음을 가라앉혔습니다. 상고가 기각되었다는 명백한 사실을 스스로 인정하면서 담담히 받아들였습니다. 그리고 얼마나 될지 모르지만 남은 시간을 잘 보내야겠다고 결심했습니다.

운동장에 나가서도 다른 사람들에게는 아무 말 하지 않고 박은석 씨에게만 대법 판결 내용을 알려 주었습니다. 박은석 씨는 항소가 기각되었을 때와 마찬가지로 따뜻한 말로 저를 위로해 주었습니다. 저는 다른 사람들은 더이상 만나지 않고 운동 시간이 끝나는 것과 동시에 방으로 돌아왔습니다.

방에 와서도 차분하게 앉아서 기왕에 정해진 것을 기정 사실로 받아들이려고 애썼습니다. 그러나 아무리 마음을 평온하게 바꾸어 보려고 노력해도 쉽지 않았습니다. 대법 판결을 기다리면서는 어머니 때문에라도 살아있을 수만 있다면 좋겠다는 생각을 간절하게 하고 있던 터라 마음이 더욱 산란하고 진정이 잘 되지 않았습니다.

어머니 때문이 아니더라도 마음을 진정시키는 것이 쉽지 않았을 겁니다. 머리로는 내가 용서받지 못할 죄를 지었으니 사형언도는 아주 당연한 일이라고 생각하고 있었지만, 그래도 마음 한구석에는 살고 싶다는 간절한 마음이 살아 있었던 거지요.

한동안 가슴이 진정되지 않더니 가부좌를 틀고 앉아서 오랫동안 묵상하고 기도했더니 심란했던 마음이 조금씩 가라앉았습니다. 저는 슬며시 눈을 뜨고 한 쪽 구석에 내팽개쳐 있던 3천 자 책을 집어들었습니다. 그리고 묵묵히 한자들을 외워 나가기 시작했습니다. 집어던질 때는 ‘곧 죽을 텐데 공부는 무슨 공부’ 하는 마음이었지만 그래도 언제까지가 될지 모르지만 다시 공부를 계속하기로 마음을 고쳐먹었습니다.

다른 생각없이 공부만 해서 그런지 진도는 아주 잘 나갔습니다. 덕분에 3천자는 책을 잡은 지 한 달만에 다 뗐습니다. 천자문부터 시작한 걸로 치면 3개월 만이었습니다. 스님께서 주신 금강경도 처음에는 떠듬떠듬거리며 아는 글자 찾아 읽기에 바빴지만 한자를 많이 알게 될수록 부드럽게 읽을 수 있었습니다. 그렇게 1년이 지나자 처음에는 무슨 암호 같았던 금강경을 뜻까지 헤아려 가며 읽을 수 있게 되었습니다. 이제는 금강경을 속으로 해석까지 하면서 읽는 데 약 15분 정도 걸립니다.

지금도 아침에 기도드릴 때 항상 독경을 하고 시간이 날 때마다 읽지만 금강경의 공(空)사상은 너무도 오묘한 사상이고 진리입니다. 저는 이 사상을 말로 표현하고 전달할 수 없지만 금강경의 말씀이 얼마나 심오한 말씀인지는 느낄 수 있습니다. 어떤 때는 저 혼자 이런 진리를 아는 것이 너무나 아까워서 방 사람들에게 전하려고도 해 봤지만 사람들이 잘 알아듣지 못했습니다. 제 입이 둔해서 잘 전하지 못하는 이유도 있고 사람들이 이런 사상과는 너무 동떨어진 생활을 하고 있기 때문에 도저히 이해를 못하는 것 같습니다.

저는 금강경을 읽고 이해한 후로는 거짓말처럼 죽음에 대한 공포가 없어졌습니다. 제가 이런 말을 하면 안 믿는 분들도 있겠지만 정말로 금강경을 읽고난 후의 생각과 마음 상태는 그 전과 천지 차이가 날 만큼 달라졌습니다. 죽음을 생각하는 태도도 달라졌고 삶을 생각하는 태도도 달라졌습니다. 삶과 죽음에 대한 두려움도 없어졌습니다. 물론 그렇다고 해서 한꺼번에 모든 애착과 욕심까지 없어진 것은 아니었지만 생각이 전과 달라진 것만은 틀림없었습니다.

마음이 웬만큼 가라앉자 저는 삼중 스님께 다시 어머니를 만나달라고 부탁드렸습니다. 이제 더 이상 희망을 걸 데도 없고 할 수 있는 데까지 다 했으니 그만 집으로 내려가시라고 좀 설득해 달라는 부탁이었습니다. 저는 어머니를 위해서 빨리 형집행이 되지 않으면 자결이라도 해야 한다는 생각까지 하고 있었습니다. 제 결연한 마음을 아신 스님께서는 저를 위해서 부탁을 들어주셨습니다.

이제 모든 판결이 끝났으니 스님께서 어머니를 만나시기만 하면 다 해결될 거라고 예상하고 저는 가벼운 마음으로 접견을 기다렸습니다. 그런데 다음날 만난 스님의 말씀은 저의 예상을 완전히 빗나가게 했습니다.

어머니를 설득하러 갔던 스님은 오히려 어머니께 설복당하고 오신 것 같았습니다. 스님은 제가 아니라 어머니를 살리기 위해서 그 날부터 제 구명운동에 발벗고 나섰던 것입니다.

제 4 장

저승문을 흔든 모정불심

제 어머니에 대해서는 이미 방송이나 신문 등을 통해서 알고 있는 분들이 있겠지만, 누구보다도 삼중 스님께서 잘 알고 계십니다. 특히 저와 관련된 어머니의 행적에 관해서는 스님만큼 아는 분이 없을 겁니다. 저는 어머니와 매일 접견하기는 했지만 저를 만나고 교도소 문을 나서는 순간부터는 어머니가 어떻게 살고 계신지 전혀 알 수 없었습니다.

어머니 없이는 제 이야기를 할 수 없습니다. 어머니 없이는 어떤 이야기도 아무런 의미가 없습니다. 어머니가 없다면 저도 없기 때문입니다. 그러나 저로서는 어머니의 모습 중 지극히 일부분 외에는 말씀드릴 수가 없습니다. 제 어머니의 이야기는 삼중 스님을 통해서 들어야 합니다. 저 자신도 스님을 통해서 제 어머니의 이야기를 들었습니다. 스님은 제 어머니에 대한 말씀을 여러 법회에서 하셨고 책으로도 내셨습니다.

이제부터는 어머니가 어떤 분이고 어떻게 저를 살리셨나 하는 이야기는 삼중 스님께서 하신 말씀을 그대로 옮기는 것으로 대신할까 합니다.

사형수에게서 본 성자의 얼굴

〈제가 처음 양동수라는 사람과 인연을 맺게 된 것은 1976년이었습니다. 그 때 저는 참새를 키우는 사형수로 잘 알려진 방영근이라는 사람과 정기적으로 만나고 있었습니다. 저는 그 사람이 죽기 전에 꼭 어머니를 찾아서 만나게 해 주려고 백방으로 알아보고 노력했지만 잘 되지 않아 실망하고 있던 참이었습니다.

그런데 하루는 그 사람이 "스님 저는 이제 어머님을 찾는 것도 포기했고 편한 마음으로 죽음을 맞을 준비가 되어 있으니 더이상 신경 쓰지 마십시오. 그 대신 양동수라는 사람을 꼭 한번 만나 주십시오. 그에게는 아주 불심이 지극하신 노모가 계신데 교도소 옆에 방을 하나 얻어놓고 옥바라지를 하고 계십니다" 하는 말을 했습니다.

당시에 저는 재소자들, 그 중에서도 사형수들에게 불법을 전해서 그들의 마지막 가는 길을 잘 인도하고 싶다는 마음을 간절하게 갖고 있었습니다. 그 시절만 해도 불교 쪽에 귀의하는 사형수들이 거의 없었습니다. 대부분의 사형수들은 개신교나 천주교에 귀의해서 생의 마지막 시간들을 신앙에 의지해서 편안하게 맞고 있었습니다.

불교에 귀의하는 사람이 없다는 것은 그만큼 스님들을 비롯해서 우리 불자들의 관심이 없었다는 반증이니까 누구를 탓할 일도 아니지요. 기독교나 천주교에서는 목사님이나 신부님은 물론이고 일반 신도들도 그들을 도우려고 열성적으로 자매 결연을 맺고 하면서 애를 썼습니다.

기독교는 중심된 교리도 죄인을 용서하고 사랑하라는 것이니, 재소자들을 개종시키는 것은 종교적 사명과 일치하는 선교 사업입니다. 그러니 다른 종교보다 더 열과 성을 다해서 선교 활동을 할 수밖에 없지요. 개인적으로 한 사람씩 자매결연을 맺어서 자기 친자식이나 형제처럼 돌보고 그들의 마지막 가는 길에라도 구원을 얻을 수 있도록 최선을 다합니다. 그러니까 기독교에 귀의하는 사람들이 많아지는 것은 당연한 일이었습니다. 하루하루가 급박한 상황이고 내일이 없는 사람들을 형제처럼 귀하게 대하고 돌봐주니 그 쪽으로 마음이 쏠리는 것은 인지상정이었지요.

그래서 76년만 해도 대구 교도소 사형수 중에 불자는 한 사람도 없었고 기독교인들만 열 명 있었습니다. 저는 지금도 마찬가지지만 그 때도 어떤 종교를 가진 사람이든 그런 것을 다 떠나서 항상 외롭고 불쌍한 사람들을 돕고 싶은 마음이 있었습니다. 교화하는 스님 자격으로 교도소에 출입은 했지만, 꼭 불교인으로서 부처님의 말씀을 전하고 거기 있는 사람들을 불제자로 만들기 위해서 들어가지는 않았지요.

몇 번 교도소에 출입하면서 저는 특별히 사형수들에게 관심이 갔습니다. 그들이 다 기독교인이긴 했지만 종교를 떠나서 뭔가 해 주고 싶었습니다. 그래서 생각한 것이 그분들에게 고 깃국이라도 한 번 대접하자는 것이었습니다. 고깃국이 귀할 때라서 그런 생각이 들었던 모양입니다. 일단 계획을 세우고 나서 교무과장에게 허락을 구했더니 의외로 별 조건 없이 선뜻 승낙을 했습니다. 예상보다 쉽게 허락을 받은 저는 불자 몇 분의 도움을 받아서 아주 기쁜 마음으로 식사 준비를 했습니다.

그런데 바로 식사를 하기 직전에 과장으로부터 그 행사를 취소하라는 통보가 왔습니다. 위험 부담이 크다는 이유로 소장이 허락을 안한다는 것이었습니다. 저는 이미 허락을 받은 일이니 진행을 하겠다고 강경하게 버텼습니다. 교무과장은 권한도 없고 난처하니까 다른 조처를 취할 생각도 못하고 소장의 허락없이는 안된다는 말만 되풀이했습니다.

그러면서 시간이 자꾸 가니 나중에는 저도 너무 화가 나서 정 그렇다면 준비한 고깃국을 교도소 마당에다 뿌리겠다고 했습니다. 20년 전이니까 제가 승복을 입긴 했어도 젊고 혈기가 있었지요. 제가 이렇게 강경하게 나오니까 과장이 아주 당황해서 저를 좋게 설득하려고 하고 저는 저대로 물러설 수 없어서 강행을 하겠다고 맞섰습니다. 그렇게 한참 실랑이를 하고 있는데 그 사이에 소장의 마음이 바뀌었는지 허락이 났다는 연락이 왔습니다. 옥신각신하느라 원래 계획보다 시간이 늦어지긴 했지만 다행히 행사를 진행할 수 있었습니다.

사형수 열 명이 식사를 하기 위해서 작은 방 하나에 다 모였습니다. 그 때 저는 교도소에 출입한 지 얼마 되지 않아서 잘 몰랐지만 교도관들로서는 아주 위험한 일이었습니다. 어쨌거나 이미 죽을 날을 받아 놓은 사람들을 한 데 모아 놓았으니 자칫 무슨 돌발적인 행동을 하게 될지 아무도 모르는 일이었습니다. 기독교인이라고는 하지만 그 사람들은 사형을 선고받을 만큼 끔찍한 죄를 지은 흉악범들 아닙니까. 그래서 소장도 처음에는 허락을 하지 않았던 것입니다. 아마 저도 그 때 그것이 얼마나 위험천만한 것인가를 알았더라면 그런 행사를 계획하지도 않았을 겁니다.

장정 서너 사람이 앉으면 꽉 찰 만한 방에 사형수 열 명과 저와 신도 몇 사람이 둘러앉았습니다. 사형수들은 모두 양손에 수갑을 차고 있기는 했지만 독한 마음을 먹고 일을 저지르자고 하면 얼마든지 저지를 수 있는 상황이었습니다. 수갑을 찬 팔로 한 사람 목이라도 감고 차를 갖다 대라고 하면 일단은 꼼짝없이 대야 하는 판이니, 보안과 직원들이 당황해서 경계를 할 만도 했습니다.

그런데 또 문제가 생겼습니다. 음식을 앞에 놓고 먹으라고 하면서 손에 차고 있는 수갑을 끌러주지 않는 겁니다. 양손이 묶인 채로 음식을 먹으라는 말이지요. 저는 다시 과장에게 가서 항의를 했습니다. 아니 사람의 두 손을 꽁꽁 묶어 놓고 어떻게 음식을 먹으라고 하느냐면서 수갑을 풀어달라고 했습니다. 이번에도 처음에는 절대 안된다고 했습니다. 규정상 사형수들은 24시간 수갑을 차고 있어야 하는 데다가, 지금은 더 위험한 상황이니 수갑을 풀 수 없다는 것이었습니다. 그래도 저는 저대로 수갑을 찬 채로는 음식을 먹일 수 없다고 우겼습니다. 이번에도 제가 억지도 부리고 인간적으로 호소도 하고 해서 결국 수갑을 풀 수 있었습니다. 그러니까 더 불안한 상황을 만든 것입니다. 두 손이 다 묶여 있어도 불안한 판에 손을 자유롭게 풀어놓았으니 무슨 일이 일어날지 모르지 않습니까. 다 흉악한 살인범들이고 앞으로 살 희망이 없는 사람들인데 아차하는 사이에 엄청난 일이 일어날 수도 있었습니다.

그래도 저는 먹는 시간만큼은 두 손을 자유롭게 움직일 수 있어야 한다고 생각했습니다. 제 머리 속에는 오로지 그 사람들을 잠시라도 인간적으로 그리고 사랑으로 대하겠다는 마음이 전부였고 그것이 가장 중요하다는 생각밖에 없었습니다. 게다가 교도소나 재소자들의 사정을 잘 알지도 못했기 때문에 상대적으로 무서운 것도 없었습니다. 제 생각에만 열중하느라 옆의 신도들까지 바짝 긴장해서 벌벌 떨고 있는 것도 몰랐습니다.

그런데 그 자리에서 전혀 예기치 못한 일이 일어났습니다. 초대된 사형수들은 교도관들의 우려와는 달리 조용히 앉아서 아주 맛있게 음식을 먹었습니다. 밥과 국을 다 먹고나자 우리들은 미리 준비한 과일들을 내 놓았습니다. 그런데 이들이 앞에 놓인 귤과 사과는 먹지 않고 주머니에 모두 넣는 것이었습니다. 고깃국처럼 과일도 아주 비싸고 귀할 때입니다. 그러니까 교도관들이 여기서 먹고 가는 것은 괜찮은데 싸가지고 갈수는 없다고 막았습니다. 밖에서 먹을 것을 들고 들어가면 특별사식이 되기 때문에 규정상 안된다는 것이었습니다. 이런 행사도 종교행사라서 특별히 허락한 것인데 먹을 것까지 갖고 들어가면 불법행위가 되니 이 자리에서 먹지 않으면 압수하겠다고 했습니다.

그러자 그 사형수들이 이렇게 대답했습니다.

"우리와 밤낮 함께 사는 방 식구들이 있는데 우리들만 온갖 맛있는 것을 다 먹고 빈손으로 갈 수가 없습니다."

그 말은 함께 사는 가족들이 있는데 어떻게 우리만 맛있는 걸 먹을 수 있나, 고깃국은 싸 가지고 갈 수 없으니 어쩔 수 없지만 과일은 가서 나누어 먹을 수 있도록 해 달라는 것이었습니다. 저는 그 사람들의 말을 듣고 정말 놀랐습니다. 천하에 용서받지 못할 흉악범이고 살인을 한 사람들이지만 생각하는 것은 밖에 있는 우리들보다 낫구나 생각하니 무척 감동적이었습니다.

그뿐만이 아니었습니다. 저를 더욱 감동시킨 말이 있었습니다. 미리 준비를 했는지 행사가 다 끝난 다음에 그들 중에 대표격이 되는 사람이 일어나서 인사를 하는 것이었습니다.

"우리는 하나님을 믿는 사람들입니다. 우리는 이 곳에 와서는 이렇게 맛있는 고깃국을 처음 먹었습니다. 더구나 종교가 다른 불교도들이 우리를 이렇게 잘 대접해 주시니 이 은혜를 어떻게 잊겠습니까. 이승에서는 우리가 이 빚을 다 갚을 수 없습니다. 또 우리는 이런 대접을 받을 만큼 세상에서 인간적으로 산 사람들이 아닙니다. 우리는 모두 여러분들의 생명과 재산을 위협한 흉악 살인범들입니다. 우리는 그 죄로 곧 죽을 몸이라 비록 이승에서는 이 빚을 다 갚지 못하지만 저승에서라도 이 빚을 꼭 갚도록 하겠습니다."

그 목소리가 차분하고 진중하게 가라앉아 있었습니다. 목소리를 들어보면 그 사람이 수양된 사람인지 아닌지 알 수 있습니다. 말하는 내용도 질서가 있을 뿐 아니라 그 수양된 음성에 제가 반했습니다. 내가 만일 사형수였다면 과연 이런 분위기 속에서 저런 내용의 말을 저렇게 차분하게 할 수 있을까 생각해 보니 도저히 못할 것 같았습니다.

저는 그 행사를 끝내고 재소자 중에 불교 회장을 맡고 있는 사람을 만났습니다. 그리고 사형수 한 사람을 만나게 해 달라고 부탁했습니다. 어떤 이유로 사형수가 되었든 상관없고 또한 현재 기독교를 믿고 있는 신자들을 개종시킬 생각은 추호도 없으니 종교가 없는 사형수 중에서 한 사람을 소개시켜 달라고 했습니다. 정말 그 때 심정은 그 사람들을 교화하고 싶어서가 아니라 죽음을 눈앞에 두고도 그렇게 의연할 수 있는 법을 배우고 싶었습니다. 짧은 순간이었지만 그들의 태도는 정말 멋이 있었습니다. 그들을 통해서 죽음이 무엇인지 공부하고 싶었고 인생을 배우고 싶었습니다.

전생의 인연, 이생의 인연

불교 회장에게 부탁하고 나서 얼마가 지났습니다. 구미에서 사형수 한 사람이 이감왔습니다. 그가 바로 방영근이었습니다.

그런데 이상하게도 저는 그 사람을 처음 보는 순간 많이 본 얼굴이라는 느낌이 들었습니다. 다만 어디서 어떻게 아는 사람인지는 생각나지 않았습니다. 그러나 확실히는 기억나지 않았기 때문에 죽음을 준비하는 이야기나 지금의 생활 이야기, 마음의 상태 등의 애기들을 스스럼없이 나누었습니다.

어느 정도 이야기를 다 끝내고 돌아서는데 혹시나 이 사람은 기억할까 싶어서 "우리 혹시 어디서 본 사람이 아니오" 하고 물었습니다. 그러니까 그는 담담하게 "제가 스님을 잘 알지요"라고 대답하는 것이었습니다.

저는 깜짝 놀라서 되물었습니다.

"어디서 나를 본 적이 있습니까."

"스님께서 16년 전에 청하 보경사라는 절에 계시지 않았습니까. 스님은 그 때 흰 장갑을 끼고 시커먼 누더기를 입고 굴갓을 쓰고 육환장을 짚고 계셨지요."

그는 16년 전 제 모습을 그림 그리듯이 말했습니다.

"그 때 스님 모습이 왠지 제 기억 속에 오래 남아 있었는데, 오늘 이렇게 만나려고 그랬나 봅니다."

그의 집이 청하 보경사 아래 있었고 마침 거기서 국민학교를 다닐 무렵에 제가 보경사 주지로 있었습니다.

"가끔 절에 놀러 가면 스님이 관광객들을 모아 놓고 절의 유래에 대해서 설명하셨지요. 몇 번을 들어도 그게 얼마나 재미있는지 저는 관광객들이 올 때마다 그 꽁무니를 따라다니면서 스님 말씀을 들었습니다."

당시에 저는 절에 관광객들이 오면 그냥 있지 않고 수백 명 정도 모아 놓고 꼭 절의 유래에 대해서 설명을 해주곤 했습니다. 방영근은 그 때 제 모습을 본 모양이었습니다.

저는 그 이야기를 듣고 그럼 그 때 나에게 한 번이라도 인사를 한 적이 있느냐고 물었습니다.

"아닙니다. 그랬던 적은 없었습니다. 그저 스님 이야기가 너무 재미있어서 많은 관광객들 틈에 끼어 설명만 들었습니다."

그렇다면 이상한 일이지 않습니까. 그 사람이 나를 아는 것은 이해가 가지만 어떻게 내가 그 사람을 본 순간 아는 사람처럼 생각되었을까요. 설사 그 때 나에게 몇 번 인사를 했다 해도 16년이 지난 지금 어떻게 그 때의 얼굴을 기억해 낼 수 있겠어요.

잠시 생각하던 저는 결론을 내렸습니다.

"금생에는 당신은 나에게 인연이 있지만 나는 당신에게 인연이 없습니다. 그러나 내가 당신을 처음 보고도 아는 느낌을 가진 것은 전생에 아마 진중한 인연이 있었던 모양입니다. 그게 이 생에까지 이어지는 것이겠지요."

그런 이유로 저는 방영근이라는 사람에게 아주 각별한 애정을 가지고 대하기 시작했습니다.

그는 어릴 때 헤어진 어머니를 너무도 그리워했습니다. 그래서 전 그 어머니를 찾아 주기 위해 백방으로 노력했습니다. 그러나 결국은 못 찾고 말았습니다.

그런데 어느 날 저와 면담을 하면서 이런 말을 했습니다.

"스님, 저는 이대로 가겠습니다. 어머님 얼굴 한 번 보는 것이 소원이었지만 결국은 못 만나고 갑니다. 어머님과 저는 이 생에서 인연을 다한 모양입니다. 다만 한 가지 마지막 부탁이 있습니다. 우리 교도소에 양동수라는 사형수가 있습니다. 스님께서 그 사람을 꼭 한 번 만나 주십시오. 그 사람에게는 노모가 한 분 계신데 매일 아침 제 일 번으로 아들을 면회하고 계

십니다. 그 어머님의 모습이 너무 애처로우니 그분을 보아서라
도 꼭 양동수라는 사람을 만나 주십시오. ”

그러니까 자신은 모든 것을 포기하겠지만 양동수라는 사람
에게는 희망이 있다는 말을 간접적으로 한 셈입니다. 그리고
다음 면담 때 양동수라는 사람을 데리고 함께 나왔습니다. 저
는 그 전까지 양동수라는 사람이 누군지, 그 어머니가 어떤 분
인지 알지 못했습니다. 만일 방영근이라는 사람이 없었더라면
오늘날의 양동수라는 사람은 없었을지도 모릅니다.

그 접견을 끝내고 며칠 후에 방영근은 형 집행을 당했습니
다. 그런데 그가 집행장에서 보인 모습은 교도관들과 재소자들
마음속에 깊이 남았고, 양동수라는 사람의 마음에도 깊은 감명
을 주었습니다.

법창야화가 남긴 빚

그 당시에 법창야화라는 라디오 인기 드라마가 있었습니다.
그 법창야화에 천주교 신도였던 박은석이라는 사형수의 이야기
가 〈천사와 사형수〉라는 제목으로 방송된 적이 있습니다. 거기
에는 한 수녀님이 아주 헌신적으로 그 사형수를 돌보는 이야기
가 있었고, 개종을 하고 선한 사람으로 다시 태어난 사형수를
돕기 위해 천주교인인 이효상 당시 국회의장과 당시 공화당
국회의원이었던 박찬종 씨 등이 구명운동을 하는 내용이 감
동적으로 그려졌습니다.

박은석이라는 사람의 죄상은 어느 구멍가게에 가서 주인 할

머니를 죽이고 그 손가락을 끊어서 반지를 가지고 온 것이었습니다. 죄질이 흉악했지요. 그런데 그 사람은 종교인들의 구명운동으로 살아났고, 도와줄 사람이 없었던 방영근은 살아있는 부처라는 소리를 들었으면서도 집행이 된 것입니다. 죄질로 보나 행형 성적으로 보나 참새를 키운 방영근도 살아날 수 있는 객관적인 조건이 되는데도 불구하고 형장의 이슬로 사라질 수밖에 없었습니다. 그래서 재소자들이나 교도관들이나 모두 다 애처롭고 가슴 아프게 생각했습니다.

그렇다고 제가 구명운동으로 살아나게 된 사람에 대해 무슨 이의가 있다는 얘기가 아닙니다. 물론 죽은 거나 다름없는 사람이 살게 되었으니 그 일만큼 장하고 기쁜 일이 어디 있겠습니까. 박은석이나 구명운동을 한 분이나 정말 기적과 같은 일을 해냈으니 마땅히 축하해야 할 일입니다. 다만 방영근이라는 사람도 함께 살리지 못한 제가 원망스럽고 안타까워서 하는 말씀입니다.

그런데 법창야화 〈천사와 사형수〉의 한 대목에 반드시 짚고 넘어가야 할 문제가 있었습니다. 아주 중요한 부분이 전혀 사실과 다르게 왜곡되어 방송된 것입니다. 그 대목이 방송될 때에 공교롭게도 우연히 제가 라디오를 듣고 있었습니다. 그 장면이 방송되는 순간 저는 불쾌하다 못해 분하고 억울했습니다.

그 내용은 이랬습니다. 참새를 키운 방영근이 집행장으로 가다가 박은석의 방 앞에서 서서 그 사람을 보고 "나도 천주님을 믿었으면 너 같이 살아남을 수 있었을 텐데 불교를 잘못 믿어서 이렇게 죽으니 정말 억울하다"고 말합니다. 그리고 마치 개가 도살장에 끌려가는 것처럼 울부짖고 안 가려고 발버둥치면서 질질 끌려 사형장으로 갔다는 것이었습니다. 연출자들이 극의 감동을 극대화시키기 위해서 실제와는 정반대의 상황을 꾸미면서 드라마를 만든 것입니다.

가뜩이나 그가 죽을 수밖에 없는 상황에 대해 상처와 아픔을 가진 저로서는 화가 나지 않을 수 없었습니다. 방송된 내용은 전적으로 거짓말이었습니다. 내가 누구보다 잘 알지만 방영근의 최후는 절대 그렇지 않았습니다. 그는 성자처럼 아주 여유 있는 자세로 죽음을 맞이했습니다.

집행 당일 그는 관례대로 교도관이 면회 왔다고 하니까 웃으면서 말했습니다.

"그런 거짓말은 하지 않아도 됩니다. 나는 오늘이 내가 떠나는 날인 줄 알고 있습니다."

그러면서 같은 방 식구들에게 일일이 인사를 했습니다. 형장에서도 교도관들이 아주 놀랄 정도로 편안하고 의연하게 죽음을 받아들이고 생을 마감했습니다.

이런 사람을 천하의 소인배로 만들어 놓았으니 제 기분이 좋을 리가 없었습니다. 아무리 넌픽션이라고 해도 드라마에는 약간의 허구가 있다는 것을 저도 잘 압니다. 하지만 그렇다손 치더라도 그건 정도가 너무 심했습니다. 아무리 이 세상에 없는 사람이라 하더라도 한 사람의 인격을 이렇게 왜곡시키고 오도할 수 있는지 납득이 가지 않았습니다. 저는 언젠가 한 번은 진실을 밝히리라고 생각하고 이 일을 가슴 깊이 새겨두었습니다. 그리고 다짐했습니다.

'힘을 가져야 한다. 결국은 힘이 없어서 그렇게 선한 사람이 죽은 것이다. 그래서 죽고 나서도 이런 모욕을 당하는 것이다. 힘을 길러야 한다.'

저는 그 한을 양동수라는 사형수를 통해서 풀어야겠다는 생각을 했습니다. 그 어머니를 만나기 전에는 개인적인 한이 많이 앞섰던 게 사실입니다. 그러나 사형선고를 받은 사람 한 명을 감형시킨다는 것이 마음만 있다고 되는 일이 아니었습니다.

기꺼이 지옥에 가겠습니다

방영근이 집행당한 후로도 저는 계속해서 양동수를 만났습니다.

그는 차츰 불교도로 교화되고 있었습니다. 그러던 어느 날 이런 말을 했습니다.

"스님. 저는 이대로 죽을 준비가 되어 있습니다. 그러나 아무 죄도 없는 어머니가 교도소 담 밑에서 저렇게 죄수와 똑같은 생활을 하고 있으니 그것이 너무나 마음에 걸립니다. 어떻게 해야 되겠습니까? 어머니께 마지막 효도할 수 있는 길을 저에게 가르쳐 주십시오."

저는 일단 그에게 '금강경'을 함께 읽자고 했습니다. 금강경의 마지막에 보면 인생은 한바탕의 꿈이라는 말이 나옵니다. 그 꿈을 깨는 것이 죽음입니다. 이 생은 잠깐 있다가 지나가는 꿈인데 꿈속에서 무슨 재벌이 되고 대통령이 되었다 해도, 일단 꿈을 깨고 나면 아무 소용이 없다는 뜻의 말이 나옵니다. 죽음을 눈앞에 둔 사람들은 이 말을 묵상하면 마음을 정리하는데 많은 도움이 됩니다. 그래서 사형수들에게 특히 금강경을 권했던 것입니다.

지금 상황에서 어머니께 효도하는 방법도 한 가지밖에 없다고 말했습니다.

"지금 효도를 하고 싶다고 해도 어머니께 해 드릴 것이 없습니다. 담을 뛰어 넘어갈 수도 없는 일인데 달리 무슨 방법이 있겠습니까. 여기서도 할 수 있는 일이 있다면 이 안에서라도 사람이 되어야 합니다. 그래서 어머니가 면회 오시더라도 울먹거리는 못난 모습 보이지 말고 어머니께 오히려 삶이 무엇인지 죽음이 무엇인지 가르쳐 드리십시오. 죽음이란 이 곳에서 저 곳으로 이사가는 것에 불과합니다. 영혼이 옷을 갈아입는 것입니다. 옷이 다 떨어지면 다시 새옷으로 갈아입으면 됩니다. 이승에서보다 오히려 더 밝은 옷으르 갈아입고 새로운 곳으로 이사가는 것입니다. 이렇게 설명을 해서 어머니의 마음을 위로해 드리십시오. 이런 말을 들으면 어머니께서 내 아들이 사형수가 되기는 했지만 감옥 안에서 나도 모르는 금강경의 대진리를 깨달았구나. 몸은 지금 갇혀 있어도 마음은 자유롭고 깨끗하게 정리해서 떠날 수 있게 되었으니 얼마나 다행인가 이렇게 생각하실 것입니다. 지금 상황에서는 효도라는 것이 이런 방법밖에는 없을 것 같습니다."

제 이야기를 듣고 양동수도 그렇게 하는게 좋을 것 같다고 동의했습니다. 그리고 금강경을 시작했는데 정말 열심히 공부했습니다. 얼마나 열심히 했는지 생각보다 진도가 아주 빨랐습니다.

그런데 어느 날 이 사람이 나를 만나서 아주 이상한 소리를 했습니다.

"스님 효도라는 것이 금강경을 해석해 드리는 것으로 되는 것은 아닌 것 같습니다. 아무리 마음을 다해서 금강경을 해석해 드리고 제가 아무런 고통 없이 죽음을 받아들일 수 있다는 것을 설명드려도 어머님은 눈물을 멈추지 않으십니다. 어머님은 도리어 '네가 이럴 것이었으면 진작 부처님의 법을 알아서 이런 일을 저지르지 않았어야지, 이제 와서 이런 말을 한다는 것은 너무 늦지 않았느냐' 하고 슬피 우시기만 하십니다. 어머님께 효도하는 것은 간단한 방법이 있습니다. 제가 빨리 죽는 겁니다. 그러면 어머님께서 이 고행을 마감하시고 고향으로 내려가실 테고, 고향에는 밥먹고 사는 자식들이 있으니 남은 여생은 편안하게 사실 것이 아닙니까."

이건 사형수가 집행당하기 전에 자살을 하겠다는 말입니다. 날은 받아 놓았지만 집행은 언제 당할지도 모른다, 그 동안에는 어머니가 괴로움을 당해야 하고 슬픔이 끊이지 않으니 내가 오래 살아있는 것이 오히려 불행을 연장하는 것이다, 차라리 내가 빨리 죽어서 어머니의 고행을 끝나게 해 드리는 일이 바로 효도다, 이런 말 아니겠어요.

효도하기 위해서 스스로 죽겠다니 이 얼마나 기가 막힐 노릇입니까. 그 어머니는 자식 때문에 살고 있고, 그 자식은 어머니를 위해서 죽겠다는 말입니다. 결국 두 사람 다 죽는 다는 결론이 나왔습니다. 양동수의 이야기는 그냥 한 번 해 보는 것이 아니라 정말 결행할 뜻을 가지고 하는 말이었습니다.

그 이야기를 들은 저는 그 죽음을 막아 보려고 어머니를 찾아갔습니다. 두 사람의 죽음을 막는 방법은 어머니를 설득해서 고향으로 내려가시게 하는 것밖에 없다고 생각했습니다.

원래 저는 재소자의 가족을 만나지는 않았습니다. 만날 이유도 없었습니다. 제 일이 재소자들을 만나 그들이 불교에 귀의해서 새 삶을 찾거나 죽음을 편안하게 받아들이도록 돕는 것입니다. 그러니 재소자 가족들을 만나서 할 일이 없지요.

그런데 아무리 흉악범이고 사형수라 하더라도 그 사람이 스스로 목숨을 끊겠다는 결심을 안 이상 그대로 놓아 둘 수는 없었습니다. 더구나 그 사람은 내가 각별한 관심을 가지고 만나고 있는 사람이니 더욱 그대로 둘 수가 없었습니다. 저는 오로지 어머니를 설득해서 고향으로 돌아가게 해 드릴 생각밖에는 없었습니다. 그리고 그 일이 그렇게 어렵지 않을 것으로 생각했습니다.

그 집 주소를 들고 찾아가 보니 바로 교도소 담을 사이에 두고 가장 가까운 집이었습니다. 어머니는 그 집 방 한 칸을 세 얻어서 살고 있었습니다. 꼭 한 평 남짓한 방이었습니다.

제가 집을 찾았을 때는 12월이라 매서운 바람이 불고 있었습니다. 일단 어머니를 만나 인사하고 방에 들어섰는데 이상하게 방안에 불기라고는 전혀 없었습니다. 폭풍 한설만 막았다 뿐이지 바깥하고 똑같았습니다. 방은 냉골이었고 세간이라고 할 만한 것도 변변히 없었습니다.

어머니는 바람에도 쓰러질 듯 체구가 마른 자그마한 분이었습니다. 몸에 살이라고는 붙어 있지 않고 그저 주름진 윤곽만 있는 가녀린 모습이었습니다. 그저 자식 걱정하며 촌부로만 살아온 전형적인 한국의 어머니상이었습니다.

"아니 방이 왜 이렇게 춥습니까."

이것이 제가 물은 첫마디였습니다.

"혹시 연탄이 없어서 불을 못 때시면 제가 연탄값을 좀 거들어 드릴 수 있습니다. 어려워 마시고 말씀하십시오."

저는 진심으로 그렇게 말씀드렸습니다. 그러나 어머니의 대답은 전혀 뜻밖이었습니다.

"아들은 이 엄동설한에 불기 없는 냉골에서 새우잠을 자고 있는데 에미가 어떻게 혼자 뜨신 방에서 잘 수 있겠습니까. 돈이 없어서가 아니라 죄를 지은 에미라 불을 땔 수가 없습니다."

그 말을 듣는 순간 저는 온몸에 전율이 왔습니다. 진한 감동이 전신을 타고 흘렀습니다. 간혹 효성 깊은 자식이 부모를 위해 냉방에서 잤다는 이야기는 들은 적이 있었지만, 부모가 자식을 위해서 그랬다는 이야기는 처음 들었습니다. 그것도 누가 그랬다더라 하는 식으로 전해들은 것이 아니라 제가 실제로 장본인의 목소리를 들었으니 더 감동스러웠습니다. 임무가 있었던 저는 그래도 다시 말문을 열었습니다.

"자식이야 큰 죄를 지은 죄수니 찬방에 자는 게 당연하지

만, 어머니가 무슨 죄가 있다고 찬방에서 주무십니까. 연로하
신 데 몸 생각도 하셔야지요.”

“스님 그런 말씀 마십시오. 제가 바로 공범잡니다, 공범
자.”

“아니 그럼 어머니께서 그 사건과 무슨 관계라도 있다는 말
씀입니까.”

“있지요. 자식을 살인범으로 키운 죄요. 그만큼 큰 공범이
어디 있겠습니까. 아들 자식을 사형수로 만들었으니 이 에미도
마땅히 처벌을 받아야지요.”

너무나 당연하다는 듯이 자신을 공범자라고 하는 어머니의
말씀을 듣고 저는 할 말을 잃었습니다. 그런 생각을 가진 어머
니께 저는 더이상 할 말이 없었습니다. 저는 설득을 하러 간
사람인데 오히려 나도 모르는 사이에 설득을 당하고 있었던 겁
니다.

저도 어머니가 살아 계십니다. 저도 다른 사람들보다 어머니
에 대한 생각을 많이 하는 자식이라는 소리를 듣고 있는 사람
중에 하나입니다. 그래서 오히려 그 어머니의 이야기를 들으면
서 훨씬 더 깊이 감동하고 빨리 감화되었는지도 모릅니다. 그
렇지 않았더라면 한 사형수 어머니의 고집스러운 생각으로 흘
려듣고 넘어갔을 수도 있었겠지요.

그렇지만 저도 제가 여기 온 목적이 있지 않습니까. 애초의
단단한 마음이 허물어지기는 했지만 정신을 가다듬고 제가 준
비한 말을 했습니다.

“어머니는 불교 신자시니 스님의 말을 들어야 하지 않습니

까？”

“예, 들어야지요.”

“그러면 지금부터 제가 드리는 말씀을 꼭 듣겠다고 약속하십시오.”

“예, 약속하겠습니다.”

“지금 당장 보따리를 싸십시오. 그리고 고향으로 내려가십시오.”

제가 이 말을 하자 낮고 차분하던 어머니의 목소리가 결연해졌습니다.

“스님. 다른 것은 몰라도 그 말씀은 못 따르겠습니다. 저는 동수가 여기 있는 한 고향에 못 갑니다.”

“신도가 스님 말을 안 들으면 지옥에 간다고 하는데도 제 말을 안 따르시겠습니까.”

“그럼 기꺼이 지옥에 가겠습니다.”

불교 신자가 지옥에 가겠다는 말을 하면서 조금의 머뭇거림도 없었습니다. 어머니의 결심은 지옥도 뚫지 못하는 철벽이었습니다.

“그러면 도대체 어쩌자는 겁니까. 대법원에서 사형이 확정되면 그 다음에는 집행밖에 없습니다. 아무리 매일 일 번으로 면회를 해도 소용없는 일입니다.”

“제가 이러는 것은 어쩌자는 것이 아닙니다. 저는 그저 이렇게 있다가 제 아들이 집행당하면 그 몸을 찾아 화장하겠습니다. 그리고 그 뼈를 가리고 그 뼈에 밥과 꿀을 묻혀서 산기슭에 뿌리겠습니다. 그러면 까막까치나 짐승들에게 보시가 되겠지요. 죄를 짓고 가는 인생이지만 마지막에라도 한 번 좋은 일을 할 수 있을 겁니다. 저는 그 일을 하려고 지금 여기 있는 겁니다. 그런 다음에 저도 따라 자결하겠습니다. 스님이 참으로 이 늙은이를 생각하신다면 제 부탁을 들어주십시오. 이 몸도 죄인이니 화장을 하셔서 제 뼈에 밥과 꿀을 발라 산천에 뿌려 주십시오. 다른 것은 아무것도 바라지 않습니다. 저는 그것이면 족합니다.”

이런 어머니의 간절한 비원 앞에 제가 더이상 무슨 말을 할 수 있었겠습니까. 저는 그 날 어머니의 사랑 앞에 완전히 참패하고 설복당했습니다. 사형수 한 사람의 생명을 좀 연장해 볼 요량으로 어머니를 만나러 갔다가 이제는 이런 어머니를 살려야겠다는 마음을 갖게 되었습니다. 아들이 죽으면 어머니가 자결하겠다고 하시니, 이 거룩한 어머니를 살리려면 결국 양동수를 살려야 한다는 생각을 했습니다. 그래서 최소한 이 어머니가 자연사 할 때까지만이라도 양동수의 형집행을 막아보자고 했던 것입니다.

막내 울음소리에 저승길을 가다가도 돌아오리니

그 날 만난 이후로 저는 매주 대구 교도소를 방문할 때마다 이 어머니의 방도 들여다보았습니다. 그리고 그럴 때마다 작은 성의라도 보이려고 하면 극구 사양하시고 절대로 받지 않으셨습니다. 그러면서도 당신께서는 진주에 다녀오시면 그 때마다 무언가를 가지고 오셨습니다. 잘 손질한 김도 봉투에 넣어 주시면서 "제 아들을 도와주십시오" 하고 건네주었습니다. 그렇게 자주 그분을 만나게 되면서 그 어머니에 대한 아주 깊은 애정을 느끼게 되었습니다.

어머니라면 누구나 자식을 사랑하는 마음이 있습니다. 어머니가 자식을 사랑하는 마음은 어떤 것보다 강하고 위대합니다. 그렇지만 그 사랑도 여건에 따라 변할 수 있습니다. 처음 한두 번은 선언적인 행위로 지극한 모정을 나타내지만 세월이 가면 모정도 지치고 무덤덤해집니다. 게다가 현실적으로 어렵고 제약이 많으면, 이제 할만큼 했으니 현실은 그저 현실로 받아들이자 하고 중도에 포기합니다. 세상사에 쫓겨서 살다보면 처음 마음먹은 대로 잘 되지 않는 일들이 얼마나 많습니까. 사람들도 그걸 잘 알기 때문에 중간에 포기해도 그리 비난하지 않습니다. 그러나 양동수의 어머니는 자기 한계를 뛰어넘는 분이었습니다. 아무리 시간이 흐르고 사정이 악화되어도 처음의 생각과 사랑이 조금도 흔들리지 않는 분이었습니다.

어머니는 새벽 네 시면 일어나서 마당 한가운데 정화수를 떠놓고 기도하는 것으로 하루를 시작했습니다. 사방 팔방으로 절을 하고 나서 집에서 가장 가까이에 있는 화장사라는 절에 가서 불공을 드립니다. 날이 훤히 밝아올 때쯤 집으로 돌아와 아들접견을 갈 채비를 합니다. 접견은 9시부터 시작하지만 늘 첫번째로 하기 위해서 한 시간 정도 일찍 가서 신청을 해 놓고 기다립니다. 접견을 하고 막내아들의 얼굴을 보고 나서야 비로소 안도하면서 그 날 하루를 살 희망이 생깁니다.

접견을 끝내고 오면 그 때부터는 온 동네의 궂은 일을 도맡아 했습니다. 빈집을 청소해 주고 집 주변의 길을 다 쓸고, 주인집의 개 밥그릇까지 깨끗하게 닦아 놓습니다. 초상난 집에 가서는 염을 해 주고, 큰일을 치르는 집에 가서는 하루종일 구정물에서 손을 빼지 않았습니다. 절에 다니는 보살들을 위해서는 통이 넓은 승복 바지를 손수 지어주기도 했습니다. 단 한 순간도 몸을 쉬지 않고 어디든지 일을 찾아다녔습니다.

처음에 마을에 방을 얻었을 때는 사형수의 어머니라고 외면하고 뒤에서 수군대던 동네 사람들도 어머니의 이런 모습을 보고 감동을 받고 존경하게 되었습니다. 아무 대가도 바라지 않고 궂은 일을 해 주는 것이 너무 고마워서 한 번 모셔다가 점심이라도 대접하려고 하면 한사코 사양하셨습니다.

"나는 자식을 잘못 키워서 지금 사형수로 만든 에미입니다. 그런 에미가 어찌 남이 차려주는 따뜻한 밥상을 받겠습니까. 저는 얼굴을 들고 하늘을 바라볼 수도 없는 죄인입니다. 제가 만일 이웃들의 호의를 받아들이고 편하게 있으면 그것으로 인해 내 자식에게 좋지 않은 일이 생깁니다. 그러니 저는 죽는 날까지 말 한 마디를 하든 일을 한 가지 하든 참회하다가 가야 합니다."

이것이 사양하면서 하는 어머니의 말씀이었습니다.

그리고 아무리 먼 곳에 가더라도 식사는 반드시 집에 와서 했습니다. 없는 반찬일지언정 항상 당신 손으로 밥을 짓고 정성스럽게 차려서 방으로 가져갔습니다. 먹는 사람은 당신 혼자였지만 밥은 항상 두 그릇을 차리고 수저도 두 벌을 놓았습니다.

밥을 먹기 전에는 늘 "동수야 밥 먹자. 배고팠지" 하면서 마치 맞은편에 막내아들이 앉아 있는 것처럼 먼저 권한 다음에 수저를 들었습니다. 이렇게 감옥에 있는 아들과 밥을 함께 먹기 위해서 다른 집에서 차려주는 밥을 먹지 않았던 것입니다.

그런가 하면 매일 면회를 가서 빨래를 받아 왔습니다. 그 빨래를 하면서는 오늘 이 빨래가 마지막 빨래가 될지도 모른다는 생각에 혼신의 힘을 다해서 빨았습니다. 언제 사형을 당할지 아무도 모르니까 그 때가 언제든 떠날 때는 깨끗한 옷을 입혀 보내고 싶은 마음에서였습니다.

고향에 있는 자식들도 이렇게 고생하는 어머니를 보고 가만히 있지 않았습니다. 자식들이 어머니를 모시러 오면 아무 말 없이 순순히 따라 내려갑니다. 그리고 한달 정도 먹을 쌀만 챙겨서 그 날로 다시 올라옵니다. 자식들이 좋은 말로 만류하다가 안돼서 문을 잠그기까지 해도 소용이 없었습니다.

"어머니, 이제 모든 것이 끝났습니다. 이제 남은 것은 집행밖에 없습니다. 그러니 그만 포기하시고 여기 계십시오. 우리는 자식이 아닙니까. 우리에게도 어머니께 효도할 기회를 주셔야지요. 이러다가 돌아가시기라도 하면 그 한을 어떻게 하라고 그러십니까."

그래도 어머니는 막무가내이십니다.

"나는 동수한테 가야 한다. 니들이 문을 안 열어 주면 목을 매고라도 나는 간다."

이쯤되면 어머니의 성격을 잘 아는 자식들도 어쩔 수 없이 빗장을 벗기고 어머니를 보내드리는 수밖에 없었습니다.

"막내 울음소리에 저승길을 가다가도 돌아오는 게 에미다. 나는 아직은 죽을래야 죽을 수가 없다. 내가 지금 숨을 쉬고 사는 이유는 저 불쌍한 막내 놈 때문이다. 너희들은 이렇게 잘 살고 있으니 나는 아무 걱정이 없다. 너희들을 이렇게 키우느라고 막내에게 정을 제대로 주지 못해서 저 놈이 저렇게 되었으니 모든 것이 내 책임이다. 그러니 그 놈 마지막 모습을 내가 지켜야 한다."

이승에서는 누구도 그 어머니의 고행을 말릴 수 없었습니다.

벼랑 끝에서 잡은 생명줄

그런데 노모는 저를 볼 때마다 동수가 어렸을 때 뇌를 다친 적이 있으니 정신감정을 한번 받아보고 싶다고 하셨습니다. 정상적인 정신 상태에서는 절대로 살인을 할 아이가 아니라는 믿음에서 나온 확신이었습니다. 틀림없이 어려서 다친 뇌에 이상이 생겨 제 정신이 아닌 상태에서 살인을 했을 거라는 말씀이었습니다. 첫 재판부터 계속해서 정신감정을 의뢰했는데 그것이 재판부에서 받아들여지지 않았습니다. 그래서 어머니에게는 정신감정이 마지막 희망을 걸 수 있는 증거로 남아 있었던 것입니다.

법적으로는 대법원에서 이미 확정되었으면 그것으로 끝난 것이나 다름없습니다. 대법원 판결이 나면 그 사람은 이미 선고 그 자체로 죽은 거나 마찬가지입니다. 정신감정을 하려면 재판 과정에서 해야 합니다. 이미 죽은 것으로 판결이 난 사람에게 무슨 정신이 있다고 정신감정을 합니까. 법적으로만 보면 모순일 수밖에 없었지요.

우리는 정신감정을 받기 위해 재심 신청을 했습니다. 재심은 원심지에서 합니다. 진주 지방법원에서 한다는 말입니다. 진주 지방검사가 와서 양동수를 만나 애기를 듣고 정신감정을 해 볼 필요가 있다고 판단되면 정신감정을 받을 수 있게 되는 겁니다.

다행히도 이런 복잡한 과정을 거쳐서 정신감정 개시 결정이 났습니다. 이런 일은 아마 행형사상 없는 일이었을 겁니다. 이미 사형이 확정된 사람의 정신감정을 결정한다는 건 법적 논리로는 있을 수 없는 일입니다. 그러나 실제로 이런 일이 일어난 것입니다. 끈질진 모정 앞에 법논리가 손을 든 것이었지요.

정신 감정의로 추천된 사람은 경북대 의과대학병원 정신과 과장이었습니다. 저는 정신감정의가 결정되었다는 이야기만 듣고도 기적이 일어난 것이라고 생각했습니다. 판사가 정신감정의를 지명한 자체가 기적입니다.

그런데 마침 제가 잘 아는 스님이 그 의사를 잘 안다고 했습니다. 저는 그 스님께 의사 선생에게 찾아가 어머니의 이야기를 좀 해달라고 부탁했습니다. 무슨 청탁을 넣으려고 그랬던 것은 아닙니다. 법을 다루는 데 그런 청탁을 해서도 안되고, 그 의사 선생이 청탁에 마음이 흐려질 분도 아니었을 겁니다. 저는 다만 이런 어머니가 계시니 정신감정을 하실 때 좀 각별히 신경을 써서 해달라는 말씀을 드리고 싶었습니다. 물론 그

렇다고 해서 이상이 없는 사람을 이상이 있는 쪽으로 진단서를
써달라는 뜻은 아니었습니다.

나중에 의사를 만나고 온 스님 말씀이 그 의사 선생님도 신
문을 통해서 어머니의 이야기를 잘 알고 있더라고 했습니다.
그 무렵에 어머니 이야기가 몇몇 신문에 실렸었는데 그 기사를
본 모양이었습니다. 그리고 나서 며칠 뒤에 저에게 이런 통보
가 왔습니다.

'양동수가 정신적으로 약간의 이상이 있다는 것은 인정되나
그 정도가 완전히 심신이 상실된 상태는 아니다. 그러나 이상
이 있기는 있으므로 만일 재판부에서 내 의견을 긍정적으로 받
아들여주기만 하면 이 사람은 최소한 사형은 면할 것이다.'

우리는 모두 이 말에 희망을 걸었습니다. 이제는 필시 살 길
이 열린 것만 같았습니다.

그러나 우리의 예상은 빗나갔습니다. 애석하게도 재판부에
서는 이 의견을 긍정적으로 받아들이지 않았습니다. 판결을 번
복하기에는 사건이 너무 컸던 것입니다. 그런 일을 저지르는
데 정신적인 작용이 전부였다고 하면 그 사람을 정상적인 생활
을 한 사람으로 보기 어렵다는 것이 정신감정 배척의 이유였습
니다. 결국 재심이 기각된 것입니다. 실제로 건국 이후 형사
사건에서 사형수가 재심으로 무죄가 된 것은 한 건도 없습니
다. 김대중 씨는 정치적인 사건에 연루된 사람이라서 경우가
좀 다릅니다.

최후의 희망으로 삼았던 정신감정마저 배척되고 재심이 기
각되자 우리는 절망했습니다. 이제 더 이상 아무것도 할 수 있

는 일이 없었습니다. 저는 어머니를 다시 볼 면목이 없었습니다. 나름대로 최선을 다했지만 결과적으로는 아무것도 달라진 것이 없으니 어떻게 그 어머니를 보겠습니까. 또 당사자인 양동수의 얼굴을 다시 보는 것도 못할 노릇이었습니다. 누구보다 제 자신이 절망하고 기운이 빠져서 아무것도 하고 싶지 않았습니다.

저는 당분간 교도소에 가지 않을 생각으로 금릉군 청암사라는 절에 들어갔습니다. 거기 칩거하면서 몸도 마음도 좀 쉬려는 생각에서였습니다. 그런데 거기서 뜻밖에도 실마리를 찾게 되었습니다. 마침 저와 같은 시기에 청암사로 기도하러 오신 스님을 한 분 만났던 것입니다. 정암이라는 스님이었습니다.

두 사람 다 기도를 하러 들어온 스님이었지만 기도를 한다고 해서 하루종일 홀로 면벽하고 있는 것은 아니었습니다. 아침저녁으로 기도가 끝나면 두 사람이 서로 자신의 이야기를 하면서 보내는 시간을 가졌습니다. 그러자니 자연스럽게 청암사에 들어온 동기를 말하게 되었고, 양동수와 그 어머니 이야기를 하게 되었습니다.

제 이야기를 듣고 난 정암 스님이 이런 말씀을 하셨습니다.

"그런 어머님이 계시다면 스님께서 이러고 계실 것이 아니라 다시 한번 살리기 위한 노력을 해야 하지 않습니까."

"저로서는 할 수 있는 일을 다했고, 더이상 할 수 있는 일이 없어서 포기했는데 다시 무슨 일을 할 수 있습니까."

"제가 듣기로는 법창야화라는 드라마에 소개되면 사형수도 선처를 받는다고 하던데요."

법창야화라는 말을 들으니 〈천사와 사형수〉라는 드라마가 생각났고 이어 방영근이 생각났습니다. 어쨌거나 저로서는 좋은 감정이 있는 프로그램은 아니었습니다. 그러나 제 개인적인 인상이야 어떠하든 그 말을 듣고 생각해 보니 설득력이 있어 보였습니다.

단지 문제는 어떻게 양동수 사건을 그 드라마에 내보낼 수 있는가 하는 것이었습니다. 그 때만 해도 저에겐 아무런 힘이 없었습니다. 신문 한 귀퉁이에 이름 석자도 나 보지 못한 제가 무슨 수로 방송국 PD에게 힘을 쓸 수 있겠습니까.

"스님 그렇다고 하더라도 저 같은 사람이 무슨 능력으로 양동수 이야기를 법창야화에 나갈 수 있게 하겠습니까."

"그래도 이제는 그것밖에는 남은 방법이 없으니 안될 때 안되더라도 한 번 해 보세요. 경비가 없으면 제가 돈을 좀 대 드릴 테니 일단 서울에 가서 언론쪽에 있는 사람들을 좀 만나 보십시오."

정암 스님은 아주 적극적으로 저를 부추켰습니다. 당시 저는 서울에 갈 여비도 없는 형편이어서 새로운 일을 벌일 수도 없었습니다. 그렇지만 돈까지 대 주겠다는 스님이 계시니 하는 만큼은 해보아야겠다는 마음이 생겼습니다. 부처님께서 기도를 들어주신 모양이었습니다.

며칠이 지난 후에 한 신도를 통해서 돈 10만 원이 저에게 전해졌습니다. 정암 스님과 친분이 있는 보살 한 분이 그 일에 쓰라고 쾌히 내놓으신 돈이었습니다. 저는 그 돈을 들고 서울로 올라갔습니다.

두 가지 조건

방법이 보인다고 해도 일이 일사천리로 진행되지는 않았습니다. 일단 어떻게 하면 방송에 관계하는 사람을 만날 수 있을까를 궁리하다가 불교신문사를 찾아갔습니다. 제가 아는 언론이라고는 불교신문뿐이었습니다. 불교신문에서는 양동수와 그 어머니의 이야기를 한 번 다룬 적이 있었습니다. 그 당시에 불교신문사 편집부장은 선원빈이라는 사람이었는데 저하고도 안면이 있는 사람이었습니다.

불교신문사를 찾아가서 사정 이야기를 했더니 처음엔 선 부장이 난색을 표했습니다.

"그 이야기라면 이미 한 번 신문에 크게 내 드린 적이 있지만 성과가 없었지 않습니까."

"그러긴 했지요. 그렇지만 신문에 크게 한 번 났다고 사형수가 금방 살겠습니까. 그러면 죽을 사람이 아무도 없게요. 하지만 포기할 수는 없으니 한번 더 기회를 주십시오."

제가 이렇게 간청하자 선 부장이 한 여기자를 불렀습니다. 최정희라는 신입 여 기자였습니다. 지금은 이 분이 현대불교신문이라고 하는 아주 공신력 있는 불교신문의 편집국장으로 있습니다.

"최 기자, 이 스님을 모시고 한국일보에 가서 이형기 기자를 한 번 만나게 해 드려요."

불교신문은 종교신문이라 힘이 없으니 일간지 기자를 만나서 이야기를 하도록 주선해 준 것입니다.

저는 최 기자의 안내로 한국일보 근처의 찻집에서 이형기 기자를 만났습니다. 그런데 이 분은 그 당시에 한국일보 기자가 아니라 주간한국 기자인데다, 들어온 지 얼마 되지 않은 아주 신참 기자였습니다. 제가 사형수 문제로 왔다고 하니까 처음 반응이 "나 같은 사람에게 사형수 이야기를 해 봐야 나는 전혀 힘을 쓸 수 없는 사람"이라는 것이었습니다. 당시 상황으로서는 아주 솔직한 말이었습니다.

이 기자가 시큰둥한 반응을 보이니까 최정희 기자가 적극적으로 나섰습니다. 여기까지 오기에는 많은 어려움이 있었고, 스님이 하려고 하는 이야기를 들어보면 마음이 달라질 테니 일단 한번 들어나 보라고 설득했습니다.

그 때서야 안면이 있는 기자가 하는 부탁이니까 그 얼굴을 봐서 잠깐 듣기는 하겠다는 표정을 보였습니다. 이 기자가 썩 내키지 않는 눈치를 보이긴 했지만 저는 이야기를 시작했습니다. 어쨌든 저로서는 소중한 기회니 성실하게 대처를 해야 하는 입장이었습니다.

저는 양동수와 그의 어머니에 대해서 알고 있는 이야기들을 가감 없이 차분하게 해나갔습니다. 일부러 수식을 붙일 필요도 없었습니다. 있었던 사실 그대로를 전하는 것으로도 감동을 주기에는 충분했습니다. 그랬더니 점차 이야기가 진행되면서 이 기자의 태도가 눈에 띄게 달라졌습니다. 저는 그 모습을 보고 좋은 예감이 들었습니다.

이야기를 다 듣고 난 이 기자는 제가 무슨 말을 하기도 전에

자기가 먼저 편집부장에게 말을 해서 기사화 하도록 노력해보
겠다고 말했습니다. 그 말을 들은 저는 미리 준비한 촌지 봉투
를 내 놓았습니다. 어떤 분이 저에게 기자를 만나면 무조건 돈
봉투를 건네야 일이 된다는 충고를 했기 때문이었습니다. 그래
서 10만 원 중에서 2만 원을 빼서 봉투 하나를 만들어 가지고
있다가 내민 것이었지요. 그러나 이 기자는 한사코 봉투를 사
양했습니다. 저는 말만 그렇게 하고 실제로는 일을 해 주지 않
으려고 그러는 게 아닌가 했습니다. 나중에 보니 그 어머니의
이야기를 듣고 깊은 감동을 받아서, 그런 일을 알리는 데는 돈
을 받으면 안되겠다는 생각을 한 것 같았습니다. 그 날 찻값도
이 기자가 냈습니다.

이 기자는 저와의 약속을 아주 성실하게 지켰습니다. 그 당
시에 주간한국이 아주 큰 판형으로 나왔는데 그 책표지 전면에
어머니의 사진이 실렸습니다. '내 아들이 죽으면 나도 죽는
다'라는 제목을 큰 활자로 찍고, 교도소 옆 전세방 앞에 서 있
는 어머니의 전신 사진이 표지로 실렸습니다. 이형기 기자뿐
아니라 편집부장이나 다른 기자들도 어머니께 많은 감동을 받
은 모양이었습니다. 주간한국에 실린 사진과 기사를 보고 아주
많은 사람들이 충격과 감동을 받았습니다. 그리고 그렇게 감동
을 받은 사람 중에는 법창야화의 PD였던 고무송 씨도 있었습
니다. 그것은 이제 서서히 길이 열린다는 신호였습니다.

양동수를 살리는 데 아주 결정적인 역할을 한 사람은 라디오
방송국 PD인 고무송 씨라고 해도 과언이 아닙니다. 고무송 씨
는 그 당시 아주 인기있고 능력있는 PD였습니다. 라디오를 들

을 때마다 빠지지 않고 나오는 이름이었습니다.

주간한국에 기사가 나가고 나서 저는 고무송 씨를 만날 수 있었습니다. 그런데 고무송 씨는 저를 만나기로 했으면서도 양동수 사건을 법창야화로 만들 생각은 없었던 것 같습니다. 아마도 그의 책상에는 한 번만 보아달라고 하는 사건 자료들이 많이 쌓여 있었을 것입니다. 그 많은 사건들 중에 어떤 것을 선택할 것인가 하는 것이 가장 큰 고민이었을지도 모릅니다.

어렵게 만나게 된 자리에서 고무송 씨의 첫마디는 "시간이 없으니 10분 동안만 이야기를 듣겠다"는 것이었습니다. 10분 동안 무슨 이야기를 하겠습니까. 게다가 시간을 정해놓고 이야기를 하자니 저도 갑자기 말문이 막혔습니다. 어떤 이야기부터 시작해야 할지 몰라서 난감했습니다.

그런데 그 순간 제 머리에 떠오른 것이 바로 참새 키우는 사형수 이야기였습니다. 저는 그 때의 기억을 되살려서 이야기를 시작했습니다.

"고 선생이 만든 드라마 중에 〈천사와 사형수〉라는 것이 있지요. 기억하실 지 모르지만 그 이야기 중에 방영근이라는 사람이 나옵니다. 그 사람은 참새를 키우는 사형수로 알려진 사람입니다. 그 사람은 비록 사형수였지만 재소자들이나 교도관들이 성자라고 입을 모아 칭송했던 그런 사람이었습니다. 그 사람은 아주 평안하게 죽음을 맞았고 한 번도 자기 종교와 남의 종교를 비교한 적이 없었습니다. 그는 누구를 원망한 적도 없는 사람입니다. 그런 사람을 드라마에서 사실과 전혀 다르게 자기 종교를 원망하고 도살장에 끌려가는 개처럼 버둥대다가 죽은 것으로 묘사한 것은 정말 잘못하신 겁니다. 아무리 살인을 했고 이미 죽은 사람이지만 성자와 같은 사람을 그렇게 추하게 만들어서는 안되는 겁니다. 제가 그 방송을 듣고 얼마나 가슴이 아프고 억울했는지 모릅니다. 아무리 드라마에는 픽션이 섞이는 것이라고 하지만 방영근의 이야기는 너무 심했습니다."

양동수와 어머니 이야기를 하러 갔다가 엉뚱하게도 방영근 이야기를 하는 데 5분을 써버렸습니다. 이제 남은 시간은 5분밖에 없었습니다. 그러나 저로서는 가슴 가운데 한으로 간직하고 있었던 이야기라서 한 번은 짚고 넘어가야 하는 얘기였습니다.

다행히도 고무송 씨는 아주 진지하고 사려 깊은 사람이었습니다. 이 분은 저의 말에 책임을 회피하거나 변명하려 하지 않고 자기 잘못을 솔직하게 인정했습니다.

"우리도 나중에서야 그 사람에 대한 진실을 알고 정말 죄송하게 생각하고 있었습니다. 늦었지만 스님께라도 진심으로 사과드립니다."

고무송 씨가 진심에서 우러나오는 사과를 하자 제 마음도 곧 풀렸습니다. 마음이 편해진 저는 곧바로 양동수와 그의 어머니 이야기를 풀어놓았습니다. 정해진 시간이 있으니 얼마 하지도 못했지요. 그런데 천만다행으로 그분은 이미 주간한국을 통해서 대강 내용을 알고 있었습니다.

"스님, 우리가 방송을 할 때는 반드시 그 이유가 있어야 합니다. 법창야화에서 양동수 씨의 이야기를 방송해야 하는 이유를 말씀해주십시오."

고무송 씨는 저의 이야기에 관심을 보이면서 일단 방송을 해야 하는 이유를 말해보라고 했습니다.

"법창야화는 바로 범죄를 억제하기 위해 만들어진 프로그램 아닙니까. 그러면 이 이야기처럼 적합한 이야기가 없습니다. 한 사람이 범죄를 하면 그것이 한 사람의 죄로 끝나는 것이 아니라 어머니와 가족들에게까지 그 괴로움이 가고, 결국에는 어머니의 생명까지도 위태롭게 한다는 걸 이 사건만큼 잘 드러내고 있는 것이 어디 있겠습니까. 이놈의 더러운 세상, 내가 일한번 내고 죽으면 그만이지 하고 죄를 지으면, 그 당사자보다 더 큰 형벌을 받는 것은 바로 그를 낳은 어머니입니다. 그걸 명백하게 알린다면, 설사 나쁜 마음을 먹었다가도 어머니를 생각하면 그 사람은 사고를 낼 수 없을 겁니다. 이만한 정도면 방송을 할 충분한 가치가 있지 않습니까?"

제 설명을 들은 고무송 씨는 그 정도면 충분하다면서 양동수 이야기를 드라마로 만들겠다는 약속을 했습니다. 최고 인기드라마 프로의 내용 선정을 그 자리에 앉아서 10분만에 한 것입니다. 정말 꿈이라고 여겼던 일이 현실로 이루어진 것입니다. 저는 실감이 나지 않아서 "정말이냐"고 다시 확인을 받기도 했습니다. 단 거기에는 두 가지 조건이 붙어 있었습니다.

"드라마를 만들려면 전제되어야 하는 두 가지 조건이 있습니다. 이 조건을 스님이 들어주셔야 합니다."

드라마가 된다는 데 못할 일이 없지요. 그래서 조건이 뭔지 듣지도 않고 당장 그러겠다고 했습니다.

"새해 첫 프로로 두 달간 하게 될텐데, 만일 한참 방송을 하는 중에 그 사형수가 집행당하면 방송의 의미가 없어집니다. 이야기가 한참 진행되는 중에 주인공이 없어지면 우린 방송사고가 나는 겁니다. 집행을 안 당하려면 법무부 장관에게 탄원서를 내십시오. 그리고 그 자리에서 장관의 확답을 받아놓아야 합니다. 그 약속이 있어야 우리가 방송 준비를 할 수 있습니다. 그리고 두번째는 피해자 가족이 방송국을 상대로 항의하지 않겠다는 각서를 받아오셔야 합니다."

그 말을 듣고 보니까 PD가 결정했다고 다 방송에 나갈 수 있는 것은 아니었습니다. 빨리 탄원서를 제출해서 허락받지 않으면 방송이고 뭐고 다 소용 없어지는 것이었습니다. 만일 제가 고무송 씨를 만나지 못했더라면 탄원서를 만들어 형집행 시기를 늦추는 방법이 있다는 것을 몰랐을 겁니다. 그 사람을 만난 것은 여러 모로 행운이었습니다. 저는 그 때까지 탄원서라는 방법이 있다는 것도, 그것을 누구에게 어떻게 올려야 하는지도 모르고 있었습니다.

"저에게도 연로하신 어머님이 계십니다"

그 날부터 저는 탄원서를 만드는 일에 전적으로 매달렸습니다. 탄원서를 만드는 일은 전국적으로 움직여야 하기 때문에 밤낮이 없었습니다. 대구에서 밤 0시 10분 차를 타고 서울로 올라가 하루 종일 탄원서를 들고 돌아다니다가 다시 새벽차를 타고 부산으로 내려오는 일을 수십 차례 반복했습니다. 그러는 중에 한 번은 양동수 어머니께서 저에게 돈 만 원을 쥐어 주셨습니다. 제가 아들을 살리기 위해서 발벗고 나섰으니 그런 방법으로라도 돕고 싶으셔서 그러셨겠지요. 그 시절에 만 원이면 꽤 큰돈입니다. 제가 아무리 돈이 없어도 그럴 수는 없었습니다. 돕더라도 제가 어머니를 도와드려야지 어떻게 하루 세 끼 먹는 것이 전부인 어머니의 도움을 받겠습니까.

이렇게 동분서주해서 받은 서명자 중에는 당시 윤고암 종정 스님도 계셨습니다. 제 주변에서 받을 수 있는 사람들은 물론이고, 여러 사람들이 솔선해서 도와주고 서명해 주었습니다. 그러나 종정이 서명했다고 해서 그걸 보증으로 사형수가 살아나는 것은 아닙니다. 만일 그렇다면 죽을 사람이 어디 있겠습니까. 서명을 5,000명 아니라 500만 명을 받았다 해도 사형수 문제는 원래 탄원 대상이 아니었습니다.

법이야 어떻든 5,000명의 서명을 받은 저는 탄원서를 들고 법무부 장관을 찾아갔습니다. 그런데 여기 숨은 이야기가 하나 있습니다. 겉보기에는 개인 신상에 관한 일이고 이 문제와는 전혀 관련이 없어 보이지만 사실은 아주 중요한 열쇠가 된 사건입니다.

저는 그 무렵 대구에서 경북 금릉군의 계림사라는 절로 발령이 났습니다. 그래서 그리로 짐을 옮겼지요. 그 마을은 마침 국회의원 총선거 때문에 한참 술렁거리고 있었습니다. 선거가 있을 때는 입후보자들이 유권자들에게 얼마나 잘합니까. 말 그대로 촌부들의 종이라도 될 것처럼 굽실거리고 비위를 맞추려고 하지 않습니까?

당시 그 지역에 공화당 후보로 나온 사람이 백남억 공화당

의장이었습니다. 때마침 당의장의 인기가 떨어지고 있는 때여서 공화당에서는 아주 걱정을 하고 있는 선거구였습니다. 그러니 다른 후보들보다 더욱 발빠르게 움직이면서 돌아선 민심을 다시 사려고 백방으로 노력했습니다.

물론 마을 절의 주지인 제게도 인사를 왔습니다. 저에게는 아주 소중한 기회가 온 것입니다. 저는 허리를 90도로 굽히면서 인사하는 그분에게 제 부탁을 했습니다.

"제가 지금 어떤 사형수 문제로 법무부 장관을 만나려고 합니다. 그런데 저 같은 사람이 찾아간다고 장관께서 만나 주기나 하겠습니까. 저는 그분을 꼭 만나야 할 이유가 있습니다. 저를 좀 도와주십시오. 이 일을 도와주시면 저도 이번 선거에서 의장님을 도와드리겠습니다."

백 의장으로서는 받아들이지 않을 수 없는 제안이었습니다. 그 지방은 불교세가 아주 강하다는 것을 누구보다 잘 알고 있기 때문입니다.

이렇게 이야기가 되어서 그분이 저와 약속을 하고 법무부 장관에게 전화를 해 주었습니다. 그랬으니까 저 같은 사람이 법무부 장관을 만났지 어떻게 그런 분을 만날 수 있었겠습니까. 그 전화가 아니었더라면 아마 장관실에 발도 들여놓지 못하고 쫓겨났을 겁니다. 한 가지 일이 되는 데는 이렇게 여러 가지 사건과 시류가 얽혀 있는 것입니다.

그 당시 법무부 장관이었던 이선명 씨는 아주 깐깐하고 원칙을 중요시하는 분이었습니다. 제가 최근에 변호사로 계시는 그분을 만났을 때 확인해보니, 그 때 자신이 백남억 씨의 전화를 받았다는 사실을 기억하지 못하고 있었습니다. 그 말은 그분이 평소 전혀 남의 청탁을 받지 않았다는 말입니다. 법조계에서도 아주 대쪽같은 분으로 알려져 있었습니다. 아마 저를 만난 것도 백 의장의 압력 때문이 아니었는지 모릅니다.

또 한 가지 기이한 일이 있었습니다. 이 장관과 저는 아주 소중한 인연이 있는 사이라는 걸 알게 되었습니다. 이 장관이 바로 금릉 계룡면 출신이었습니다. 제가 일주일 전에 주지로 간 그 동네가 이 장관의 고향이고 백 의장과는 선후배 사이였습니다. 처음에 제 소개를 하니까 이 장관은 "고향 마을의 스님이 오셨군요"하면서 반가워했습니다.

그런데 막상 제가 준비해간 탄원서를 내놓으니까 안색이 변했습니다. 자신은 법을 수호하는 장관으로서 어떤 경우든 법대로 집행하겠다는 의사를 분명히 하고 누구에게든 특혜를 줄 수 없다고 단호하게 못을 박았습니다.

"살인을 저질러서 법의 심판을 받은 사람은 법대로 사형을 집행해야만 국민의 재산과 생명을 보호할 수 있습니다. 만일 제가 인정에 끌려서 스님 부탁을 들어드린다면 이 나라의 법질서가 어떻게 지켜지겠습니까. 이런 일을 할 시간이 있으면 차라리 한 사람이라도 더 교화해서 그들이 가는 길을 편히 인도하도록 하십시오."

이 장관의 말은 사리가 분명하고 하나도 논리적으로 반박할 수 없는 말이었습니다. 그렇지만 저도 여기까지 와서 물러설 수는 없었습니다. 그 말이 끝나자 저는 제가 가진 단 하나뿐인 비장의 무기를 꺼냈습니다. 구구하게 설명 붙일 것도 없이 그저 있는 그대로 어머니의 이야기를 했습니다. 서서히 이 장관의 표정이 누그러지는 것 같았습니다.

제 이야기가 끝나자 그 대쪽같은 장관이 무겁게 입을 열었습니다.

"저도 집에 연로한 어머님을 모시고 있습니다. 그 사형수 어머님의 마음이나 내 어머님의 마음이나 다를 바가 무엇이 있겠습니까."

그러고 나서 이 장관은 서류를 들고 박 대통령에게 갔습니다. 사형을 면하려면 대통령의 재가가 있어야 했던 것입니다. 이 장관이 박 대통령께 가서 무슨 이야기를 했는지 저는 모릅니다. 그러나 아마 제가 한 이야기를 그대로 했을 거라고 생각됩니다. 제아무리 전 국민이 고개를 숙이는 대통령이라 하더라도 어머니 없이 태어날 수 없고 어머니의 사랑을 모를 리 없습니다. 그분도 어머니 앞에서는 그저 늘 어린애 같은 아들일 뿐입니다.

사랑이 죽음을 이깁니다

대통령은 특별 사면을 내렸고 양동수는 살았습니다. 그러나 대통령이 그를 살린 것은 아닙니다. 어머니의 사랑과 불심이 그를 살렸지요. 어머니는 그 아들에게 두 번의 생명을 준 것입니다. 주변에 관계된 사람들은 그 사랑의 위대함을 빛내기 위한 조연들이었습니다. 그러나 그 조연들 역시 한 생명을 새롭게 탄생시키기 위한 산파 역할을 한 귀중한 분들입니다.

한 사람을 살리기 위해 많은 사람들이 애를 썼고 도움을 주셨습니다. 탄원서에 기꺼이 서명을 해준 사람이 있는가 하면, 고무송 씨처럼 구체적인 방법을 가르쳐준 사람도 있고, 제가 탄원서를 받으러 다닐 수 있도록 돈으로 도와주신 분도 있습니다. 어수선한 선거분위기도 한몫 거들었고, 잘못된 방송도 오랜 시간이 지난 후에 어려운 말문을 여는 열쇠가 되었고 마음에 진 빚도 갚게 해 주었습니다. 한 사람의 생명이 이 땅에 사는 데는 이렇게 여러 사람과 사건들이 얽혀 돕게 되었던 것입니다.

우리가 어느 순간 스친 인연 하나도 소홀히 할 수 없는 이유가 바로 여기에 있습니다. 하늘이 우리에게 주신 인연은 다 소중합니다. 모두 뜻이 있는 것입니다. 다른 사람을 위해서가 아니라 바로 나 자신을 위해서 주어진 우리의 인연을 아름답게 만들어야 합니다.

양동수 법사는 어머니를 잊어버리면 안됩니다. 본인도 그걸 알고 있지만 사람인지라 자칫하면 잊어버릴 수도 있습니다. 아직 젊고 저당잡힌 20년의 인생을 생각하면 얼마나 하고 싶은 일이 많겠습니까. 그러나 그가 어머니의 사랑을 잊지 않아야 하듯이 20년의 고해를 잊어버려서는 안되고, 집행시간을 기다리면서 피를 말리는 공포에 떨었던 그 순간을 잊어버려서는 안됩니다.

앞으로의 삶은 죽음을 앞두고 금강경을 독송하던 그 마음으로 사는 것이, 감옥에서 자결을 생각하면서까지 하고 싶었던 효도를 하는 길일 것입니다.〉

제 5 장

수백 번 죽어 다시 태어나다

어머니 제 수의를 지어 주십시오

저는 매일 어머니와 접견을 했지만 정작 어머니가 밖에서 어떻게 살고 계신 지는 삼중스님께 들었습니다. 매일 새벽 4시에 일어나서 정화수를 떠놓고 기도하신다는 것, 항상 두 사람 밥상을 차리고 마치 제가 함께 있는 것처럼 밥을 권하신다는 것, 엄동설한에도 불기 없는 방에서 지내신다는 것, 온 동네의 어렵고 힘든 일을 도맡아 하시면서 저 대신 참회하신다는 것 등등.

궁금해서 제가 먼저 여쭤보기는 하지만 어머니 이야기를 들으면서 저도 한없이 괴로웠습니다. 이 못난 자식을 지척에 두고 생고생을 하시는 어머니를 생각하니 제 자신이 너무 밉고 서러워서 울기도 많이 울었습니다. 그러나 운다고 해결될 일도

아니었습니다. 저 나름대로 어머니를 포기시킬 방도를 찾아야
했습니다.

대구로 온 지 얼마 되지 않아서 저는 어머니께 차마 자식으
로서 할 수 없는 부탁을 드렸습니다.

"어머니, 이런 말씀드리는 게 죽기보다 싫은 일이지만 곧 다
가올 일이니 대비를 해야겠습니다. 제가 입을 수의를 좀 만들
어 주세요. 마음이 아프셔도 어쩌겠습니까, 어머니가 해 주셔
야지요. 어머니가 만드신 옷을 입고 가고 싶습니다."

제 말을 들은 어머니께서는 아무 말씀도 안하시고 그저 눈물
만 흘리셨습니다. 그 다음은 서로 아무 말도 하지 못했습니
다. 더이상 할 말이 없었습니다. 어서 빨리 면회 종료를 알리
는 벨이 울리기만을 기다렸습니다. 그런데 그 날따라 접견 시
간이 왜 그렇게 긴지……. 저는 벨 소리가 나자마자 인사도 제
대로 하지 못하고 일어나서 나왔습니다.

어머니는 그 날 저녁부터 밤을 새워 제 수의를 직접 지으셨
습니다. 며칠 밤 내내 뼈에 사무쳤을 어머니의 괴로움을 어떻
게 말로 표현할 수 있겠습니까. 어머니께 그런 말을 하고 온
저도 마음이 착잡했지만, 어머니가 현실을 그대로 받아들이게
하기 위해서는 어쩔 수 없었습니다. 저 역시 조용히 수행하면
서 그 날을 맞을 결심을 했습니다.

죽음을 맞을 생각을 하니, 죽으면 썩어질 이 육신이나마 누
군가에게 보시해야겠다는 마음이 들었습니다. 그 마음이 들자
마자 곧 결심을 하고 본무 담당에게 가서 제 뜻을 전했습니
다. 그리고 중앙 관구실에 가서 저의 모든 장기를 기증하겠다

고 서약했습니다. 그러고 나니 마음이 한결 홀가분해졌고 다시 공부에 전념할 수 있게 되었습니다.

죽을 날을 받아놓은 사람이 공부를 한다고 앉아 있으니 주변에서 은근히 비웃는 사람들도 있었습니다. 죽으면 그만인데 공부는 해서 뭐하겠냐는 것이었습니다. 저는 마음을 다 비워서 그런지 그 사람들의 비웃음에 조금도 흔들리지 않았습니다. 그저 사람마다 길이 따로 있으니 서로 자기가 좋은 길로 가면 그만이라는 생각이 들었습니다. 내일 죽더라도 일단 오늘 이 시간은 공부를 하면서 보내야겠다는 마음만 굳어졌습니다.

어머니께 수의를 부탁하고 나서 보름쯤 지났는데 아무 연락도 없이 접견을 오시지 않았습니다. 몇 개월 동안 하루도 빠지지 않고 꼭 일 번으로 면회를 다니신 어머니가 안 오시니 걱정이 되어 견딜 수가 없었습니다. 연로하신 분이라 내일을 기약할 수 없는데, 혹시 갑자기 돌아가신 것은 아닌가 하는 불길한 생각이 들어서 초조했습니다.

3일째 되는 날, 그것도 오후에서야 접견 통지가 왔습니다. 저는 초조한 마음을 가누면서 접견장으로 들어갔습니다. 접견장을 들어서자 한 쪽에 얼굴이 많이 부은 어머니의 모습이 보였습니다. 그 옆에는 막내 누나와 막내 형수가 보였습니다. 저는 오랜만에 본 두 분께 인사도 제대로 하지 않고 어머니께 물었습니다.

"아니 어머니, 얼굴이 왜 그렇습니까?"

"어머니가 너무 몸을 혹사하셔서 신장이 나빠지셨어. 그래서 이렇게 몸이 붓는데도 꼭 너를 봐야 한다고 고집을 부리시는구

나. 하루 종일 궂은 일만 찾아 하시다가 밤에는 옷 만드신다고 주무시지도 않더니 기어이 병이 나서 우리가 모시고 내려갔었다. 앞으로도 좀더 요양을 하셔야 되는데…….”

새벽 네 시에 어김없이 일어나 절에 가서 기도하시고, 8시면 교도소 문 앞에 서 계시고, 한겨울에도 냉골에서 주무셨으니 그 몸 고생이 오죽했겠습니까. 어디가 탈나지 않는다면 오히려 이상한 거지요. 불이 없는 감방에 살면 우리 같은 장정들도 얼어죽지 않는 것이 천만다행이라고 하는데 70노인이 어떻게 그 추위를 견딜 수 있었겠습니까.

“동수야, 네가 부탁한 것 가져왔다.”

제가 말이 없자 누나가 옆에 끼고 있던 보따리를 풀었습니다. 그 속에는 눈처럼 하얀 수의가 얌전하게 개어져 있었습니다. 누나는 수의를 보이며 눈물을 흘렸습니다.

“동수야, 내가 몸이 너무 아파서 당분간 면회를 못 오겠다. 신장에는 호박이 좋다고 하니 호박 좀 다려 먹어보고, 부곡에 가서 온천도 좀 하고 기운을 차려서 다시 오마. 엄마가 못 오더라도 아무 걱정하지 말고 몸 건강하게 있거라.”

어머니는 어린 아이를 타이르듯 말씀하셨습니다. 저는 입이 있어도 아무 말도 할 수 없었습니다. 누나와 형수도 눈물만 흘리고 있다가 한참만에 입을 열었습니다.

“어머니는 밖에 계시니 치료라도 할 수 있지만 삼촌은 아프면 돌볼 사람도 없으니 몸 관리 잘 하세요.”

형수의 그 말씀은 제 가슴을 도려내는 것 같았습니다.

“형수님, 제 걱정은 마세요. 저는 괜찮습니다. 그저 어머니 잘 부탁드립니다.”

저는 눈물이 나서 더 이상 그 자리에 있을 수가 없었습니다.

다음날 어제 본 수의가 영치물로 들어왔습니다. 저는 그 수의를 보면서 죽음보다 어머니를 더 생각했습니다. 손수 자식의 수의를 지으신 어머니를 위해서라도 사는 날까지 인간답게 살자는 마음이 들었습니다.

일주일이 지나자 다시 어머니의 일 번 접견이 시작되었습니다. 어머니가 회복되었다고 생각하니 너무나 기뻤습니다. 어머니께서 건강을 찾은 모습으로 앉아 계셨습니다.

“어머니 이제 좀 어떠십니까. 고생 많으셨지요. 좀 나아지셨다고 무리하지 마시고 지금부터라도 연탄 좀 때고 사십시오.”

저는 반가운 마음과 걱정이 섞여서 어머니 얼굴을 보자마자 연탄 이야기부터 했습니다. 어머니는 제 건강이 어떤지 물으시고 별탈 없이 지내 줘서 고맙다고만 하셨습니다. 그 고생을 하시고도 어머니는 따뜻하게 지낼 생각을 전혀 하지 않으셨습니다. 어떤 고통도 자식과 똑같은 삶을 살겠다는 어머니의 의지를 꺾을 수는 없었습니다.

사형수에게 복종하는 사람들

저는 2사 하로 사동을 옮겼습니다. 전과 3범 이상을 수용해 놓은 2사 하에서는 교도관들도 어쩌지 못하는 고질적인 문제가 있었습니다. 여기 수용된 재소자들은 사회에서건 교도소에서건 세상사를 겪을 만큼 겪은 사람들이었습니다. 그래서 웬만해서는 교도관들의 말도 귓등으로 듣고 자기 마음대로 행동했습니다. 그러다 보니 세면 시간이 되면 아무도 통제하지 못하는 수라장이 됩니다. 당번 교도관이 아무리 “세면 그만”을 외쳐도 들은 척도 하지 않고 세면대에 붙어서 나오지 않습니다. 이런 지경이니 보통 다른 사동보다 세면 시간을 두 배 이상 잡아먹었습니다.

이 사람들을 다루는 데 골치가 아픈 교도관 한 사람이 저에게 부탁을 했습니다.

“양동수 씨, 내가 오늘 아침 바빠서 그러니 나 대신 세면 좀 시켜 주시오.”

저는 아주 쾌히 승낙했습니다. 나중에 알고 보니 2사 하 사람들 때문에 골머리를 앓던 교도관들이 궁여지책으로 내 놓은 대안이 저였습니다. 재소자들 사이에서 좋은 평판을 얻고 있고 누구도 함부로 대하지 않는 저에게 세면 관리를 시켜 보자는 것이었습니다.

부탁을 받은 저는 세면을 끝내고 그 자리에 그대로 있었습니다. 세면장 문 밖에는 형식적으로 교도관 한 사람이 서 있었습니다. 잠시 후 2사 하 재소자들이 들어왔습니다. 저는 각 방 사람들이 순서대로 세면을 하러 들어오면 시간을 재고 있다가 정해진 시간이 되면 “그만” 하고 외쳤습니다. 그러자 한 사람도 더 시간을 끌지 않고 즉시 동작을 중지하고 밖으로 나갔습니다. 이렇게 하루 시험을 해 보고 나서 시간을 비교해 보니 다른 사동 세면시간보다도 더 빨랐습니다.

교도관들이 말을 할 때는 그렇게 듣지 않았던 사람들이 왜 제 말에는 복종을 했겠습니까. 제가 같은 재소자인데다 그 사람들에게 나름대로 신임을 얻고 있었기 때문이었습니다. 저는 제 말을 잘 따라준 사람들이 고마워서 들어갈 때에 그 사람들의 방 앞에서 "고맙습니다, 감사합니다" 하고 일일이 인사를 했습니다. 간혹 같은 재소자인데 누구는 명령하고 누구는 복종해야 하나 하면서 아니꼬운 생각이 든 사람도 있을 겁니다. 그렇지만 제가 이렇게 인사를 하니 그 미운 생각이 좀 사라지지 않겠어요. 자기를 존중해 주고 웃으면서 인사까지 하는데 그 얼굴에 침 뱉는 사람은 없습니다.

사형수가 재소자들을 세면시키는 일을 맡는 것은 원칙상 있을 수 없는 일입니다. 그렇지만 주임 이상 직책을 가진 사람들이 순시를 하다가 저를 봐도 그냥 못 본 척했습니다. 그 일을 가지고 왈가왈부하면 또다시 교도관들이 고생을 해야 하니까 같은 교도행정을 하는 사람들끼리 편의를 봐주는 것이지요. 그 덕에 저는 세면을 시킨 후에 물 두 동이를 우리 방에 가지고 갈 수 있는 특혜를 받았습니다. 교도소에서는 물을 얻기 위해 범칙을 할만큼 물은 귀한 물자입니다.

재소자들 중에 지도원이 있습니다. 지도원은 관용부에서 차출하여 자치제로 운영합니다. 지도원 내에서도 지도 반장이 있고 지도원에 들어오는 기수에 따라 순번을 매깁니다. 순번은 군번처럼 나이보다 우선합니다. 나이가 많아도 기수가 낮으면 어린 사람에게라도 거수 경례를 해야 합니다. 지도원들에게는 피독보권이라는 특권이 주어집니다.

교도소 수감자들은 원칙적으로 자기 마음대로 걸어다닐 수 없습니다. 그러나 지도원이 되면 소내를 마음대로 걸어다닐 수 있고 근무 담당자의 보조 역할도 합니다. 지금은 경비교도대들이 하는 일이지만 경비교도대가 있기 전까지는 소내 복도마다 있는 중간 철문을 열어주는 일도 했습니다. 그래서 재소자들은 누구나 한 번쯤은 지도원을 하고 싶어합니다.

지도원 정도가 되면 직위 특권을 이용해서 담배 범칙을 할 수 있습니다. 사실 담배 범칙 같은 것은 교도관들이 사이에 끼지 않으면 할 수 없습니다. 그렇지만 교도관들이 직접 나서서 할 수 없기 때문에 재소자와 교도관 사이에서 지도원들이 중간 역할을 합니다. 지도원하고 교도관하고 거래할 때, 담배 가격은 '딸랑'이라고 부르는 쌍방울 내의 한 벌에 3개비 내지 5개비(보통 개비라고 하지 않고 코라고 하고, 담배는 구름과자 혹은 강아지라고 하고, 라이터돌은 눈깔 혹은 탁이라고 합니다)를 칩니다. 이것이 지도원과 재소자 간으로 넘어오면 딸랑 한 벌에 담배 한 코가 됩니다. 아주 비싸지만 이것도 없어서 못 파는 실정입니다.

상부에서도 이런 거래가 있다는 것을 알기 때문에 불시에 검신을 합니다. 그러나 여간해서 들키지 않습니다. 옷을 벗기고 항문까지 열어 보이게 하면서도 지도원 완장 속까지 검사하지는 않기 때문입니다.

단속이 심한 만큼 담배를 팔 때도 원한다고 아무나 주지 않습니다. 비록 한 개비라도 잘 보관하고 관리할 수 있는 사람, 만일 들켜도 다른 사람들에게 피해를 주지 않을 사람이라고 판단되어야 비싼 담배라도 사서 피울 수 있습니다.

불행한 사람들의 서열

대구에 온 지 3개월이 지나자 다시 모범방으로 지정이 되었습니다. 어머니의 말씀도 있고 저 자신도 불교에 귀의해서 조용한 생활을 했기 때문이었습니다. 몇 안 되기는 해도 늘 같은 장소에서 다른 사람들과 함께 살견 그 곳이 바로 사회입니다. 사람 사는 일상이 거기에서 거기니 여기도 바깥 세상에서 일어나는 일들이 비슷하게 일어납니다. 자존심 때문에 싸우고 자리 때문에 보이지 않는 알력도 있습니다. 이 세계의 관례에 따라 서열도 매겨지고 감투 쓴 사람들의 횡포나 착취도 있습니다.

배식반장이 되거나 봉사원(감방장)이 되면 어느 정도 전횡을 휘두를 수 있는 힘이 생깁니다. 그러면 그 힘을 가지고 상대적으로 힘이 없는 사람들의 영치금을 갈취해서 착복하기도 합니다. 형이 확정되면 기결감방으로 갈 때 가져가려고 준비금을 마련하는 것입니다. 기결수들은 철저하게 개인 소유물로 살아야 하기 때문에, 일명 '또박살이'라고 하는 징역살림을 나름대로 준비하는 것입니다.

이런 사람들은 대개 전과 경력이 있는 누범들입니다. 누범들은 가족들이 있어도 면회를 전혀 오지 않거나 영치물을 넣어주는 사람이 없기 때문에 자기 스스로 살림을 준비해야 합니다. 이들이 살림을 준비하는 방법도 여러 가지입니다. 돈이 좀 있는 사람들이 영치금으로 물건을 살 때 은근히 압력을 넣어서 그 사람이 필요한 것보다 더 많이 사게 합니다. 그리고는 "내가 징역을 받아서 준비를 해야 하는데 좀 나누어 씁시다"라고 말합니다. 말은 좋게 하는 것처럼 보이지만 그 어조는 위협조이고 반공갈에 가깝습니다. 힘없는 사람들은 할 수 없이 "좋도록 하십시오" 하고 영치금으로 산 물건을 내주게 됩니다. 어떤 사회든 힘을 가진 사람이 득세하게 되어 있는 모양입니다.

그러나 제가 있는 방에서는 일체 그런 일을 용납하지 않았습니다. 저는 고수로 특별대우를 받을 수도 있었지만 그렇게 하지 않은 대신 다른 사람들도 그렇게 못하도록 엄하게 단속했습니다. 그리고 일요일에는 저희 방에 오는 건빵을 모아서 절도범들이나 폭력범들이 있는 방에 넣어 주었습니다.

그 방 사람들은 영치물이 거의 없어서 사회에서나 교도소에서나 춥고 배고픈 생활을 해야 합니다. 이들은 초범이 별로 없고 대부분 누범들이어서 가족들도 포기한 상태였습니다. 가족들이 있다 해도 자기들 먹고 살기도 어려워서 감옥에 있는 식구를 생각할 겨를이 없는 사람들이 많습니다. 감옥에서는 최소한 세끼 식사는 해결되니까 가족들도 오히려 잊어버리게 되는 거지요.

소년수들이 있는 23방에도 각별하게 신경을 썼습니다. 그 아이들은 대부분 가정에서 사랑받지 못해서 나쁜 길로 빠진 것입니다. 결손 가정에서 자란 아이들이 많고 부모가 있어도 버린 거나 다름없어서 거리를 배회하다가 발을 잘못 디딘 아이들입니다. 그런 사정을 잘 알기 때문에 소년수들을 보면 불쌍하다는 생각만 듭니다. 한창 먹고 신진대사가 활발할 나이에 가다밥만 먹으니 항상 허기진 상태로 있습니다. 그래서 먹을 것을 돌릴 때는 빠뜨리지 않고 챙겨 주었습니다.

일반 교도소는 운전수방 외에는 거의 모든 방이 배고픈 사람들도 가득 차 있었습니다. 그 시절은 접견물로 건빵을 넣어 줄 정도로 전반적으로 어려운 시기였습니다. 그나마 그것도 못 먹는 사람들이 대다수였습니다.

제가 있던 운전사 방은 그런 대로 먹고 살 만한 사람들이 모여 있었습니다. 사건도 과실치상 정도여서 형도 가볍고 마음도 풍요로운 편이었습니다. 접견물로 들어오는 건빵도 많았습니다. 방 사람들이 충분히 나누어 먹고도 남아서 줄에 꿰어 옷걸이에 걸어 놓기도 했습니다. 저는 그런 것들을 모아서 일주일에 한 번씩 우리보다 어려운 사람들이 있는 방에 넣어 주었습니다. 그 덕분에 저는 비록 고수이긴 했지만 재소자들이나 교도관들로부터 좋은 평판을 듣게 되었습니다.

다른 방의 사형수들 중에서도 간혹 자기 앞방에 있는 폭력방이나 절도방에 먹을 것을 들여주는 사람이 있습니다. 그런데 자주 나누어주다가 어느 날 먹을 것이 없어 중단하면 오히려 욕을 먹습니다. 성질이 고약한 사람들은 앞뒤 가리지 않고 온 복도가 다 울리도록 악담을 해댑니다. “몇 방 사형수 놈아, 어서 죽어라”는 말을 아무렇지도 않게 합니다. 그 소리가 듣기 싫어서 못이기는 척하고 먹을 것을 다시 넣어 주는 사람도 있고, 아예 음식을 끊어 버리는 사람도 있습니다.

지금은 좀 나아졌지만 재소자들이 먹는 식사는 그저 한 끼를 때우는 수준입니다. 그래서 영치금이 있는 사람들은 사식을 사서 먹습니다. 미결사에서는 아침 기상과 함께 점검을 받을 때에 지도원들이 사식 신청을 받습니다. 각 방에서는 영치금 카드를 내면서 정식과 튀김, 자장면, 우동(여름에는 국수) 등을 시킵니다. 사형수가 있는 방에서는 사형수 몫으로 매일 정식을 2인분 시킵니다. 지도원은 그 자리에서 영치금 카드에서 돈을 계산해 줍니다.

주문을 받은 정식은 오전 10시에 나오는데 흰쌀밥 한 그릇과 돼지고기 국 한 그릇입니다. 10시 이후에는 튀김이나 면 종류가 나옵니다. 이런 사식도 운전수 방에서나 먹는 것이지 누범방에서는 꿈도 못 꾸고 그저 주는 대로 가다밥을 먹습니다.

가다밥은 콩과 보리와 쌀을 1 : 4 : 5의 비율로 섞어서 원통 모형의 기계에 넣고 찐 밥을 말합니다. 이 가다밥도 3등급으로 나뉘어져 있습니다. 1등급은 재소자 중에서도 중노동으로 하는 위생(화장실을 푸는 일)이나 영선(건물을 보수하는 일)들이 먹고, 2등급은 공장 출역수와 관용부 출역수, 3등급은 출역을 하지 않는 미지정들에게 돌아갑니다. 미지정이란 미결사에서 기결로 넘어와서 출역을 기다리고 있거나 출역을 거부한 사람들입니다. 4등급은 관규를 위반하고 징벌을 받은 사람들에게 가는데 그 차이는 아주 엄청납니다.

가다밥이나마 정량을 다 먹을 수 있는 것은 아닙니다. 밥을 떠 주는 소지들은 각 방에 밥을 배식할 때 주걱을 기술적으로 놀려서 가다밥의 밑 부분에 한 숟가락 정도 남게 뜹니다. 400명 정도의 양으로 밥을 해서 배식하고 나면, 법무부 식기로 10그릇 내지 12그릇 정도가 남습니다. 밥을 푸면서 십시일반을 만드는 것입니다.

소지들은 이 밥을 가지고 범칙을 합니다. 딸랑이라고 부르는 쌍방울 내의 한 벌을 주면 이틀간 나오는 밥을 전부 그 방에 줍니다. 그러면 그 방 사람들은 이틀 동안 가다밥일망정 포식을 할 수 있습니다.

이런 가다밥 시절이 85년이 되자 끝났습니다. 85년도부터는 통밥이 나왔습니다. 밥통에 인원수대로 밥을 넣어서 출역나간 공장에 주면 공장에서 자유배식을 하는 제도로 바뀐 것입니다. 그러던 것이 90년 이후에는 밥이 너무 흔해져서 교도소마다 남아도는 밥을 처치하는 것이 골칫거리가 되었습니다. 이제 교도소도 밥으로 범칙을 하던 시절은 전설 같은 이야기가 되었습니다.

어디에나 스승은 있으니

제가 대구에 온 지 10개월이 지났을 무렵 전혀 처음 보는 담당 한 분이 저를 찾아왔습니다.

"자네가 양동수인가. 70노모가 매일 접견을 온다는 그 사형수가 맞는가?"

저와 제 어머니에 대해서는 이미 교도소 내에 소문이 다 나 있어서 모르는 사람이 거의 없었습니다. 이 분도 아마 소문으로 제 이야기를 들은 모양이었습니다.

"교도관 이재복(가명)이오. 앞으로 우리 잘 지내봅시다."

이렇게 자기 자신을 밝힌 그분은 아주 진지하게 인사를 건넸습니다.

이 교도관은 어릴 때 절에서 행자 생활을 오래 한 사람이었습니다. 환속은 했지만 오랜 경험이 있어서 불교에 대해 많은 것을 알고 있었습니다. 제가 불교에 귀의해서 불경을 공부한다는 소리를 듣고 일부러 저를 찾아온 것이었습니다.

"내가 깊이 아는 것은 없어도 불경에 대해서 자네보다는 많이 알고 있을 테니 혹시 공부를 하다가 모르는 것이 있으면 물어보게. 내가 아는 데까지는 성심성의껏 가르쳐 주겠네."

저는 그 말씀을 듣고 정말 기뻤습니다. 그렇잖아도 책을 읽다가 모르는 것이 나와서 답답할 때가 한두 번이 아니었습니다. 그렇다고 매일 스님을 만날 수도 없어서 불편하던 참이었는데 생각지도 않은 선생님이 나타난 셈이었습니다.

그 후로 이 교도관과 저는 인간적으로 가까워졌고 모르는 것이 있을 때마다 수시로 물어 보았습니다. 그 당시 교도관들의 근무는 갑부, 을부로 나뉘어져 하루 야근을 하면 하루는 쉬게 되어 있었습니다. 이 교도관은 2사 하에 야간 복무 담당이었기 때문에 이틀에 한 번 정도는 만날 수 있었습니다.

이 교도관은 공부만 가르쳐 준 것이 아니었습니다. 추석이나 설 같은 명절이 되면 집에서 음식을 싸 와서 "많지는 않지만 방 사람들하고 나누어 먹어라"고 넣어주었습니다. 원래 교도소 내에는 사제 음식을 가져올 수 없게 되어 있습니다. 이렇게 음식을 넣어주는 것은 범칙이기 때문에 위에서 알면 경위서를 제출해야 합니다. 그런데도 음식을 싸다 주는 것을 보고 저와 저희 방 사람들은 이런 곳에서도 이렇게 인정 있는 분이 계시구나 하고 감동했습니다. 사회에서도 음식을 나누어 먹으면 정이 납니다. 하물며 아무도 돌봐주는 사람 없는 교도소에서 서럽게 지내는 사람에게 명절날 나누어 먹는 떡 한 조각은 절로 눈물 나게 고맙습니다.

이 교도관과는 제가 마산교도소로 이감 가기 전까지 아주 절친하게 지냈습니다. 마산으로 이감을 가서도 연말이면 꼭꼭 연하장을 부쳤습니다. 그러다가 94년 이후로는 연락이 끊긴 상태입니다. 제가 좀더 성의를 다해 찾아보고 인사를 드려야 마땅한데 아직까지 그러지 못하고 있습니다.

삼중 스님과 이 교도관이 도와주시고 격려해 주신 덕분에 공부를 시작한 지 약 2개월이 지나자 금강경을 읽는 데는 전혀 문제가 없었습니다. 소천 스님이 해석한 금강경은 30번 정도 정독을 해서 얕게마나 공(空) 사상을 어느 정도 알게 되었습니다. 공 사상을 알면 죽음을 두려워하지 않게 됩니다. 어디에 있든 자신의 처지도 서럽게 느끼지 않습니다. 공 사상을 알고부터 저는 다른 사람들의 이야기를 들으면서 그들을 측은하게 여길 수도 있게 되었습니다.

감옥이긴 했지만 저는 인복이 닿은 사람이었습니다. 삼중 스님을 만나고 이 교도관을 만난 것도 행운인데 생각지도 않았던 또 한 분의 선생님을 모시게 되었습니다. 어느 날 동료 사형수 한 사람이 자기 방에 스님 한 분이 계시다고 했습니다. 중앙관 구실에 말을 해서 저와 한 방에 배방받을 수 있게 해보라고 했습니다. 한참 불경 공부에 빠져 있던 저는 당장 본무 담당께 말씀을 드리고 관구 부장께 면담을 신청했습니다.

그러나 제 말을 들은 관구 부장은 그 스님과는 죄명이 다르기 때문에 같은 방에 수용하기 어렵다고 했습니다. 저는 다시 간곡히 부탁을 드렸습니다. 한참 생각을 하던 부장은 보안 과장께 말씀을 드려보겠다고 했습니다. 오후 늦게 부장이 저를 부르셔서 갔더니 보안 과장께서 교화 차원에서 특별히 전방을 시켜주라는 허락이 났다고 했습니다.

저는 관구 부장께 감사하다는 인사를 하고 방으로 돌아와서 방 사람들에게 이러 저러한 이유로 스님 한 분을 우리 방으로 배방시켰으면 하는데 어떠냐고 물었습니다. 반대할 이유가 없었으므로 모두들 찬성했습니다.

바로 다음날 스님 한 분이 우리 방으로 오셨습니다. 그분은 사찰 문제로 싸움에 휘말려 폭력으로 들어온 분이었습니다. 어떤 경위로 들어오게 되었든 저로서는 아주 큰 스승을 한 분 모시게 된 것이었죠. 스님도 길어야 3개월 정도밖에는 안 계실테지만 있는 동안만이라도 성의를 다해서 저를 가르쳐 주겠다고 했습니다.

스님이 전방을 온 첫날부터 천수경 강독에 들어갔습니다. 그리고 저에게 피해를 당한 사람의 영혼을 천도하는 천도재 올리는 법을 배웠습니다. 또 우리 방에서 재판을 받은 분들이 재판을 잘 받고 하루 빨리 출소할 수 있도록 해 달라고 축원하는 법도 배웠습니다.

이런 것을 한꺼번에 하자니 너무 어려워서 듣는 것만으로는 안되고 어딘가에다 써서 익혀야 했습니다. 방에는 종이가 없어서 건빵 봉지 속에 들어 있는 상표에다가 연필로 써가면서 공부를 했습니다. 아주 열심히 공부한 덕에 두 달만에 제가 배우고자 하는 것을 다 배웠습니다. 연필도 없어서 범칙을 해서 구해야 했습니다. 보통 연필 4분에 1만한 몽당연필 하나 범칙하자면 구매물품을 만 원어치 이상 팔아주어야 했습니다. 95년부터는 전국 교도소에서 전 재소자들에게 공책과 볼펜을 팔고 있으니 지금은 연필이나 종이를 범칙할 필요가 없게 되었지요.

그 스님은 한 달 후에 형이 확정되어 기결사동으로 넘어갔고 약 보름만에 전주 교도소로 이감되었습니다. 스님께서 기결로 넘어간 후에는 제가 아침저녁으로 예불을 드렸습니다. 예불을 할 때는 불상이 있어야 하는데 감방에서는 불상을 구할 수가 없었습니다. 그래서 임시 방편으로 마련한 것이 불자독송집 표지에 있는 관세음보살상이었습니다. 책 표지에 있는 관세음보살상을 구석에 세워 놓고 예불을 드렸습니다. 그런데 매일 예불을 드리다 보니 작은 것이라도 불상이 하나 있었으면 하는 욕심이 생겼습니다.

저는 교무 과장께 조그마한 것이라도 좋으니 불상을 하나 마련해서 예불을 드리고 싶다는 말씀을 드렸습니다. 과장께서는 한번 알아보겠다고 했습니다. 저는 좋은 소식이 있기를 기다리면서 계속해서 예불을 드렸습니다. 드디어 일주일 후에 교무과에서 호출이 왔습니다. 불교 담당과 함께 갔더니 교무 과장께서 토불(土佛)을 하나 선물해 주었습니다. 이제는 불상을 놓고 예불을 드릴 수 있게 된 것입니다.

그 토불을 안치하기 위해 대젓가락을 가늘게 쪼개서 타원형으로 집을 만들고 그 주위에 종이를 붙여서 단장을 했습니다.

손질을 다 끝내고 나니 제법 그럴싸한 집이 되었습니다. 그 속에 불상을 안치하니 순식간에 감방이 법당으로 변했습니다.

부처님을 모시게 되자 저는 더욱더 불경 공부에 정진했습니다. 천수경을 외우고 천도재를 지내고 축원을 드리는 것이 하루 일과 중 빼놓을 수 없는 일이 되었습니다. 같은 방 식구들도 자기들을 위해서 매일 축원해 주니 아주 좋아했습니다.

대구 교도소에 온 지 1년 6개월 정도 지나자 제법 염불하는 데도 익숙해졌습니다. 아침저녁으로 예불을 드리면서 재판 받으러 가는 사람들을 위해 축원하는 것을 거르지 않았습니다.

그렇게 축원받은 사람들 중에는 출소해서 저를 면회 오는 사람들도 있었습니다. 그 사람들은 어머니보다 더 일찍 왔어도 먼저 들어오지 않고 어머니를 기다리다가 어머니와 함께 들어왔습니다. 어머니가 항상 일 번으로 접견하는 것을 알기 때문에 어머니에게 일 번 자리를 양보한 것입니다. 접견을 와서는 제 축원 덕분에 좋은 판결을 받고 나오게 되었다고 깍듯하게 인사했습니다. 그럴 때마다 저보다 어머니께서 더 기뻐하시고 흐뭇해 하셨습니다. 저 또한 그런 어머니를 보는 것이 즐거웠습니다. 이렇게나마 효도를 하고 있구나 하는 뿌듯한 생각도 들었습니다.

이런 일도 있었습니다. 77년 어느 겨울에 접견을 오신 어머니가 싱글벙글 하셨습니다.

"동수야, 오늘 어떤 연탄 배달부가 집에 와서 연탄 100장을 넣어 주고 갔다. 너하고 같이 있었던 사람이라고 하면서 네가 아침저녁으로 축원을 해준 덕분에 재판을 잘 받고 집행유예로 나와서 다시 운전을 할 수 있게 되었다고 하더구나. 나와서 생각하니 내가 냉방에서 잔다는 말을 들은 것이 생각나서 연탄을 가져왔다고 하는데, 굳이 안받겠다는데도 부엌까지 들어다가 잘 쌓아주고 갔다. 그걸 보니 네가 여기서 다른 사람들한테 보시를 하면서 사는구나 싶어서 얼마나 고맙고 대견한지 눈물이 다 났다."

그 이야기를 하면서 처음에는 웃으시던 어머니가 끝내 눈물을 흘리셨습니다. 저는 기뻐하는 어머니를 보면서 이것이 마지막 효도인 모양이라고 생각했습니다. 스님께서도 열심히 불도에 정진하는 것이 효도라고 하셨는데 그 말씀이 맞는 말씀이었습니다. 저는 같은 방 재소자들을 위해서 축원을 드렸지만 그 감사는 어머니께서 받으시니 말입니다.

어머니는 저 때문에 한겨울에도 연탄을 때지 않은 방에서 지내셨습니다. 저는 그 고통이 어떤 것인지 잘 압니다. 건강한 남자들도 감옥에서 겨울을 나는 것은 무척 괴롭습니다. 불을 때지 않아서 바닥이 냉골이라 담요를 서너 장 겹쳐 깔지 않으면 잠을 잘 수 없을 정도지요. 아무리 장정이라도 겨울을 나자면 두툼한 내복과 담요 서너 장은 있어야 합니다. 겨울에는 한 방에 여럿이 있어서 서로의 체온을 느낄 수 있는 것이 그나마 얼마나 다행스러운지 모릅니다.

그런데 감기도 별로 앓지 않던 저는 77년 겨울에 난데없는 피부병이 생겼습니다. 어느 날부터인가 몸에 하나둘씩 싸라기 같은 것이 돋아나더니 가렵기 시작했습니다. 의무과에 말을 하고 피부병 약을 먹었는데도 먹을 때 잠깐 가라앉았다가 바로 다시 돋아났습니다. 생활하는 것도 달라진 것이 없고 옷도 어머니가 매일 정성껏 빨아다 주셨기 때문에 다른 사람보다 깨끗했는데 왜 그런 병이 생겼는지 알 수가 없었습니다.

어머니께서는 매일 제 빨래를 받아 가셨습니다. 제가 할테니 그만 두라고 하면 다음부터 속옷을 보내지 않겠다고 야단이셨습니다. 그래서 교도소에서는 유일하게 꼬박꼬박 어머니 손으로 빤 세탁물을 받았습니다. 1년째 그렇게 해오고 있으니 옷에서 생긴 문제도 아니고, 저만 그런 것을 보면 방에 문제가 있는 것도 아니었습니다.

원인을 정확하게 할지 못하면서도 약을 계속 복용했더니 나중에는 설사가 시작됐습니다. 약을 지어 먹고서야 설사도 멈추고 피부병도 가라앉긴 했지만 완치가 되지는 않았습니다. 그 뒤로 체질이 변해서인지 15년 동안이나 피부병에 시달려야 했고 몸도 많이 약해졌습니다.

병을 앓는 괴로움은 당사자가 아니면 모릅니다. 아무리 말로 설명하고 호소해도 남이 알아주는 것도 아니고 대신 아파 할 수도 없습니다. 썰렁한 감방에서 혼자 앓아야 하는 괴로움을 그 때 뼈저리게 경험했습니다. 혼자 앓는 고통을 체험한 저는 옆에서 아픈 사람이 있으면 마치 제가 아픈 것처럼 발벗고 나서서 도와줬습니다. 교도관들에게 설명을 잘하고 여러 번 부탁해서 좋은 약을 구해 주려고 최선을 다했습니다. 앞으로도 그럴 것입니다.

죽물과 휴지로 만든 불상

또 그해에는 잊을 수 없는 아주 인상적인 사람을 만났습니다. 그는 경주에서 사형선고를 받고 이감온 사형수였습니다. 사형수가 이감을 왔다는 말을 듣고 다른 고수들과 함께 인사를 나누려고 운동장에서 기다렸습니다. 그런데 사형수가 배치되었다는 2사 하 7방 사람들이 나왔는데도 수갑을 찬 사람이 보이지 않았습니다. 잘 살펴보고 있노라니 운동하는 사람들 중에 낯선 사람이 눈에 들어왔습니다. 그런데 그 사람은 한쪽 팔이 없는 외팔이였습니다.

저런 사람이 어떻게 살인을 했을까 하면서도 "혹시 7방에 새로 오신 고수 아닙니까" 하면서 먼저 말을 붙였더니 "맞다"고 했습니다. 저는 설마 했다가 속으로 무척 놀랐습니다.

"저는 4방에 있는 최고수 양동수입니다."

"아 그렇습니까. 저는 김성수입니다."

우리는 인사를 나누면서 한 쪽밖에 없는 손을 잡고 악수를 했습니다. 고수들끼리 이런 저런 신변 이야기와 사건 이야기를 하다가 제가 물었습니다.

"혹시 종교가 있으십니까?"

"예. 저는 불교도입니다. 양 고수에 대해서는 경주에서부터 들어서 알고 있습니다. 어제 저녁 예불 소리도 들었고 방 사람들에게 말씀도 많이 들었습니다. 오늘 아침에도 예불 소리를 들으니 꼭 절에 와 있는 기분이었습니다. 저도 예불을 드리는 법을 배우고 싶어서 만나면 한번 물어보려고 했습니다.”

“가르쳐드릴 수는 있지만 사형수는 요시찰이기 때문에 아침 저녁으로 통방(방을 바꾸는 것)을 하기 어렵습니다. 그래도 관구 부장님한테 말을 하면 허락이 날지도 모르니 말씀을 한번 해 보십시오.”

제 말을 들은 김성수 씨는 곧 관구 부장께 염불을 배울 수 있도록 통방을 허락해 달라고 말씀드렸습니다. 공식적으로는 될 수 없는 일이지만 관구 부장이 선처를 해서 비공식적으로 허락이 났습니다. 다음날 아침부터 김성수 씨와 저는 통방을 해서 함께 예불을 드렸습니다.

사형수의 통방을 허락한다는 것은 교도관들 입장에서 보면 아주 큰 위험 부담을 감수하는 것이었습니다. 두 명의 사형수가 정기적으로 만나다 보면 어떤 섣부른 행동을 할지 모릅니다. 이 때문에 위에서 알면 경위서, 시말서는 물론이고 감봉 처분까지 받을 수 있는 일이었습니다. 그렇지만 그분들도 인간적인 정이 있는 분들이라서 생명이 얼마 남지 않은 사형수의 소원을 들어준 것입니다.

그 날 이후부터 우리는 피해자들을 위해서 천도재를 지내고 방 사람들이 하루빨리 나갈 수 있도록 축원 기도를 드렸습니다. 두 사람이 함께 축원을 드리니 훨씬 힘이 났습니다. 물론 축원을 드렸다고 해서 전부 다 가벼운 형을 받고 출소한 것은 아니었습니다. 본인도 지극 정성으로 따라 기도하고 인연이 닿는 사람이라야 원이 이루어지는 것입니다. 기도만 드린다고 해서 모든 일이 다 이루어진다면 세상 천지에 감옥이 필요 없고 불교도 아닌 사람이 없겠지요.

김성수 씨는 2개월 동안 저와 예불을 드리면서 천도재와 축원 드리는 것과 천수경 등을 배웠습니다. 그 뒤에 고등법원에서 사형이 확정되었지만 그 사람은 전혀 동요하지 않았습니다. 동요하지 않았을 뿐만 아니라 그 때부터 한 손으로 불상을 조성하기 시작했습니다. 아무런 도구도 재료도 없는 감방에서 다른 사람들은 생각지도 못한 방법으로 불상을 만들었습니다. 재료는 밥풀과 휴지였습니다. 환자들을 위해서 나오는 죽에 휴지를 풀어서 빽빽하게 만든 다음에 덩어리로 만들어서 한 손으로 빚어나가는 것이었습니다.

어떻게 그런 생각을 하게 되었는지 정말 신기한 노릇이었습니다. 어떤 것이든 간절한 마음으로 하면 방법이 생기는 모양입니다. 불상의 모양도 한 손으로 만들었다고는 생각하지 못할 만큼 정교했습니다. 두 손이 다 있어도 하기 어려운 일을 한 손으로 훌륭하게 해 내는 것을 보면서 재소자나 교도관들 할 것 없이 감탄했습니다. 불심이 아니면 도저히 할 수 없는 일이었습니다.

보통 사람들보다 두 배 이상 오랜 시간 공을 들여 불상이 완성되면 교도관들 중에서 원하는 사람이 생겨 하나씩 가져갔습니다. 사람들은 김성수 씨가 만든 불상을 금으로 만든 불상보다 귀하게 여겼습니다. 이 소문이 퍼지자 나중에는 주문도 들어왔습니다. 불상 하나를 만드는 데는 많은 시간이 걸렸지만 김성수 씨는 불상을 갖고 싶어하는 사람이 있으면 누구에게나 따지지 않고 불상을 만들어 주었습니다.

오로지 제를 올리고 불상을 만드는 것이 감옥 생활의 전부였던 김성수 씨는 80년에 결국 집행되고 말았습니다. 마지막 형장으로 가는 발자국마다 휴지와 밥으로 만들어진 불상이 놓였다면 그는 극락으로 갔거나, 내세에 좋은 신분으로 환생했을 것입니다.

삭발을 한 뜻은

모든 재판이 끝나고 형이 확정된 다음에는 일주일에 한 번 나가는 특별집회가 유일하게 기다려지는 날입니다. 전국의 교도소에서는 각 종파마다 일주일에 한 번씩 집회를 가집니다. 대구교도소에서는 대법원 재판이 끝나고 형이 확정되면 기결수들이 각 종파별로 집회를 갖습니다. 미결에서는 사형수들이 자기의 종파를 따라서 집회에 참석합니다.

저는 대법 확정과 동시에 화요일에 하는 불교 집회에 참석했습니다. 대부분의 사형수들은 기독교나 천주교도들이었고 저만 불교도였습니다. 교회당(敎誨堂)에 가서는 법회가 끝날 때까지 스님의 말씀을 열중해서 듣고 방으로 돌아와서는 들은 것을 바탕으로 열심히 공부했습니다. 집회에 한 번 참석하고 나면 훨씬 마음이 가벼워지고 편안해졌습니다. 다만 한 가지 어머니에 대한 걱정은 가시지가 않았습니다.

어느 날은 공부를 하다가 곰곰이 생각해 보니 제가 살아있는 동안은 어머니의 고행이 끝나지 않을 것 같았습니다. 며칠 밤을 깊이 생각한 끝에 저는 삼중 스님께 제 생각을 말씀드렸습니다. 그리고 어머니의 고생을 덜어드리기 위해서는 하루라도 빨리 자살하는 수밖에 없다는 말씀을 드렸습니다.

스님은 펄쩍 뛰셨지만 저는 기회를 봐서 강행을 하려고 마음을 먹었습니다. 앞에서 이야기한 것처럼, 제 이야기를 들은 스님은 어머니를 설득하러 가셨다가 오히려 설득을 당하고 오셨습니다. 저는 마음을 독하게 먹고 어머니를 접견한 자리에서 '어머니가 진주로 내려가지 않으면 행 집행을 기다리지 않고 자살하겠다'고 선언했습니다. 자식으로서 차마 할 수 없는 말이었지만 그렇게 하지 않으면 안될 것 같았습니다.

하지만 제 말을 들은 어머니께서는 "다시 그런 말을 입밖에 꺼내기만 하면 내가 먼저 자결하겠다"고 하셨습니다.

"이 에미가 하루라도 더 이 세상에 살아 있기를 바라거든 네가 하루라도 더 살아 있어야 한다. 네가 죽는 날이 에미가 죽는 날이니 그리 알아라. 매일 너를 면회하는 것은 오늘은 내 아들이 살아있구나 하는 것을 확인하려고 그러는 거다. 그게 내가 사는 유일한 낙이니 이 에미 위하겠다고 다른 생각하지 마라."

저는 어머니의 그 말씀에 아무 소리도 못했습니다. 더이상 할 말을 찾을 수가 없었습니다.

그 날은 그냥 왔지만 스님과 한 번 상의해 보아야겠다는 생각이 들었습니다. 며칠을 기다린 후에 스님께 어머니와 나누었던 이야기를 말씀드리면서 어떻게 했으면 좋겠느냐고 여쭤 보았습니다. 그제서야 스님께서는 지난번에 어머니를 만났던 이야기를 하셨습니다. 만일 제가 죽으면 어머니께서도 저의 시신을 수습하고 난 다음에 따라 죽겠다는 말씀을 하셨다고 했습니다. 스님도 그 이야기를 들으셨지만 차마 저에게는 전하지 못하신 것입니다. 스님께서는 집행을 당하는 날까지만이라도 불도에 정진하면서 어머니를 위해 기도하는 것이 지금 할 수 있는 가장 최선이라고 말씀하셨습니다.

저는 스님께 한 가지 부탁을 드렸습니다.

"스님 제가 죽음을 준비하는 심정으로 삭발을 하려고 합니다. 그런데 내일 아침 어머니께서 그 모습을 보시면 무슨 일이 생기는 것이 아닌가 걱정하실 겁니다. 오늘 스님께서 저희 어머니를 좀 만나 주십시오. 그리고 무슨 일이 있어서 그런 것이 아니라 그저 마음을 잡아보려고 삭발을 한 것이니 아무 걱정 마시라고 전해 주십시오."

스님께서는 그렇게 전해주겠다고 하셨습니다. 저는 결연한 제 심정을 표현할 뜻으로 삭발을 했습니다. 머리를 깎고 보니 제 모습이 꼭 스님 같았습니다. 저는 그 모습이 아주 마음에 들었습니다. 머리를 깎고 앉아 공부를 하는 모습을 본 우리 방 사람들도 꼭 스님 같다고 했습니다. 저는 잠시 제 자신을 잊고 공부에 열중했습니다.

가끔은 공부를 하다가 눈을 들면 방 한 구석에 놓여 있는 수의가 눈에 들어왔습니다. 그러면 순간적으로 섬짓한 기운이 전신을 훑고 지나갔습니다. 수의를 볼 때마다 저는 죽음의 순간을 경험했습니다. 때론 끔찍했지만 그것이 앞으로 제가 겪어야 할 유일한 일이라고 생각했기에 수의를 치우지 않았습니다. 어쩌면 순간적인 공포를 반복해서 죽음에 대한 두려움을 약화시키려는 생각이 있었는지도 모르겠습니다.

다음날 접견을 나가자 예상했던 대로 어머니께서는 왜 머리를 깎았느냐고 물으셨습니다.

"머리 깎은 것 갖고 별다르게 생각하지 마세요. 그냥 머리가 길어서 감기도 귀찮고 공부하는 데 방해가 되어 깎았습니다. 무슨 다른 일이 있는 것이 아닙니다."

그렇게 말씀드렸는데도 어머니께서는 불안하신지 정말 아무 일이 없는지를 몇 번이나 다시 물으시고 확인하셨습니다. 저는 어머니가 마음 놓으시도록 충분히 설명드렸다고 생각했는데 그게 아니었습니다.

어머니는 면회를 마치고 나가시면서 서무과에 혹시 오늘내일 사이에 집행이 없느냐고 물으셨습니다. 서무과 직원들이 집행이 없다고 말씀드렸는데도 불안하신지 저녁에 다시 퇴근하는 직원들에게 혹시 집행이 있는지를 물으셨습니다. 그분들에게서 정말 집행이 없다는 걸 다시 확인하고 나서야 마음을 놓고 집으로 가셨답니다. 다음날 출근을 한 직원들이 서로 저희 어머니 이야기를 하면서 정말 대단한 어머니라고 탄복하는 말들을 나누었을 정도였습니다.

우리의 인연이 이것뿐인 것을

복역한 지 3년이 지났을 무렵, 뜻밖의 사람이 저를 찾아왔습니다. 그 날도 여느 날과 마찬가지로 일 번으로 접견을 나갔습니다. 그런데 어머니 옆에 또 한 사람이 서 있었습니다. 바로

한때 제 아이까지 가졌던 동거녀 주정숙이었습니다. 그 사람이
라는 걸 안 순간 가슴이 쿵 내려앉았습니다. 함께 살았던 시절
이 너무 아득하게 느껴져서 과연 이 사람이 나와 인연이 있었
던 사람인가 싶기도 했습니다. 잠시 그러다가 그 사람 얼굴을
정면으로 마주 대하자 불끈 원망이 솟았습니다. 이제와서 따져
봐야 소용없는 일이기는 하지만, 그 날 나에게 약속을 환기시
켜 주었더라면 이렇게 되지는 않았을 거라는 마음이 들었습니
다. 또 어찌 되었든 함께 살았고 아이까지 임신했던 사람인데
그 동안 한 번도 나를 찾지 않았다는 사실이 너무 괘씸하게 생
각됐습니다.

“잘 지내셨어요? 그 동안 찾아오지 못해서 미안해요. 이제
는 직장을 대구로 옮겼으니 자주 면회 올게요.”

주정숙은 미안한지 얼굴을 들지 못하고 조그만 소리로 말했
습니다. 그런데 왜 그 때 그런 행동을 했는지 모르겠습니다.
저는 그 소리를 듣자마자 옆에 있는 교도관을 불렀습니다. 그
리고 접견용지를 보여달라고 했습니다. 접견자 관계난에 무어
라고 적혀 있는지 확인하기 위해서였습니다. 접견 용지에는 친
구로 되어 있었습니다.

저는 ‘친구’라는 단어가 눈에 들어오는 순간 피가 차갑게 식
는 기분이었습니다.

“나는 주정숙이라는 처는 있었어도 이런 이름의 친구는 없
소. 그러니 다시 접견 올 것도 없소. 나는 주정숙이라는 사람
을 잊은 지 오래고 다시 생각하고 싶지 않으니 어서 가요. 공
연히 다 아물어가는 상처 건드려서 불쌍한 사람 가슴 치게 하

지 말고. 다 잊고 좋은 사람 만나서 잘 사시오. ”

저는 냉정하게 제 할말만 하고 돌아서 나왔습니다. 어머니와
는 단 한 마디로 하지 못했습니다. 더 이상 그 자리에 있을 수
가 없었습니다.

말은 냉정하게 하고 돌아왔지만 한동안 가슴이 뛰고 흥분이
가라앉지 않았습니다. 아이 생각이 났습니다. 사건이 나자마자
유산시킨 것이 분명했습니다. 저도 그렇게 하라고 했지만 막상
맨몸으로 달랑 나타난 그 사람을 보니 밉고 싫었습니다.

사건이 나고 한동안은 누구보다 간절하게 생각났던 사람이
었습니다. 그런데 제가 가장 힘들고 괴로울 때 위로는커녕 면
회 한 번도 오지 않던 사람이 어쩌자고 지금 나타난 것인지 불
쾌감만 들었습니다.

사실 그 사람은 사건이 나자 내 생각보다는 자기 생각에만
급급했던 것 같습니다. 모든 가산을 정리해서 저 혼자 살길을
찾아갔고 아이도 유산시켰습니다. 또 동생이 사고를 내서 진주
교도소에 있을 때에도 저를 찾지 않았습니다. 동생을 면회 온
다는 이야기를 듣고 나를 한 번만이라도 찾아와 달라고 그렇게
부탁했는데도 오지 않았습니다. 자기 동생에게 그 이야기를 듣
고도 동생만 접견하고 간 사람입니다. 그런 사람이 무슨 바람
이 불어서, 도대체 무슨 마음을 먹고 저를 찾아온 것인지 의아
스러웠습니다. 어차피 죽을 사람이니 원망이나 없게 하자는 것
인지, 자기 마음이나 홀가분하게 하자는 것인지 알 수 없었습
니다.

생각할수록 한때는 살을 맞대고 산 부부 사이가 이렇게 허망

한 것인가 싶었습니다. 마음을 가라앉히려고 불경을 집어들었지만 아무것도 눈에 들어오지 않았습니다. 마음을 다 비웠다고 머리까지 깎은 사람이 과거의 인연에 이렇게 흔들리니 불경 공부도 헛했다는 자책감이 밀려왔습니다.

그녀가 먼저 어머니를 찾은 것인지 어머니가 수소문을 한 것인지 잠시 궁금하기도 했지만 인연이 아닌 사람이니 묻지 않기로 했습니다. 다음날 어머니를 만나서도 그 사람은 이제 저와 인연이 없는 사람이니 다시는 면회 같은 것 오지 못하게 하라고 딱 잘라서 말씀드렸습니다. 그것으로 그 사람과의 인연은 끝이었습니다. 그렇게 끝난 것이 오히려 저에게는 부담이 없고 편했습니다.

맞물린 삶과 죽음

저는 재심을 청구했습니다. 할 수 있는 데까지 해야 한다는 어머니의 고집은 아무도 꺾을 수 없었습니다. 어머니의 간절한 청과 스님의 노력으로 그렇게 원하던 정신감정을 받을 수 있게 되었습니다. 재심청구에서 정신감정이 채택된 것은 대구교도소가 생긴 이래 처음 있는 일이었습니다. 이 소문이 퍼져 나가면서 방 식구들은 미리 축하의 말을 해 주었습니다. 교도관들도 이제는 살았다고 장담하면서 장한 어머니를 두어서 좋겠다고 야단들이었습니다. 저도 이번에는 정말 감형이 될 것 같아서 가슴이 마구 뛰었습니다.

저는 정신감정을 받기 위해 구속된 지 1년 6개월만에 처음으로 교도소 밖으로 나올 수 있었습니다. 일단 교도소 밖으로 나오면 서류상으로는 출소하는 것으로 기재됩니다. 그리고 관할 책임도 제가 가는 지역의 경찰서로 이관됩니다. 따라서 교도소를 나온 순간부터는 경북대 대학병원 관할 경찰서가 저를 계호했습니다.

교도소 문을 나서자마자 제 옆으로 건장한 형사 세 사람이 붙었습니다. 이렇게 책임이 이관되니 정신감정을 받는다는 것은 교도소로서나 경찰서로서나 서로 불안하고 위험한 일이었습니다.

감정은 3일간에 걸쳐 받았습니다. 첫날은 묘한 그림들을 보여주면서 그림의 내용을 말하는 검사를 받았고, 둘째 날은 300문항 정도 되는 O X 문제를 풀었습니다. 마지막 날은 뇌파 검사를 받았습니다.

대학병원에 처음 가던 날 저는 어떻게 하면 재소자 티를 안 낼까 하고 나름대로 궁리를 했습니다. 수갑을 보이지 않으려고 수갑 찬 양손을 팔짱 낀 것처럼 엇갈려서 한복 소맷자락 속에 넣었습니다. 그렇게 하고 애써 태연하게 앉아 있는데도 자꾸 사람들이 힐끔거리며 쳐다보았습니다. 너무 이상해서 제 몸을 살펴보니 아뿔사 이게 웬일입니다. 저의 왼쪽 가슴에 '1539'라는 수인번호가 버젓이 나와있는 것이었습니다. 그러니 그 때까지 아닌 척하고 거드름을 피우고 있었던 것이 얼마나 우습게 보였겠습니까.

3일 동안 저를 호송하는 형사들이 매일 바뀌었습니다. 둘째 날은 차를 타고 병원으로 가는데 라디오를 켜 주었습니다. 이

게 얼마만에 듣는 라디오 소리인가 하고 귀를 기울였더니 조용
필의 '돌아와요 부산항에'가 흘러나왔습니다. 처음에는 가요
프로인 줄 알았는데 가만히 들어보니 드라마 주제가였습니다.
부산에서 중국인을 암매장한 사건으로 사형수가 된 조학도 사
건을 드라마화한 법창야화가 방송되고 있었습니다.

그 날 검사를 마치고 돌아와서 제 앞방인 19방에 있는 조 선
배에게 법창야화를 들었다는 말을 했습니다. 선배는 별 말 없
이 그저 웃기만 했습니다. 그 때는 다음에 그 드라마의 주인공
이 제가 되리라는 생각은 꿈에도 하지 못했습니다.

그러나 이렇게 복잡한 과정을 거쳐서 얻어낸 정신감정 결과
는 거부되었습니다. 이로 인해 어머니는 물론이고 삼중 스님까
지도 아주 크게 낙담하시고 한동안 산속 기도처에 칩거하시게
되었습니다. 스님은 재심이 기각되는 것을 보고 절망해서 칩거
를 시작했는데 그것이 저에게는 소생의 출발이 되었습니다.

"살았다, 살았어! "

스님은 그 절에서 법창야화에 드라마화되면 죽은 사람도 살
아난다는 이야기를 듣게 되었습니다. 생면부지의 신도가 마련
해 준 여비로 서울로 올라온 스님은 제 이야기를 법창야화에
방송되도록 하기 위해 백방으로 뛰셨습니다. 우여곡절 끝에 담
당 PD를 만나서 방송 약속을 받아내긴 했지만 그 때부터는 탄
원서를 받기 위해 발이 부르트도록 다니셨습니다.

다시 길이 열린다고 생각한 어머니도 노심초사하며 기도를

드리셨습니다. 어머니로서는 직접 할 수 있는 일이 아무것도 없었습니다. 제 목숨은 방송과 법무부 장관에게 달려 있었습니다. 이 길마저 막혀 버리면 다시 희망을 걸 곳이 없었습니다.

삼중 스님이 법무부 장관을 만난 것은 거의 기적이었습니다. 스님은 오직 법의 심판대로 판결하겠다는 장관의 꼿꼿한 원칙을 어머니의 눈물겨운 이야기로 녹이셨습니다. 법창야화에서는 〈모정불심〉이라는 제목으로 드라마가 시작되었고, 철벽같이 움직이지 않을 것 같았던 장관은 대통령을 만나러 가셨습니다.

그것으로 삼중 스님과 어머니가 할 수 있는 일은 모두 끝났습니다. 남은 일은 대통령의 취임식 때, 특사 소식을 기다리면서 부처님께 기도드리는 것뿐이었습니다.

어머니로부터 그 이야기를 들은 저는 가라앉았던 마음이 다시 술렁이기 시작했습니다. 하루는 희망으로 가득 부풀었다가 자고 나면 바람 빠진 풍선처럼 쪼그라들었습니다. 금강경을 독송하면서 마음을 비우고 삶과 죽음에 대해 초연하려고 아무리 노력해도 안정이 되지 않았습니다. 삶과 죽음의 경계선에 아슬아슬하게 서 있는 것과 같았습니다. 대통령의 말 한 마디에 따라 살 수도 있고 죽을 수도 있습니다.

일이 이렇게 진전되고 보니 저는 어머니를 위해서도 그렇고 제 자신을 위해서도 간절히 살기를 원했습니다. 감형이 된다해도 무기라서 감옥 밖으로 나갈 수는 없겠지만 감옥에서라도 사람답게 한 번 살아보고 싶었습니다. 저는 아무 공이 없지만 어머니와 삼중 스님의 노력으로 구명운동이 전국적으로 일어나고 있다는 말까지 들었기 때문에 솔직히 기대가 컸습니다.

가능성이 전혀 없다고 생각했을 때는 깨끗이 단념했었는데, 가능성이 보인다고 생각하니 삶에 대한 욕망이 커지면서 초조하고 불안했습니다. 매일 면회 오시는 어머니도 밤낮으로 애간장을 녹이시느라 하루가 다르게 얼굴이 꺼칠해지셨습니다. 저에게는 걱정하지 말고 열심히 예불을 드리고 관세음보살을 외우라고 하셨지만 정작 어머니는 며칠 동안 한잠도 주무시지 못하는 것 같았습니다. 어머니는 이미 저와 운명을 같이할 생각을 하고 계셨기 때문에 감형 결정이 난다면 두 목숨을 살리는 것이었습니다.

78년 12월 23일은 토요일이었습니다. 그 날 접견을 오신 어머니는 유달리 안절부절 못하시고 초조해 하셨습니다.

"동수야, 어떻게 될지 아직 소식이 없구나. 아무래도 월요일까지 기다려봐야겠다."

초조하기는 저도 마찬가지였지만 어머니 앞에서는 애써 태연한 척했습니다.

"어머니, 너무 걱정 마세요. 어떻게 되든 저는 마음의 정리가 다 되어서 괜찮습니다."

이렇게 위로하고 돌아왔지만 그 날은 1초가 1시간 같았습니다. 잠시도 가만히 앉아 있을 수가 없었고 밖에서 부시럭 소리만 나도 벌떡 일어났습니다. 밖에서는 성탄절을 이틀 앞두고 거리마다 캐롤송이 울려 퍼지고 사람들이 쏟아져 나와 축제 분위기일 때, 저와 어머니는 불안과 초조로 신경이 바늘 끝같이 뾰족해진 상태로 지내야 했습니다.

특히 그 날 본 어머니의 모습은 너무 지쳐서 가망이 없다고 모든 것을 포기하신 상태 같았습니다. 정신적인 고통이 가뜩이나 약한 어머니의 육체를 갉아먹어서 누가 큰소리만 질러도 쓰러질 것 같은 모습이었습니다.

방으로 돌아온 저는 마음을 잡기 위해 속으로는 열심히 관세음보살을 외우고 있었지만 소리가 입안에서만 맴돌 뿐 마음이 가라앉지 않았습니다. 밤에는 잠도 오지 않았습니다. 늘 벌겋게 충혈되어 있는 제 눈을 보고 같은 방 사람들도 걱정을 했습니다. 그 사람들 눈에도 죽음과 삶의 기로에 위태롭게 서 있는 제가 얼마나 안타까워 보였겠습니까. 며칠 사이에 저와 어머니의 얼굴은 완전히 반쪽이 되었습니다.

12월 26일, 드디어 운명의 날이 왔습니다. 밤새 잠을 못 이루다가 새벽녘에 잠깐 잠을 잤는데 일어나니 이상하게 마음이 차분해졌습니다. 접견이 오기를 기다리면서도 두려운 생각이 없어지고 한결 가벼웠습니다. 오늘은 어머니가 밖에서 좋은 소식을 갖고 저를 기다리고 있을 것 같았습니다.

예불을 마치고 나니 "1539번 양동수 접견!" 소리가 들렸습니다. 저는 다른 날보다 큰 소리로 대답했습니다. 그 때부터 가슴이 뛰기 시작했습니다. 저는 신발을 발에 채 꿰지도 못하고 접견장으로 달려갔습니다. 그 길이 삶으로 이어진 길인지 죽음으로 나 있는 길인지가 곧 결정이 날 판이었습니다.

"접견 1번 1539 양동수 왔습니다."

접견장에 도착하자마자 큰 소리로 접견 접수를 하는데 접수대에 있는 교도관 중에 저를 아는 몇 사람이 벌떡 일어나면서 제 손을 잡았습니다.

"양동수 씨, 축하합니다. 정말 장한 어머니를 두셨습니다. 어머니의 지극한 정성에 하늘도 감동하고 땅도 감동했어요."

저는 그 말을 듣는 순간 '아, 살았구나' 싶었습니다. 온몸으로 전율이 흘렀습니다. 여러 교도관들이 저의 손을 잡고 축하하는 말을 건네 왔습니다. 저는 제가 정말 살았구나 하는 것을 실감하면서 어머니를 만나러 접견장으로 들어갔습니다.

어머니는 저를 보자마자 "동수야, 이제는 살았다" 하시면서 우셨습니다. 얼마나 크고 서럽게 우시는지 기뻐서 우는 것이 아니라 너무 슬퍼서 우는 것처럼 보일 정도였습니다. 그렇게 우는 어머니를 보고 저도 가슴이 막혀서 아무 말도 못했습니다. 그저 어머니의 얼굴을 보며 따라 울었습니다. 우리 모자의 모습을 옆에서 보고 있던 접견 담당 교도관도 눈물을 흘렸습니다. 누군들 그 자리에서 울지 않을 수 있었겠습니까. 사람 하나가 죽었다가 살아나는 기적이 일어났는데 어떻게 감격하지 않을 수 있었겠습니까.

저는 생일이 두 번 있습니다. 1950년 5월 29일이 첫번째 생일이고 1978년 12월 26일이 두번째 생일입니다. 1975년 12월 24일은 제가 죽은 날입니다. 그러나 어머니께서 저를 두 번 낳으셨습니다. 저는 이 날들을 결코 잊지 못할 것입니다.

손에서 수갑이 풀리다

그 날 어머니와의 접견은 그저 우는 것으로 끝났습니다. 다른 말을 할 수도 없었습니다. 감격에 겨워서 어머니와 둘이 울기만 하다가 접견을 마치고 방으로 오는데 그 때서야 가슴에 기쁨이 퍼지면서 '나는 이제 살았다'는 것이 실감났습니다. '살았다! 나는 살았다'고 되뇌여 보니 가슴이 터질 것 같았습니다. 걷고 있는 것인지 날고 있는 것인지 모를 정도이고 꿈인지 생신지 분간이 안 갔습니다.

가슴이 진정되지 않아서 어쩔 줄을 모르고 있는데 방 앞에 본무 담당이 보였습니다. 저는 너무 반가워서 얼른 그 앞으로 뛰어갔습니다.

"담당님, 저 살았습니다. 살았어요."

저는 담당의 손을 덥석 잡고 큰소리로 말했습니다. 그 소리가 얼마나 컸든지 복도 벽에 부딪혀 쩌렁쩌렁 울렸습니다. 그런데 같이 기뻐해 주실 줄 알았던 담당은 아주 당황한 표정으로 일어나더니 제 손을 잡아끌고 세면장으로 갔습니다.

"양동수, 제발 진정하고 내 말 들어. 어디서 그 소리를 들었어."

저는 도저히 진정이 되지 않아서 흥분된 목소리로 접견때 어머니께 들었다고 말했습니다. 그 때 담당은 이미 출근하면서 그 소식을 들어서 알고 있었습니다. 그렇지만 다른 사형수들이 동요할까봐 저에게 직접 알리지 않고 조용히 있었습니다. 그런 것도 모르고 제가 환생한 기쁨에 너무 들떠서 소리를 지르자 담당이 주의를 주는 것이었습니다.

"기쁜 건 알겠는데 너무 크게 소란 피우지 말고 어서 관구실로 가 있어라."

저는 관구실보다 어서 방으로 가서 짐을 싸야 한다는 생각이
스쳤습니다. 이제 사형수가 아니니 당연히 사동을 옮겨야 했습
니다.

"방에 가서 짐 먼저 챙기구요."

"아니, 일단 그냥 관구실로 가라. 옆에 있는 다른 사형수들
생각해서 방에는 들어가지 않는 것이 좋아."

그 말을 듣고서야 제가 다른 사람들 생각은 하지 않고 너무
내 생각만 했다는 것을 알았습니다. 저는 세면실에서 마음을
좀 진정시키고 관구실로 갔습니다. 조금 있으니 천주교 신자
박은석 씨와 기독교 신자 김영준이 들어왔습니다. 이 두 사람
이 바로 저와 함께 특사로 감형된 사람들이었습니다. 9대 대통
령 취임특사로 각 종교에서 한 명씩 감형 결정이 난 것이었습
니다.

누구라도 죽음에서 삶으로 옮겨온 것은 기쁜 일이지만 그 중
에도 제가 각별하게 생각했던 사람들이 행운을 얻은 것을 보니
더할 수 없이 기뻤습니다. 우리들은 서로 손을 잡고 축하의 말
을 건넸습니다. 누구보다도 서로에 대해서 잘 아는 사람들이
고, 죽음의 공포를 매일 느끼고 살았던 사람들이어서 다른 말
이 필요 없었습니다.

우리 세 사람은 잠시 후에 담당의 계호 아래 보안과에 갔고
거기서 신분을 확인한 후에 교회당에 갔습니다. 수갑을 찬 채
였습니다. 교회당 안은 이미 재소자들로 꽉 차 있었습니다. 맨
앞에 우리 세 사람의 자리가 준비되어 있었습니다. 자리에 앉
아 잠시 기다리니 교도소장이 단상 위로 올라가 인사 말씀을

하셨습니다.

"……대한민국 건국 이래 사형에서 무기로 감형된 예는 한 번도 없었습니다. 그런데 바로 우리 교도소에서, 그것도 한꺼번에 세 사람이나 그 경이적인 사건의 주인공이 되었습니다. 건국 이래 처음 있는 일이 우리 교도소에서 있었다는 것은 우리로서는 정말 영광이 아닐 수 없습니다……."

이런 요지의 말씀이 끝나자 계장이 단상에 올라서서 저희 세 사람의 이름을 차례로 호명했습니다.

"박은석 사형에서 무기로 감형!"

이 말이 떨어지기가 무섭게 박은석 씨가 자리에서 일어났습니다. 그리고 거의 동시에 교회당에 있던 재소자들이 모두 일어나 열렬하게 기립박수를 쳤습니다.

"양동수 사형에서 무기로 감형!"

저도 자리에서 벌떡 일어났고 재소자들은 다시 기립박수를 쳤습니다. 그 우레와 같은 박수 소리를 듣는 순간 저는 머리 속이 다 비었고 꼭 꿈속에 있는 기분이었습니다. 사람들이 치는 박수소리가 마치 축포 소리로 들렸습니다. 바로 뒤에 김영준 이름이 불렸을텐데 그 소리는 들리지도 않았습니다.

자리에서 일어난 우리 세 사람은 박수가 끝날 때까지 서 있었습니다. 그리 길지 않은 시간이었겠지만 제 일생에서 가장 감격적인 순간이었습니다. 다른 두 사람도 마찬가지였을 겁니다. 세 사람은 가슴이 벅차 할말을 잃고 눈물만 흘리고 있었습니다.

알고 보니 그 자리에 온 재소자들은 다 그날 감형을 받은 사람들이었습니다. 그래서 계장이 계속해서 감형자들의 이름을 부르고 얼마를 감형받았다는 것을 읽고 있다는 것을 한참 만에야 알았습니다. 잠시 동안 제 기쁨과 감격에 겨워서 아무 소리도 들리지 않는 무아지경에 빠져 있었던 것 같습니다. 그 순간에는 아마 바로 옆에서 무슨 일이 일어났다 해도 몰랐을 것입니다.

많은 재소자들이 감형받았다는 것은 교도소로서는 잔치를 해야 할 일입니다. 그렇지만 제외된 사람들이 더 많기 때문에 전체적으로 기념하지는 못하고 감형 대상이 된 사람들만 모아 놓고 기념식을 했습니다. 교회당에 모인 재소자들은 서로 축하 인사를 나누었습니다. 그 곳에 모인 사람들은 감옥살이를 하고 있으니 평소에는 운이 좋은 사람들이라고 할 수는 없습니다. 그러나 그 날만큼은 아주 운 좋은 사람이라는 말을 들을 수 있었습니다. 더구나 바로 저승 문턱에서 목숨을 건진 우리 세 사람은 그야말로 천운이 있는 사람이라고 해도 과언이 아니었습니다.

기념식이 끝나자 다른 사람들은 다 작업장으로 돌아가고 우리 세 사람은 기결 사동으로 가게 되었습니다. 우리는 기결 사동으로 가자마자 이제 사형수가 아니니 수갑을 풀어 달라고 했습니다. 그러나 수갑을 푸는 것은 따로 절차를 밟아야 했습니다. 아직 우리가 들어갈 방이 결정되지 않은 상태라서 수속을 마칠 때까지 기다려야 했습니다.

그 사이에 우리 세 사람은 전에 있던 방으로 돌아가서 사람들과 인사도 하고 짐도 싸가지고 오기로 했습니다. 제가 방으로 들어가자 방 식구들은 모두 일어나 인사를 하며 기쁘게 맞아 주었습니다. 감형 축하에서 한 걸음 더 나가서 이제 무기로 감형되었으니 언젠가는 밖에 나갈 수도 있을 거라는 덕담을 하는 사람도 있었습니다.

저는 그 동안 정이 들었던 방 식구들과 악수를 하면서 고맙다는 말과 함께 작별인사를 했습니다.

"그 동안 덕분에 정말 잘 지냈습니다. 다 좋은 판결 받아서 빨리 사회에 나가십시오. 다시는 이런 곳에서 만나는 일이 없기를 바랍니다."

마지막이라고 생각해서 그런지 악수를 하면서 잡은 손들이 아주 따뜻하게 느껴졌습니다.

잠시 후 세 사람은 다시 보안과로 와서 그렇게도 바라던 수갑을 풀었습니다. 거의 2년 6개월 동안 몸의 일부분처럼 붙어 있었던 수갑이 비로소 몸에서 떨어져 나간 것입니다. 수갑이 떨어져 나가자 몸 전체가 가벼워지면서 날아갈 것 같았습니다. 두 손을 마음대로 움직일 수 있다는 것이 얼마나 행복한 일인지 일반 사람들은 잘 모를 것입니다.

수갑이 풀리자 그제서야 이제는 사형수가 아니라는 것이 현실로 다가왔습니다. 수갑을 풀어준 담당은 웃으면서 말했습니다.

"세 사람은 저승 문 앞에서 살아왔으니 언젠가는 다시 감형을 받아서 집에 갈 날도 올 것입니다."

그 때 저는 담당에게 고맙다고 인사는 했지만 그 말을 인사치레 이상으로 듣지는 않았습니다.

저는 일단 다시 본방으로 돌아왔습니다. 그러고는 제 손에 아무것도 걸린 것이 없다는 것이 신기해서 두 손을 높이 올려도 보고 양손을 쫙 벌려 보기도 했습니다. 두 손을 이렇게 마음대로 해도 아무도 간섭하는 사람이 없었습니다. 평소에 한쪽 손에만 형식적으로 수갑을 차고 있긴 했지만 언제 감사가 나올지 몰라서 늘 불안했습니다. 손을 따로 움직일 수는 있었지만 손동작을 크게 하기가 어려웠습니다. 그런데 이제 마음놓고 손을 움직일 수 있고 한 손을 위로, 한 손은 아래로 최대한 멀리 떨어뜨릴 수도 있다는 것이 그렇게 기쁠 수가 없었습니다. 전에는 누가 내 손을 볼까봐 겁이 났지만 지금은 내 손에 아무것도 없는 것을 누가 좀 보아주었으면 싶었습니다. 사형수가 아니면 도저히 이해할 수 없는 심정일 것입니다.

무기수가 된 세 사람은 그 날 저녁 기결수 방에 배치받았습니다. 그 방에 있던 사람들은 이미 저에 대해서 듣고 있던 사람들이라서 제가 들어가자 아주 반갑게 대해 주었습니다. 특히 방 봉사원을 하고 있었던 최병욱(가명)과는 그날 밤부터 터놓고 지내게 되었습니다. 첫날부터 서로 마음을 털어놓고 이야기를 한 것이 계기가 되어 최병욱이 마산으로 이감갈 때까지 인간적으로 아주 가깝게 지냈습니다.

그날 밤은 제가 교도소에 들어와서 처음으로 수갑을 차지 않고 잔 첫날밤이었습니다. 방이 바뀌어서인지 두 손이 홀가분한 것이 어색해서인지 그 날은 잠이 잘 오지 않았습니다. 소풍날을 받아놓은 아이처럼 빨리 날이 새었으면 하는 마음뿐이었습니다.

기결사에서 첫밤을 지내고 첫운동을 나간 저는 너무 놀랐습니다. 2년 반을 미결에서만 운동을 하다가 기결 운동장을 보니 규모가 천지 차이였습니다. 운동장에서 어제 같이 온 두 사람을 만났습니다. 운동을 나온 사람들도 다 우리들에 대해서 알고 있었는 지 한 쪽에 모여 있는 우리들에게 와서 축하의 말을 건넸습니다. 그날부터 기결사동에서 무기로서의 수형 생활이 시작된 것입니다.

제 6 장

어디 있은들 삶이 아니랴

사형수에서 무기수로, 미결에서 기결로 옮겨온 것은 모든 면에서 다 좋았지만 단 한 가지 힘든 것이 있었습니다. 아침을 먹고 나서 운동이 끝나면 그 때부터 배가 고팠습니다. 미결에 있을 때는 경제적으로 풍족한 사람들이 많고 어머니도 음식을 넣어 주셔서 최소한 배고픈 걱정은 없었습니다. 건빵은 쌓아놓고 먹다가 남을 정도여서 다른 방 사람들에게 나누어주기도 했는데 여기는 사정이 달랐습니다.

기결수 동료들의 기대어린 시선들

기결수들은 한 달에 한 번밖에 접견을 할 수 없는데다가 대부분의 사람들은 일 년에 한 번도 접견오는 사람들이 없었습니다. 그러니 먹을 것이 늘 부족하고 허기가 졌습니다. 더구나 저처럼 아주 풍족하게 먹고 지냈던 사람들은 상대적으로 더 배가 고팠습니다.

기결수 동으로 넘어간 지 하루가 지나서 어머니를 접견했습니다. 바로 다음날은 다른 사람 눈도 있고 해서 그 다음날 접견을 오신 것입니다. 접견장에는 어머니뿐 아니라 형수와 누나도 와 계셨습니다.

"동수야, 감형이 되어서 얼마나 기쁘냐. 정말 축하한다. 앞으로 시간들도 착실하게 살아라. 어머니를 생각해서라도 ……. 그리고 이제 어머니도 할 일을 다하셨으니 그만 집으로 모시고 가야겠다. 면회도 한 달에 한 번밖에는 안되고 몸도 편찮으시고 하니 집에 가서 쉬셔야 될 것 같다."

누나도 기쁨의 눈물을 흘렸습니다.

"예, 누님. 저는 이제 됐습니다. 어머니, 이제 아무 걱정 마시고 집으로 내려가세요. 저 때문에 그 동안 고생 많으셨으니 이제 집에 가셔서 몸도 좀 돌보시고 쉬세요."

"그래 동수야, 그 동안 마음 고생 많이 했지. 이제 다른 생각하지 말고 마음 굳게 먹고 잘 지내라. 이제는 매일 면회할 수도 없고 해서 나도 내려가야겠다. 한 달에 한 번은 면회할 수 있다니 그 날은 꼭 올라오마. 몸조심하고 부처님께 축원 열심히 드려라. 전에 그랬던 것처럼 한 방 사람들한테도 잘하고."

"예 어머니. 제 걱정일랑 마시라니까요. 형수님, 누님도 그 동안 저 때문에 고생 많으셨습니다. 이제 저는 살았으니 어머니를 잘 부탁드립니다."

“면회는 한 달에 한 번이니 20일이나 21일에는 꼭 올라오마. 기결로 넘어갔으니 사식을 좀 넣어주고 싶은데 무얼 좀 넣으랴.”

“다른 것은 필요 없고 건빵이나 좀 많이 사서 넣어 주십시오. 기결수들은 면회도 없고 영치물도 없습니다. 가다밥도 적어서 배가 많이 고픕니다. 아무래도 부피가 많고 배부른 건빵이 허기진 사람에게는 제일 좋습니다.”

접견을 마치고 곧 접견물이 들어왔는데 건빵만 두 포대였습니다. 방 사람들은 갑자기 무슨 건빵이 이렇게 많이 들어왔느냐면서 놀라워 했습니다. 속으로는 앞으로 며칠간은 배고플 걱정 없겠구나 했을 겁니다. 저는 전방 기념으로 그 자리에서 건빵을 몇 봉지 터뜨려 먹었습니다. 방 사람들은 오랜만에 건빵 포식을 하며 즐거워했습니다. 기결과 미결의 차이가 이런 것이구나 느껴진 날이었습니다.

조금 있으니 식당에서 사식 구매 신청을 받았습니다. 며칠 있으면 신정이라 그 때 먹을 떡국을 미리 신청 받는 것이었습니다. 1인당 10그릇 이상은 신청이 안됩니다. 저는 그 날 혼자서 10그릇을 신청하고 다음날도 10그릇을 신청했습니다. 우리 방 사람들은 가진 돈이 없어서 아무도 시킬 사람이 없었습니다. 신정에는 떡국 20그릇을 방 사람들과 함께 나누어 먹었습니다.

신정 연휴 3일이 끝난 날은 잠이 오지 않았습니다. 점호를 하고 잠자리에 누워 방 정리원과 이런저런 이야기를 나누었습니다. 그런데 갑자기 담당 근무 교도관이 방 앞에 와 섰습니다.

"여기 양동수가 누구야?"

저는 화들짝 놀라서 튀기듯이 일어났습니다.

"제가 양동순데요."

"지금이 몇 신데 아직 안 자고 있어."

"미결에서 사형수로 오래 있다 기결로 넘어오니 긴장이 풀려서 그런지 잠이 오지 않습니다. 죄송합니다만 이해 좀 해 주십시오."

저는 초면에 잘못 보일까봐 공손하게 선처를 구했습니다. 그런데 그 교도관이 저를 찬찬히 훑어보는 표정이 저에게 다른 할 말이 있는 것처럼 보였습니다.

"저한테 뭐 물어보실 말씀 있으십니까?"

"사실은 오늘부터 자네 이야기가 법창야화에 방송된다고 해서."

"아 그렇습니까. 전해 주셔서 고맙습니다."

저는 그 이야기를 듣고 제 이야기가 라디오에는 어떻게 나올지 궁금했습니다. 한 번이라도 들을 수 있었으면 하는 욕심도 생겼습니다. 방송을 위해서 수고하신 삼중 스님이 새삼스레 고맙고 저보다 어머니의 이야기가 잘 나왔으면 좋겠다는 생각도 들었습니다. 단지 당사자인 제가 듣지 못하는 것이 안타까울 따름이었습니다.

다음날부터는 운동을 하러 나가는 것을 제외하고는 한쪽에 앉아서 3천자 공부에 몰두했습니다. 다른 공부는 마음이 산란해서 잘 잡히지 않았습니다. 그러면서 한 달 정도가 흘렀는데

분류실에서 호출이 왔습니다. 저와 박은석 씨와 김영준의 분류
심사를 하기 위해서였습니다. 분류심사란 출역할 작업장을 배
정하기 위한 심사입니다.

교도소에서 출역하는 공장으로는 직영공장과 위탁공장이 있
습니다. 직영공장은 인쇄, 목공, 철공, 봉재 공장 등이고 위탁
공장은 조화, 전자, 양말, 안테나 등을 만드는 공장입니다. 재
소자들은 기왕이면 직영공장에 나가고 싶어합니다. 직영공장은
선공장이라고도 하는데 대부분 서서 하는 일이 많습니다. 일을
서서 한다면 불편하고 앉아서 하는 공장보다 힘들 것 같지만
사실은 행동이 훨씬 자유롭습니다. 또 교도소에서 직접 운영하
기 때문에 활동에 제약도 적고 재량권을 가지고 운영할 수 있
습니다.

앉은공장이라고 하는 위탁공장은 앉아서 일을 하기 때문에
편해 보이지만 사실은 그렇지 않습니다. 운동시간 30분 외에는
서서 움직이는 데 제약이 따르고 옆 사람들과 자유롭게 이야기
를 할 수도 없습니다. 서서 일하는 사람들은 움직이는 것이 조
금 더 낫기 때문에 융통성이 있어서 지적도 덜 당합니다.

위탁공장에서도 작업반 대장이나 소지들은 서서 일을 합니
다. 이 사람들은 그래도 공장 내에서는 권한이 좀 있습니다.
그래서 작업 대장이나 소지들은 자기가 아는 사람이나 사회에
서 친분이 있었던 사람이 자기 공장으로 들어오면 어떻게 해
서든지 자기처럼 편하게 서서 일하는 자리에 넣으려고 힘을
씁니다.

이렇게 하다 보니 교도소 내에서도 힘이 있고 빽이 있는 사

람들은 편한 자리를 차지하고 일도 별로 하지 않고 지냅니다. 그러나 나중에 제가 작업 반장이 되고 나서는 절대로 그런 걸 두고 보지 않았습니다. 아는 사람들이 있다고 해서 제대로 일할 생각은 안하고 슬슬 눈치봐가며 편하게 있으려고 하는 사람은 일부러 더 혹독하게 다루었습니다. 들어오자마자 허세부터 부리고 자기에게 무슨 큰 뒷배경이라도 있는 듯이 거들먹거리는 사람에게는 배나 힘드는 일을 시켰습니다. 제대로 된 자세가 나올 때까지 아무 배려도 없이 원칙대로 깐깐하게 체크를 했습니다. 그러면 얼마 안 가서 공장의 분위기를 눈치채고 자기가 어떻게 행동해야 하는지를 자연히 터득하게 됩니다. 그러면 그때서야 마음을 터놓고 인간적으로 대합니다. 이렇게 마음을 터놓고 말을 하다보면 대부분 허세를 부리는 사람들은 오히려 천성이 한없이 착하고 약합니다.

담당관이 어디에 나가서 근무하고 싶으냐고 묻기에 저는 인쇄공장에 나가면서 공부를 더 하고 싶다고 말했습니다. 분류심사를 받고도 3개월이 지난 79년 4월에 김영준과 저는 원했던 대로 대구 인쇄공장에 출역하게 되었습니다. 공장에서는 우리 두 사람을 아주 반갑게 맞이해 주었습니다. 반장은 우리 두 사람을 각 부서 반대장(인쇄부서 책임자)과 여러 동료들을 소개시켜 주었습니다. 전에는 새로온 사람들을 이렇게 개별적으로 소개하는 일이 없었는데 저희 둘은 특별대우를 받은 것입니다.

인쇄공장의 정원은 약 60명 정도였습니다. 40％가 무기수였고 20％가 15년에서 20년 이상 선고받은 사람들, 나머지가 7

년 이하 형을 받은 사람들이었습니다. 장기수 공장에서 7년이면 아주 단기수에 속했습니다. 출역수 방에 있는 사람 12명 중에 거의가 7년 이상의 선고를 받은 사람들이었고 3년 이하를 받은 사람은 한 사람이나 있을까 말까였습니다. 그래서 3년 이하가 인쇄공장에 출역하면 무기수 오줌 누는 시간도 안된다는 우스갯소리를 합니다.

저는 출역하는 그날부터 부서배치를 받았는데 인쇄 공장에 출역하면 처음에는 무조건 제본반으로 편성됩니다. 저도 제본반에 편성되었습니다. 첫날 점심을 먹으면서 저는 또 한번 놀랐습니다. 자기 식기에 자기가 밥을 타서 먹고 식기도 자기가 닦아야 했습니다. 늘 주는 대로 가다밥만 먹었던 저는 그것이 아주 큰 특권을 누리는 것처럼 느껴졌습니다.

좀 이상했던 것은 어떤 사람이 혼자 국에다가 하얀 가루를 타서 먹는 것이었습니다. 알고 보니 조미료였습니다. 공장에서 주는 국이 맛이 없으니까 미원을 종이에 한 끼 먹을 정도로만 싸가지고 와서 국에 타 먹는 것이었습니다. 옆에 앉은 사람조차도 주지 않고 오로지 혼자만 먹었습니다.

저도 미결징역을 3년 살았지만 아무리 작은 거라도 혼자서 독식하는 경우는 처음 보았습니다. 있으면 나누어 먹고 없으면 안 먹는 생활을 하다가 혼자서만 먹는 것을 보니 정말 인정이라고는 없는 동네구나 하는 실감이 났습니다. 그런데 이렇게 며칠이 지나자 저도 모르게 그 물이 들어서 저도 미원을 가져다가 혼자만 국에 넣어 먹었습니다. 그랬더니 다른 사람들이 그럴 때는 그런가보다 하던 사람들이 제가 그런 짓을 하니까 드러내 놓고 욕을 하기 시작했습니다. 다른 사람들은 괜찮고 왜 나는 안되는지 그 당시에는 이해가 되지 않았습니다. 그저 텃세부리는 것이 아닌가 싶어 기분이 나빴습니다. 나중에 생각하니 사람들이 내가 그 동안 어떻게 생활을 하고 어떻게 감형을 받았는지를 다 알고 있었기 때문에 나는 뭔가 다른 사람들과 다를 것이라고 생각했던 것 같습니다.

어쨌든 기결방은 모든 면에서 미결방과 달랐습니다. 모든 물품에 소유 관계가 분명했고 자기 것을 만들고 챙기는 게 아주 철저했습니다. 방청소도 돌아가면서 한 사람씩 했습니다. 일요일에는 청소할 것이 많아서 그날 당번이 걸리면 재수가 없다고 생각했습니다. 기결방 생활에 적응하기 시작하면서 차츰 개인 살림을 하는 법도 알아나갔습니다.

인쇄공장에서는 3개월간 제본반에 있으면서 기본 기술을 다 배웠습니다. 제본 기술을 다 배우고 나서는 활판 인쇄기 5호에 배치되었습니다. 그 때부터 진짜 인쇄일을 배우기 시작했습니다.

어머니, 제가 뜁니다

집으로 내려가신 어머니는 매월 20일쯤 되면 어김없이 올라오셔서 접견을 하고 접견물과 영치금을 넣어주시고 가셨습니다. 공장에 출역한 지 2개월쯤 지났을 때 재소자 춘계 체육대회를 했습니다. 그 날은 외부 인사들도 많이 참석했습니다. 그런데 한 담당이 우리 어머니도 오신다고 슬쩍 귀띔해 주었습니다. 죽었던 자식이 살아서 운동장에서 뛰는 모습을 보고 싶다고 부탁을 하셔서 특별히 관람하게 된 것이었습니다.

그 말을 들은 저는 다른 것은 몰라도 달리기에는 참석하고 싶었습니다. 달리기 선수가 되는 것은 쉽지 않은 일이었습니다. 각 취업장마다 자기 팀에서 일등을 하기 위해 여러 번 예선을 치러 가장 잘 뛰는 선수들을 뽑았습니다. 저도 예비경주에 참여했지만 결과는 꼴지였습니다. 매일 운동 시간에 30분 정도 걷는 것 외엔 3년 동안 뛰어보지 못해서 다리에 힘이 없었습니다.

저는 반장에게 가서 어머니가 오시니 달리기에 나갈 수 있게 해달라고 사정했습니다. 다행히 반장은 그 이야기를 듣고 아주 쾌히 승낙했습니다. 일등할 생각으로 마음에 부담 갖지 말고 끝까지 뛰기만 하라고 격려까지 해 주었습니다.

운동회 당일날 저는 아침밥을 든든하게 먹고 잘 뛸 결심을 했습니다. 머리 속으로는 제가 운동장을 신나게 달려서 일등을 하고, 어머니가 그 모습을 보고 신나게 손뼉치는 모습을 상상했습니다. 생각만 해도 기분이 좋았습니다. 운동회가 시작되고 30분쯤 지나자 100미터 출전자들은 출발선 앞으로 모이라는 방송이 흘러나왔습니다. 저는 3조에 편성되었습니다. 출발선에 서자 가슴이 콩닥콩닥 뛰었습니다. 다른 선수들이 저보다 못 뛰어서 제가 일등을 했으면 얼마나 좋을까 하는 마음도 들었습니다. 그러나 그건 역시 상상에서나 가능한 일이었습니다. 사력을 다해 뛰었지만 꼴지를 면하지 못했습니다. 저는 어머니께 창피하기도 하고 공장 사람들에게 미안해서 얼굴을 들 수가 없었습니다.

그런데 그 뒤에 일이 벌어지고 말았습니다. 너무나 오랜만에 사력을 다해 뛰어서인지, 공장 사람들이 있는 자리로 돌아오자마자 속이 메스꺼워지면서 얼굴이 하얗게 질렸습니다. 그리고 순식간에 아침에 식사한 것을 그 자리에서 다 토해 버리고 말았습니다. 저는 그날 운동회가 끝날 때까지 완전히 풀이 죽어 있었습니다. 다행히 어머니는 제가 그렇게 된 줄은 모르셨습니다. 그저 제가 운동장에서 달리는 모습을 본 것만으로도 너무 기쁘셔서 운동회가 끝날 때까지 앉아 계시다가 가셨습니다.

다음날 접견을 오신 어머니는 "동수야 어제 운동회 참 재미있게 봤다. 너도 아주 잘 뛰더구나. 네가 뛰는 것을 보니 이 에미는 참 고맙고 기뻤다. 앞으로도 건강하게 잘 지내라. 그런데 뭐 필요한 것은 없냐."

어머니는 제가 달리기를 했다는 것이 너무 대견스러워서 몇 등을 했는지는 상관도 안하셨습니다. 저는 어제 일이 있고나서 앞으로는 무엇이든 운동을 해야겠다고 결심했습니다.

"어머니. 다른 것은 필요 없고 테니스 라켓 하나만 넣어 주십시오."

저는 평소에 운동장에서 테니스를 치는 사람들이 부러웠습니다. 그래서 기왕에 운동을 할거면 테니스를 하고 싶어서 염치 불구하고 어머니께 라켓을 부탁드렸습니다.

그런데 가실 무렵에 어머니가 난데없이 귀휴 이야기를 꺼내셨습니다. 귀휴는 모범수들이 집에 갔다오는 기회를 얻는 것입니다. 처음에는 살리기만 하면 다른 소원은 없을 거라고 하셨는데 이제 제가 살아나니 귀휴 욕심이 생기신 모양이었습니다.

 "어머니, 귀휴는 징역을 14~15년 이상 살아야 하고, 1급수 그러니까 우량수가 되어야 갈 수 있는 겁니다. 저는 아직 생각할 수도 없어요."

 "그러냐. 나는 그런 줄은 모르고 무기수도 귀휴를 올 수 있다고 하기에 한번 물어본 거다. 말을 들어보니 아직은 어렵겠구나. 그래도 네가 이 안에서 잘 하면 빨리 우량수가 될 수 있을지도 모르니 부디 다른 사람들에게 잘하고 착실하게 살아라. 10년이 넘게 걸리면 이 에미 살아 생전에 그 날이 올지 모르겠구나."

 어머니는 말씀 끝에 눈물을 흘리셨습니다.

 "어머니, 모든 것은 시간이 다 해결해 줄 겁니다. 시간이 가면 저도 귀휴갈 날이 오겠지요. 어머니는 그 때까지 건강하게 기다리시기만 하면 됩니다."

 저는 이렇게 말씀드리는 수밖에 없었습니다. 정말 제가 귀휴를 나가는 날까지 어머니가 살아 계실지는 알 수 없는 일이었습니다.

 다음달 저는 고급 라켓을 받았습니다. 그런데 그놈의 테니스 라켓이 화근이 되어 저를 괴롭히게 될 줄은 미처 몰랐습니다. 그 라켓은 한일 라켓 2000으로 Y자 형이었고 79년 당시에는 아주 고가인 3만 원짜리였습니다. 저는 그것을 받고 얼마나 기쁜지 신주단지 모시듯이 다루고 아꼈습니다.

 운동 시간마다 열심히 뛰면서 테니스를 하고 있는데 한 번은 김준구(가명) 부장이 저에게 와서 라켓을 한번 빌려쓰자고 했습니다. 그 사람도 제가 가진 것이 고급이라서 한번 써보고 싶었던 모양이었습니다. 저는 두 말 않고 빌려주었습니다. 그런데 그 다음날도 그 다음다음 날도 라켓을 빌려 가더니, 나중에는 아주 자기 것처럼 매일 제 라켓을 가지러 왔습니다.

저는 나 혼자 쓰기도 아까운 것을 매일 자기 것처럼 가져가는 것이 싫었습니다. 게다가 라켓을 가져가면서도 자기 것 맡겨 놓았다가 가져가는 것처럼 미안한 기색이라고는 없었습니다. 저에게는 아주 소중한 재산이고 집에서도 그걸 마련하는데 큰맘을 먹었을 텐데, 그 사람이 자기 것 쓰듯이 함부로 다루니 쉽게 망가질 것 같아 속이 탔습니다.

하루는 큰맘 먹고, 빌리러 온 부장에게 못 주겠다고 거절했습니다. 부장은 아주 뜻밖이라는 표정을 짓더니 돌아갔습니다. 그 뒤로는 저를 대하는 태도가 아주 확 달라졌습니다. 그 전까지 저를 보면 아주 반갑게 인사도 하고 친절하게 대하던 사람이 하루아침에 안면 몰수하고 저를 괴롭히기 시작했습니다. 제 일거수 일투족을 따라다니면서 감시했습니다. 괜한 일로 트집을 잡으면서 그냥 말로 해도 될 것을 "이 새끼, 저 새끼" 하면서 욕을 했습니다. 라켓 때문에 상한 감정을 그렇게 노골적으로 드러내는 것이었습니다. 그 덕에 한동안은 곱징역 살이를 해야 했지만, 저도 고집이 있어서 다시 라켓을 빌려 주지는 않았습니다.

지금 생각하면 그 라켓이 그렇게 좋은 것도 아닙니다. 그 당시에는 교도소 내에 라켓이 별로 없는 형편에 그나마 고급 라켓이 들어오니까 서로 욕심을 내서 어린애처럼 치기를 부린 것입니다.

남은 건 담요 한 장

교도소도 크다면 큰 사회입니다. 출역도 하고 공부도 하고 운동회도 하지만 각자 숙소에서 하는 놀이도 있습니다. 그런데 방에서 하는 놀이는 약간의 범칙이 없을 수 없습니다.

감옥에는 있는 것보다 없는 것이 훨씬 많은데 놀이기구가 있을 리 없습니다. 그렇지만 만들려고만 하면 없는 것도 없습니다. 밖에서도 그렇지만 남자들은 셋 이상이 모이면 화투치기를 좋아합니다. 실제로 한 방에서 움직이지 않고 할 수 있는 놀이로는 화투만한 것이 없기도 합니다.

화투를 만드는 방법은 인쇄소에 출역을 나가는 사람들이 적당한 두께의 종이를 잘라 와서 만들기도 하지만, 더 기발한 것은 성경책을 가지고 만드는 방법입니다. 기독교인들이 읽으라고 넣어준 성경책을 읽지는 않고 낱장으로 찢어서 이중 삼중으로 접은 다음 죽물을 발라서 빳빳하게 만듭니다. 그것이 골판지처럼 마르면 그 위에 1에서 20까지 숫자를 써넣고 속칭 도리짓고 땡을 합니다.

화투를 치는 자리도 들키지 않도록 잘 잡습니다. 창이 위에 조그맣게 달려 있기 때문에 문과 멀리 떨어질수록 밖에서 잘 보입니다. 그래서 화투를 할 때는 문 바로 아래에서 합니다. 화투를 치는 사람 외에 한 사람은 띵(망)을 보게 합니다. 그러다가 혹시라도 밖에서 눈치를 챈 기색이 보이면 "아야 잡고" 하면서 슬쩍 돌아섭니다. 땅보는 사람의 말이 떨어지기가 무섭게 화투판은 걷어지고 화투를 치던 사람들은 아무 일도 없었다는 듯이 이야기를 나눕니다. 간혹 땅 보는 사람이 아차 하는 사이에 들키기도 합니다. 그렇지만 그 때만 잘 면하고 지나가면 다시 화투판을 폅니다.

저는 한 방에 있으면서도 일체 화투판에는 끼지 않았는데 하루는 뒷전에 앉아서 어깨 너머로 보고 있자니 견물생심이라고 한번 하고 싶은 충동이 일었습니다. 전에 없이 화투판을 기웃기웃거리니까 다른 사람들도 한번만 해 보라고 자꾸 부추겼습니다. 저는 눈을 책에 억지로 박고 있다가 결국은 딱 한 번만 하겠다고 생각하고 책을 덮었습니다. 그렇지만 그게 그렇게 되지 않았습니다. 늘 하던 꾼들과 붙으니 자꾸 잃었고 잃은 것을 되찾으려고 하다 보니 손을 털 수가 없었습니다.

감방에서 하는 화투라고 해서 그냥 치는 장난이 아닙니다. 돈이 없는 대신 돈이 되는 물건을 걸어 놓고 합니다. 주로 세면도구, 딸랑(쌍방울 내의), 담요 같은 생활필수품을 겁니다. 70년대에는 가격 기준을 세면도구로 해서 이중 담요 한 장에 4~5만 원을 쳤습니다.

오랜만에 화투를 친 저는 처음의 의욕과는 달리 계속해서 걸었던 물건을 잃었습니다. 한 시간여만에 세면도구를 잃고 딸랑을 잃고 고급 담요 3장까지 잃었습니다. 매일 얼굴을 맞대고 살아도 화투판은 냉엄해서 한 번 딴 물건은 돌려주지 않습니다. 무기수들은 다 자기 살림살이를 챙기고 살아야 하기 때문에 더 철저하게 주고받습니다. 어머니가 넣어준 이중담요 한 장만 남자 할 수 없이 손을 털고 일어났습니다. 그나마 어머니가 넣어준 것이라서 담요는 걸지 않고 일어선 것입니다.

후회가 됐지만 엎질러진 물이라 어쩔 수가 없었습니다. 씁쓸한 마음으로 한 장 남은 담요를 둘러쓰고 잠자리에 들었는데 그 날 제 물건을 딴 사람이 개평이라면서 세면도구 몇 개하고 담요 한 장을 주었습니다. 저는 게임을 한 것이니 괜찮다고 사양했지만, 공장에 출역나가면 매트(담요 밑에 까는 것)라도 해야 하니 받으라고 해서 못 이기는 척하고 받아두었습니다.

그 다음날부터는 운동을 하고 방에 들어오면 다른 사람들이 화투를 쳐도 저는 상관하지 않고 공부만 했습니다. 늘상 화투만 치는 사람들을 상대로 이길 승산도 없었습니다. 화투를 치는 것을 좋다고는 할 수 없지만 그렇다고 아예 못하게 하기도 어렵습니다. 미지정에 있는 사람들은 특히 그렇습니다. 잠자고 운동하는 시간을 빼고는 하루 종일 아무 일도 하지 않고 시간을 보낸다는 것이 얼마나 고역입니까. 그렇다고 모든 재소자들에게 공부를 하라고 할 수도 없지 않습니까. 한 사람의 생활필수품을 다 털거나 집에 있는 돈을 걸고 노름을 하면 문제가 되겠지요. 원칙적으로는 금지되어 있고 교도관들이 단속도 하지만 다른 소일거리가 없는 한 화투는 쉽게 없어지지 않을 것입니다. 80년대 중반 들어서는 다들 사정이 좋아져서 담요는 물건으로 쳐주지도 않습니다. 그리고 화투보다는 세븐 포커를 더 많이 칩니다. 포커는 인쇄소에서 종이도 좋은 것으로 가져오고 그림도 아주 세련되게 그려서 칩니다. 화투나 포커에 관한 전문가는 감옥에 다 있을지도 모릅니다.

참을 수 없었던 모독

기결수가 된 지 일 년이 되어갈 무렵이었습니다. 접견을 오신 어머니께서 12월 말경에 삼중 스님과 성우 김용식 씨가 교도소로 위문을 온다는 말씀을 하셨습니다.

김용식 씨는 연초에 두 달간 방송된 법창야화 〈모정불심〉에서 제 역할을 맡았던 성우입니다. 그 일이 인연이 되어 그분과는 의형제를 맺었고 지금까지도 잘 지내고 있습니다. 어머니가 살아계실 때는 어머니께 안부 전화를 할 때마다 "서울에 있는 동수입니다"라고 말하곤 했습니다. 방송에서뿐만 아니라 실제로도 저 대신 아들 역할을 많이 했습니다.

어머니와 접견을 마치고 바로 공장으로 돌아왔는데 어떻게 알았는지 벌써 사람들 사이에서 12월말에 삼중 스님이 위문공연을 온다는 소리가 돌았습니다. 몇 사람이 저에게 와서 그것이 사실이냐고 물었습니다. 제가 잘 모르겠다고 대답했더니 제 옆에 있던 사람이 비웃는 듯한 소리로 빈정거렸습니다.

"자기 때문에 위문을 온다는데, 바로 접견도 했으면서 그것도 모른다는 게 말이 되냐."

"모르니까 모른다고 하지."

저는 좀 기분이 나빴지만 그걸로 끝내려고 했습니다. 그런데 이 사람의 반응은 그렇지가 않았습니다. 마치 이런 말이 나오기를 기다렸다는 듯이 한 술 더 떠서 삼중 스님과 어머니에 대해서 아주 좋지 않은 소리를 했습니다. 아마 평소에 저나 어머니에 대해서 좋지 않은 감정을 갖고 있었던 모양이었습니다. 어머니와 스님 때문에 사형수에서 감형이 된 저를 모두 축하하는 마음으로 대하지는 않는다는 것을 저도 알고는 있었습니다.

그만두자는 데도 계속 하는 그 사람의 말 속에는 가시가 돋쳐 있었습니다. 제가 계속 참는 것 같으니까 재미가 났는지 점점 더 말이 심해졌습니다. 나중에는 스님과 어머니께 아주 모욕적인 심한 말까지 했습니다. 다른 말도 아니고 삼중 스님과 어머니를 모욕하는 말을 듣고는 더이상 참을 수가 없었습니다.

제 성질에 못이긴 손이 그 사람 머리통으로 날아갔고 그 사람은 쓰러지면서 옆에 있는 활판 인쇄기 모서리에 이마를 부딪혔습니다. 양 미간 사이가 찢어졌는지 금세 피가 흘렀습니다. 제 주변으로 사람들이 웅성거리며 모여들었습니다. 먼저 손이 나간 것은 잘못이지만 그래도 분이 삭지 않았습니다.

잠시 후 저는 짐보따리를 챙겨서 기결 2사 하에 있는 조사방으로 들어갔습니다. 그 때부터는 마음이 착잡하고 걱정이 되었습니다. 좀 참을 걸 그랬다 싶기도 했습니다. 며칠 후면 감형 1주년 기념으로 사람들이 위문공연을 올텐데 징벌을 받아야 하다니 말이 됩니까. 어머니와 스님이 아시면 얼마나 기가 막히겠습니까. 하필이면 이런 때에 싸움을 하다니 좀 참았으면 될 것을. 그러나 이미 엎질러진 물인데 어떻게 하겠습니까. 조사 기간도 상당히 걸리고 징벌도 받아야 하니 위문공연에는 참석

할 수도 없는 상황이었습니다.

조사를 하루 이틀 끄는 사이에 위문공연날이 되었습니다. 보안과에서는 회의를 했습니다. 어쨌든 주인공이 그 자리에 나가지 못하면 공연이 의미가 없고, 아직 징벌을 받지 않은 상태니 일단 교회당에 나가는 것을 허락하자는 결정이 났습니다. 불행 중 다행이었습니다.

위문공연이라고 해서 유명한 연예인들이 온 것은 아니고 여고생 몇 명과 성우 김용식 씨 그리고 관심 있는 사람 몇이 와서 간단한 위로의 시간을 가졌습니다. 어머니께서는 무기수 350명 전체가 먹을 음식을 준비해 오셨고 양말도 한 켤레씩 선물했습니다. 재소자들은 음식을 먹고 선물을 받으면서 저에게 감사하다는 인사를 했습니다. 그 중에는 정말로 감사하게 생각한 사람도 있고 그저 빈말을 한 사람도 있었습니다.

그 사람들은 밖의 사람들 덕에 특혜를 받은 제가 다른 사람들 사이에서 자꾸 특별한 사람으로 이야기되는 것이 듣기 싫었던 사람들일 것입니다. 저에게 어머니와 삼중스님에 대해서 나쁜 이야기를 했던 그 사람도 아마 그런 마음에서 말을 했을 겁니다. 어디든 누구 한 사람이 자꾸 부각되고 잘되면 시기와 질투가 생깁니다. 재소자들도 자신들과 저를 비교하다 보면 그런 마음이 드는 것이 자연스러웠을지도 모릅니다.

40분 동안의 위문 공연이 끝나고 저는 다시 교무과로 올라갔고 거기에서 어머니와 형님 부부, 누님 부부 그리고 스님과 김용식 씨가 모두 모여 안부를 묻고 이야기를 나누었습니다. 그 자리에서 저는 지금 어떤 상황인지 솔직하게 말씀드렸습니다.

가족들은 이미 제가 올라오기 전에 과에서 들어 알고 있었습니다. 삼중 스님께서는 화가 난 것은 이해하지만 그렇다고 주먹질을 해서는 안된다고 타이르셨습니다.

가족들이 있는 자리에서 그것도 저를 위해서 잔치를 하고 난 자리에서 그런 이야기를 하자니 정말 부끄럽고 가족들에게 죄송스러웠습니다. 그 자리에서 앞으로 다시는 누가 어떤 이야기를 하더라도 절대로 몸싸움을 하지는 않겠다고 결심했습니다.

그 날 이후 저는 징벌 2개월을 받고 2사 하 독6방에서 생활했습니다. 0.75평인 독방은 혼자 누우면 딱 맞을 크기입니다. 화장실도 평평한 마룻바닥으로 덮여 있어서 마룻바닥 뚜껑을 열고 사용하도록 되어 있습니다. 일을 보고 뚜껑을 닫으면 그게 누울 자리가 되는 것입니다. 무엇보다 냄새가 얼마나 지독한지 정말 참기가 힘듭니다. 밤낮으로 쥐들까지 우글거립니다. 용변을 보는 것이 너무 괴로워서 밥을 먹지 않을까 하는 생각도 했지만 살자니 그럴 수도 없었습니다.

저는 그 독방에서 정말 많은 것을 생각했습니다. 혼자 있으니 이런 저런 생각이 많아지고 반성도 많이 했습니다. 이 때 저를 도와주신 분이 2사 하에 있었던 최병희 씨였습니다. 그 분도 사형에서 무기로 감형이 되었는데 저에게 먹을 것도 갖다 주고 속옷도 빨아 주었습니다. 징벌을 받으면 구매, 세탁, 운동 등 모든 것이 다 중지되기 때문에 사람 사는 꼴이 아닙니다.

독방생활을 끝낸 저는 다시 2사 하 혼거 5방으로 배방이 되었습니다. 2사 하의 사동방은 1방부터 12방까지는 15명 정도를 수용하는 대형 혼거방, 13방부터 22방까지는 5명까지 수용할 수 있는 중형 혼거방, 23방부터 31방까지는 조사방과 독거방, 그리고 징벌방이 1방부터 6방까지 있었습니다.

저는 배방을 받고 들어가려고 하는데 복도에서 만난 재소자가 방에 들어가기 전에 찬물에라도 목욕 좀 하라고 했습니다. 처음에는 무슨 소리인가 했는데 제 몸에서 아주 고약한 냄새가 난다는 것이었습니다. 그렇겠지요. 2개월 동안을 화장실 안에 있었던 거나 다름없으니 몸에 얼마나 썩는 냄새가 배었겠습니까.

저는 2월 엄동에 찬물로 목욕하고 속옷을 갈아입고 5방으로 들어갔습니다. 그 방 사람들은 저를 환영하고 잘 대해 주었습니다. 다른 사람 같았으면 당연히 거쳤어야 할 신입식도 면제시켜 주었습니다.

다음날은 어머니께서 접견을 오셨습니다. 접견실에 앉아 계시던 어머니는 저를 보자마자 우셨습니다.

"지난달에 면회를 왔는데 징벌 기간이라고 안 시켜 줘서 그냥 갔다. 징벌방에 있었다니 얼마나 고생을 했나."

저는 아무 말도 못했습니다. 죽을 자식을 살려 놓았더니 겨우 징벌이나 받아서 면회도 안되는 사고를 쳤으니 얼마나 한심한 일입니까. 그저 너무 부끄러워서 얼굴만 숙이고 있었습니다. 그러나 어머니는 제 못난 짓은 탓하지 않으시고 오로지 제 걱정만 하셨습니다. 저는 그날 접견을 마치고 돌아와서 얼마나 울었는지 모릅니다. 저 자신이 그렇게 미울 수가 없었습니다. 그리고 다시 한번 다시는 주먹질을 하지 않겠다고 맹세

했습니다.

새로운 각오로 다음날부터 출역을 하려고 했는데 안된다고 했습니다. 사고를 냈으므로 당분간 미지정으로 있어야 한다는 것이었습니다. 징벌을 한 번 받으면 이렇게 여러모로 타격을 받습니다. 무기수들은 3년에서 4년이 제일 고비입니다. 4년을 무사히 넘기면 출역수로서 평탄한 생활을 계속할 수 있고 4년에서 10년까지는 시간도 아주 잘 갑니다. 저는 미지정으로 있는 동안 방에서 하루 종일 공부하는 것으로 시간을 보냈습니다.

80년 3월이 되자 교도소 내에서도 그 유명한 삼청교육대 훈련이 시작되었습니다. 저도 군 생활을 해 봐서 어지간한 훈련 정도는 견딜 수 있는 사람인데 삼청교육대 훈련은 정말 힘들었습니다. 50사단에서 하사관이 나왔고 그 밑에 1개 분대 여덟 명의 사병이 착검한 M16 자동소총을 옆구리 총으로 들고 부동자세로 서서 훈련을 시켰습니다. 훈련의 강도가 얼마나 세고 지독한지 정말 교관들이 들고 있는 총을 빼앗아서 쏘고 싶은 생각이 하루에도 열두 번씩 들 정도였습니다. 그렇지만 다시는 폭력을 사용하지 않겠다고 맹세를 했기 때문에 순간순간 혀를 깨무는 심정으로 참으면서 지나갔습니다.

징벌방에 있을 때나 삼청교육대 훈련을 받으면서 깨달은 것이 있다면 아무리 어려운 일도 시간이 가면 지나간다는 것입니다. 기쁨도 지나가고 슬픔도 지나가고 괴로움도 지나갑니다. 세월을 당할 장사는 없습니다. 인내하고 기다리면 괴로움도 가고 좋은 시절도 옵니다. 기다리던 기회가 오면 최선을 다해서 일하면 됩니다. 그것이 바로 평상심이라고 삼중 스님께서도 여러 번 말씀하셨는데 정말 맞는 말씀이라고 생각합니다.

그렇게 힘들던 삼청교육도 지나고 저는 만 1년 6개월 만인 81년 5월에 다시 출역을 나갈 수 있게 되었습니다. 저는 정말 새로운 각오로 공장생활을 잘 할 것을 다짐했습니다.

공부라면 질 수 없다

기결수가 되면서 또 하나의 행운이 있었습니다. 자격증을 딸 수 있는 기회가 생긴 것입니다.

공장에 출역을 하고도 며칠 동안은 잠이 잘 오지 않아서 새벽까지 뒤척이는 일이 많았습니다. 그러다가 그 방에 밤늦도록 담요를 둘러쓰고 공부를 하는 사람들이 있다는 것을 알게 되었습니다. 저는 속으로 '한때는 공부하면 양동수였는데 질 수 있나' 하면서 본격적으로 공부할 마음을 먹었습니다. 그러다 보니 공부를 하는 사람들끼리 보이지 않는 경쟁이 생겼습니다.

공부를 하는 방법도 여러 유형이 있습니다. 공장에 출역을 했다 돌아오면 인원 점검을 마치고 나서 바로 공부를 시작하는 사람이 있는가 하면, 저녁을 먹자마자 곧바로 담당의 눈을 피해 한 구석에 자리를 펴고 자다가 다른 사람들이 취침을 하려고 자리를 깔 때 일어나서 새벽까지 공부하는 사람도 있었습니다. 어려운 상황이라 그런지 공부를 하는 재소자들은 서로 보이지 않는 경쟁을 하면서 치열하게 공부에 매달렸습니다.

저는 한문책을 다시 집어들었습니다. 방 분위기도 아직 잘 모르고 해서 다른 사람에게 피해를 주지 않으려고 조심했습니다. 일단 다른 사람들과 똑같이 취침을 해서 두세 시간 자다가 혼자 슬며시 일어나 밤새도록 공부했습니다. 시계가 없기 때문에 몇 시인지 전혀 알 수도 없었습니다. 그저 그 날 할 수 있을 때까지 공부를 하는 거지요. 일어나는 것도 분간할 수 없어서 어떤 때는 한밤중이기도 하고 어떤 때는 새벽이기도 했습니다.

몇 시가 됐든 옆 사람이 깨지 않도록 조용히 일어나서 공부를 시작했는데 한참 하다 보면 다른 사람들도 하나둘씩 일어나 공부를 합니다. 제가 다른 사람들보다 먼저 일어나면 기분이 아주 좋지만 그렇지 않고 다른 사람이 먼저 일어나 있으면 내일은 더 일찍 일어나야지 결심을 했습니다.

그런 식으로 10개월 정도 공부를 했습니다. 정말 일어나기 싫은 때가 한두 번이 아니었습니다. 그러면 저는 속으로 '동수야 너 지금 뭐하냐. 무엇이 싫어서 일어나지 않고 있느냐. 죽으면 썩어질 육신을 가지고 뭘 그렇게 아끼느냐. 마음이 문제면 형태도 없는 마음이 어떻게 문제라는 것이냐. 이 게으른 놈아' 하면서 자문자답을 했습니다.

이렇게 마음을 달래서 일단 일어나면 무섭게 공부에 매달렸습니다. 한자는 대략 5천자 정도를 알고 있어서 불경 공부만 집중적으로 했습니다. 공장에 출역하면서 처음 10개월 동안 한 공부가 저에게 얼마나 도움이 됐는지 지금 생각해도 뿌듯합니다. 학창시절에 그렇게 공부를 열심히 했으면 우등생은 말할 것도 없고 매번 수석이라도 했을 겁니다.

어느 날 같은 동료 한 사람이 내일 인쇄 2급 필기시험이 있다는 말을 했습니다. 그리고 누구는 며칠 동안 벼락공부를 해서 합격을 했다는 둥 시험에 대한 이런저런 이야기를 했습니다.

시험에 합격했다는 사람은 동료들이 '쪼다'라고 부르는 어수룩한 사람이었습니다. 그 사람이 시험을 친다면 나라고 못할 것이 없다는 생각이 들어서 저도 다음 시험을 준비하기로 했습니다. 이튿날 공장에 나가서 물어보니 2급 자격증을 가진 사람은 세 명밖에 없었습니다. 각종 자격증 중에도 인쇄 2급 자격증이 가장 따기 어렵다고 합니다. 어렵다는 소리를 들으니 해보고 싶은 생각이 더 강해졌습니다. 그 날로 일 년 계획을 세우고 2급 자격증을 취득하기 위한 공부에 들어갔습니다.

전에 인쇄소 경험이 있었던 저는 출역을 시작한 둘째 날부터 활자를 주조하여 다시 글자를 찍어내는 주조기 책임을 맡았습니다. 그리고 이날 시험을 친 5명은 필기시험에서 모두 떨어졌다는 소리를 들었습니다.

7월부터는 6개월 훈련기간인 기능사보(3급 자격증)를 따기 위해서 신청했습니다. 기능사보 자격증은 인쇄할 수 있도록 종이를 넣는 삽지만 잘하면 딸 수 있다고 했습니다. 저는 이미 2년 전 공장에 있을 때 삽지를 많이 해본 경험이 있었기 때문에 별 어려움이 없을 것 같았습니다. 일단 기능사보 자격시험 신청을 해 놓고 2급 자격증 공부를 시작했습니다.

전국적으로 유명한 대구의 여름 날씨는 정말이지 방안을 찜통처럼 만듭니다. 그렇지만 저는 날씨에 요동하지 않고 열심히 공부했습니다. 그렇게 해서 81년 말에는 기능사보 자격증을 무난히 취득했고, 82년 1월에는 다시 2급 훈련생 신청을 해서 그해 5월에 2급 필기시험을 쳤습니다. 다른 사람들은 5개월만에 시험을 쳤지만 저는 한 해 전부터 2급을 준비했으니 남들보다 공부를 많이 한 셈이었습니다.

공부를 많이 한 만큼 좋은 결과가 나왔습니다. 2급 시험을 친 사람은 5명이었는데 붙은 사람은 저 하나였습니다. 인쇄 2급 필기시험은 수준이 높아서 5개월 공부해서는 합격하기가 어려웠습니다. 그래서 대부분의 사람들이 재수 삼수를 합니다. 저는 일찍 공부를 시작한 덕분에 첫번째로 친 필기시험에 합격했고 2차 실기시험에도 무사히 합격해서 6월말에는 인쇄 2급 자격증을 땄습니다.

인쇄기사 자격증 공부를 하면서 한편으로는 불교 공부도 열심히 했습니다. 그런데 공부가 좀 깊어지다 보니 차츰 의심스러운 부분들이 생겼습니다. 인간은 어떻게 태어나며 우주는 어떻게 생기게 되었는가 하는 부분들이 차츰 의심스러워졌습니다.

그 의문을 풀려고 기독교 경전인 성경책을 읽어보기도 했습니다. 그러나 성경에도 제가 납득할 만한 시원한 답이 없었습니다. 기왕 시작한 공부니 끝을 보자는 생각에 자연과학 책을 구해서 공부하기로 마음먹었습니다. 거기에 대해서는 아는 것이 없어서 어떻게 하면 효율적으로 공부를 할 수 있을까를 고민하고 있는데 우연히 학원사에서 출판된 《코스모스》라는 책을 보게 되었습니다. 사상 문제로 들어온 좌익수가 그 책을 보고 있었습니다.

《코스모스》는 미국의 천문학자인 칼 세이건이 쓴 책이었는데 한번 훑어보는 데 보름이 걸렸습니다. 그러나 읽기는 했어도 무슨 뜻인지 전혀 모르는 말들뿐이었습니다. 그래도 오기를 갖고 5번 정도를 반복해서 읽고 나니 천체에 대해서 어느 정도 알 수 있을 것 같았습니다.

그 책표지 날개에 보니 다른 책들이 소개되어 있어서 계속 생명의 신비에 관한 책들을 사서 봤습니다. 그런데 계속 책을 사보기는 어려웠습니다. 이 전문서적들은 다른 책들보다 값이 무척 비쌌습니다. 보통 책값은 3,000원 정도인데 이 책들은 만 원이 넘었습니다. 좀 비싸다 싶으면 3만 원까지 갔습니다.

영치금으로 책값을 감당하기가 점점 어려워졌습니다. 주변의 재소자들은 나가서 과학자가 될 것도 아닌데 하면서 빈정댔습니다. 저도 돈 때문에 슬슬 걱정이 되었습니다. 한 달 영치금으로 들어오는 2만 원으로 책값을 댄다는 것은 어림도 없었습니다. 또 집에다가 부탁하는 것도 한두 번이지 면목도 없었습니다. 재판을 하면서 집에서 쓴 돈이 얼마인데 자꾸 돈 예기를 할 수 있겠습니까.

그런 걸 알면서도 책이 자꾸 보고 싶었습니다. 그래서 한 달에 한 번씩 오시는 어머니께 자꾸 돈 얘기를 하게 되었습니다. 어머니는 공부하는 것도 좋지만 너무 돈을 많이 가져가는 것은 아니냐고 걱정하셨습니다.

그러던 어느 날, 형님에게서 편지가 왔는데 '이제는 너도 출역을 해서 조금이라도 돈을 버니 자력으로 살아가라'고 씌어 있었습니다. 그리고 그 편지 이후로는 저에게 영치금이 오지 않았습니다. 제가 그 동안 고생시킨 것을 생각하면 이해가 갈 것도 같다가 한편으로는 형님이 원망스럽기도 했습니다. 여기서 유일한 낙이고 다른 것도 아니고 공부를 하겠다는데 그것도 못 밀어주나 싶었습니다.

나중에 알고 보니 거기에는 그럴 만한 이유가 있었습니다. 94년 3월 중순경에 첫 귀휴를 나가서 그 이유를 알게 되었습니다. 그 때 형님께서 "내 얼굴을 자세히 보라"고 하시는데 한쪽 얼굴이 좀 이상했습니다.

"아니, 형님 얼굴이 왜 이렇게 되셨습니까?"

"10년 전에 풍이 와서 반쪽 신경이 마비됐다. 반 식물인간으로 있다가 치료를 잘한 덕분에 거의 원래대로 돌아오긴 했는데 아직 이렇게 자국이 남았다. 하루이틀에 낫는 병도 아니고 치료비가 얼마나 비싼지 그 돈 대느라고 온 식구가 골이 빠졌다. 그래서 책값도 못 부쳐주고 부득이하게 너 혼자서 해결하라고 편지를 했다. 책값이 들면 얼마나 들겠느냐만 그 때는 형편도 좋지 않았고 치료비만 계속 들어서 집안이 말이 아니었다. 그 때 많이 서운했을 줄 알지만 사정이 그랬으니 네가 이해해라."

저는 형님 말씀을 듣고 울었습니다. 그렇게 힘든 사정이 있는데도 저에게 걱정시키지 않으려고 한 마디도 하지 않으셨다는 것이 너무 고마웠습니다. 그 일로 형제의 정을 다시 한번 절실하게 느꼈습니다.

공부를 위한 범칙

집에서 오는 돈도 끊기고 여러 가지로 어려웠지만 저는 계속해서 공부를 했습니다. 전문 서적을 사서 공부하는 것보다 매월 나오는 월간지를 보면 좀더 싸다는 말을 듣고 〈월간과학(뉴튼)〉과 〈사이언스〉 두 권을 매월 구입해서 보았습니다. 초보자인 저에게는 아주 큰 도움이 되었습니다. 86년에는 〈과학동아〉가 창간되었습니다. 저는 그 책도 구해서 봤는데 다른 책들과 중복되는 내용이 많아서 〈사이언스〉는 중단하고 두 권만 계속해서 보았습니다.

그러나 아무리 절약을 한다 해도 책을 계속 보기에는 돈이 너무 부족했습니다. 저는 생각 끝에 담배 장사에 손을 대기 시작했습니다. 담배 장사는 불법이기 때문에 만일 발각되면 아주 무거운 징벌을 받습니다. 그러나 집에서도 돈이 오지 않고 연로하신 어머니께서도 이제 매달 면회오실 수 없게 되자 공부를 계속 하려면 위험을 감수할 수밖에 없었습니다. 교도소 내에서 담배장사를 한다는 것은 나쁜 일이었지만 공부를 계속할 수 있는 방법은 다른 것이 없었습니다.

담배장사를 하려면 경비교도대들과 선이 닿아야 합니다. 경비교도대들은 토요일과 일요일이면 외출을 할 수 있습니다. 군대에서도 마찬가지만 외출을 하려면 돈이 있어야 합니다. 자연히 외출나갈 사람들은 주말이 되면 돈을 구하려고 합니다. 그걸 아는 재소자들이 평소 잘 알고 지내는 경비교도원에게 접근

해서 슬쩍 마음을 떠봅니다. 그러면 대개는 돈이 없다는 것을 내비칩니다. 바로 그 때 은근히 거래를 트자는 제안을 하면 대체로 성사가 됩니다.

둘이 애기가 되면 외출 나가서 찾아가야 할 사람과 전화번호를 알려줍니다. 외출을 나간 사람은 미리 선이 닿아 있는 그 사람을 찾아가서 적게는 10만 원에서 많게는 몇 10만 원까지 돈을 받습니다. 그 돈에서 수수료로 얼마를 떼고 나머지로 담배를 사서 건네는 것입니다.

만기가 되어 출소하는 사람들에게 부탁을 하기도 합니다. 교도소 지리에 밝은 사람이라 밤에 눈에 잘 띄지 않은 지점에 던져 놓기도 하고 낮 운동시간에 던지기도 합니다. 교도소 주변은 경비가 삼엄하다는 것을 알기 때문에 혼자 오지 않고 데이트하는 것처럼 여자와 팔짱을 끼고 담 주변을 돌다가 기회를 봐서 운동장으로 던져 넣습니다. 담배는 그대로 종이에 싸서 던지는 것이 아니라 테니스 공 속에 넣어서 던집니다. 공을 절반으로 잘라서 속을 빼고 담배를 넣는데 갑째로 꼭꼭 주물러서 아주 작게 다지는 것입니다. 그러면 두 갑 정도가 들어갑니다.

밖에서 공이 들어오면 미리 테니스를 하고 있던 사람이 공을 멀리 보내고 치던 공을 줍는 척하면서 담배가 든 공을 주워 옵니다. 망대에서 경비를 보고 있지만 소용이 없습니다. 이상한 물건이 들어오는 것을 보고 조치를 취했을 때는 이미 늦습니다. 망대의 문은 밖에서만 열 수 있습니다. 교대할 때 외에는 그 자리에서 내려오지도 못합니다. 통신 연락을 해서 교도관들이 뜰 무렵이면 물건은 누군가의 손에 안전하게 들어가 있습니다. 아무리 뒤져도 나오지 않습니다. 구름과자는 구름 속으로 뜬 것입니다.

그 담배는 정확하게 원래 주인의 수중에 들어가게 되어 있습니다. 그만큼 공조체제가 잘 되어 있습니다. 이상한 것은 그러면서도 관계하는 몇 사람을 제외하고는 같은 방 사람이라 해도 전혀 모른다는 것입니다. 설령 담 안으로 이상한 물건이 들어온 것을 보아도 누구 하나 신고하지 않습니다. 미리 알고 있는 사람은 시간을 잘 맞추어 교도관의 눈을 끌기 위해 일부러 싸움을 하기도 합니다.

경비교도대와의 거래는 거의 노출이 되지 않습니다. 담배장사를 하는 사람이나 그 담배를 사서 피우려면 동료들의 신망을 받고 있거나 전혀 사고를 내지 않아야 합니다. 징벌이 무거운 범칙이라서 서로 조심해야 합니다. 만일 자칫 방심해서 누군가와 다투기라도 하면 앙갚음으로 밀고를 당할지 모르는 일이라 사람들과 잘 지내는 사람에게만 줍니다.

담배를 산 사람은 밀고를 막기 위해 자기 혼자 피우지 않고 가끔 다른 사람들에게 선심을 쓰기도 합니다. 담배 배당이 잘 돼서 한 방에 많이 떨어지면 방 사람들과 한 개비씩 나누어 피웁니다. 그런데 연락이 잘 되지 않아서 한두 개비가 들어오면 나누어 피울 수가 없습니다. 혼자만 담배를 피우면 그걸 고깝게 여기고 과에다가 슬쩍 코를 바르는(밀고하는) 사람이 생기기도 합니다. 그래서 한 대가 들어오더라도 한 모금씩 나누어 피워야 후환이 없습니다.

만일 누군가 밀고해서 과에서 알게 되면 그 때부터 일이 아주 커집니다. 조사과에서 나와 샅샅이 조사를 합니다. 누구를 통해 어떻게 담배가 들여왔는지를 캐는데 용의자가 자백하지 않으면 시승 시갑을 한 채로 고문을 합니다. 일단 자백을 하면 담배 장사를 한 사람, 담배를 대 준 교도관이 전부 벌을 받습니다. 장사를 한 재소자는 징벌방에서 곱징역을 살아야 하고 경비교도원은 영창을 갑니다.

저는 가진 돈이 없었기 때문에 처음부터 제 돈으로 장사를 할 수 없었습니다. 그래서 공장 너에 돈도 있고 담배도 좋아하지만 줄을 댈 수 없는 사람을 찾았습니다. 그런 일을 하려면 재소자들 사이에서나 교도관들에게 줄이 있어야지 돈만 있다고 되는 게 아닙니다. 적당한 물주를 찾아서 그 사람이 접견할 때 언제 어떤 사람으로부터 전화가 오면 돈을 주라고 말을 맞춰 둡니다. 외출을 나간 경비교도원은 그 집에 가서 10만 원 정도를 받으면 자기 몫을 떼고 담배 15갑에서 20갑을 들여줍니다. 재소자에게 담배를 전할 때는 밖에서 물건이 들어오거나 영치물을 수령할 때를 적절하게 이용합니다. 담배를 받으면 5내지 6갑은 돈을 댄 사람에게 주고 나머지는 팝니다. 그 사람은 10만 원에 5~6갑을 산 셈입니다. 일반 재소자들에게는 한 개비에 2,000원 정도를 받고 팝니다. 아주 비싸지만 그것도 없어서 난리입니다.

교도소에서 담배는 귀중품입니다. 어쩌다 한 모금이라도 얻어 피우게 되면 행운입니다. 담배를 공수하는 것도 수단과 방법을 가리지 않습니다. 출역을 나갔다가 컵라면 속에 숨겨오기도 합니다. 컵라면을 사서 밑부분을 살짝 오려 컵을 싸고 있는 비닐을 벗긴 다음 뚜껑을 표가 안나게 뜯고 담배 한 갑을 넣습니다. 한 갑이 들어가면 딱 맞습니다. 뚜껑을 덮고 비닐을 씌우고 잘 봉하면 끝입니다. 혐의를 두고 자세히 들여다보지 않는 한 거의 감쪽같습니다. 그러나 이런 일은 돈이 없거나 힘이 없으면 할 수 없습니다.

돈이 없는 사람들은 법원에 출정 나가는 날을 이용하기도 합니다. 전과도 있고 눈치도 있고 배짱도 있는 사람은(보통 '빠꼼이'로 통한다) 출정하기 하루 전날 준비를 해 둡니다. 밥을 2~3숟가락 떼어놓았다가 비벼서 풀을 만듭니다. 그리고 그것을 비닐에 싸서 잘 숨겨 가지고 법원으로 갑니다.

법원 대기실에 도착하면 그 반죽이 된 밥풀을 고무신의 앞축에 붙입니다. 그러고 있다가 교도관이 호명하면 앞축을 떼고 뒤꿈치로만 걸어나갑니다. 왜 그렇게 하는지 눈치채셨습니까? 걷다가 바닥에 떨어진 꽁초가 있으면 그걸 앞꿈치로 지그시 눌러서 밥풀에다 붙이려고 그러는 것입니다.

일단 꽁초를 붙였으면 다시 뒤꿈치로 걸어서 법정에 들어갑니다. 일단 자리에 앉으면 슬쩍 사방을 둘러보고 기회를 포착해서 앞꿈치에서 담배꽁초를 떼내 잘 숨깁니다. 그것이 성공하면 그 날은 아주 행운을 잡은 날입니다.

담배는 구하기도 어렵지만 피울 때도 기회를 잘 봐야 합니다. 저녁 점호가 끝나면 새 담배의 3분의 1정도 되는 것을 세 사람 정도가 나누어서 피웁니다. 화장실에서 한 모금씩 피우는데 연기까지 모두 마시기 때문에 숨을 쉬기도 어렵지만, 그 때의 황홀한 기분이란 말로 설명할 수 없습니다. 옆에 있는 사람들은 그 모습을 보고 "저 자식 홍콩 갔다"고 하면서 놀립니다. 그렇게 세 명이 연이어 피워도 냄새도 연기도 나지 않습니다. 연기 한 줄기 새지 않을 만큼 다 빨아들이고 천천히 음미하는 맛은 해 보지 않은 사람은 잘 모를 겁니다.

행정관들도 담배 범칙을 철저하게 단속합니다. 예를 들어 법정에서 집행유예를 받은 사람은 그 날로 본방으로 돌아오지 못합니다. 왜냐하면 본방 사람들이 곧 나가게 된다는 것을 알면 이것저것 부탁하는데, 그 부탁 중에는 필시 담배범칙이 들어 있기 때문입니다. 만기자들도 만기방이 있어서 그곳에 따로 수용합니다. 그러나 재소자들 정보도 보통 빠른 것이 아닙니다. 집행유예 가능성이 있는 사람이나 만기가 되어 가는 사람에게는 미리 속옷이나 담요 같은 것을 주고 거래를 합니다.

이렇게 3년 동안 담배 장사를 하여 돈을 벌어서 책을 샀습니다. 그런데 장사를 시작한 지 3년만인 89년 3월에 급기야는 발각되고 말았습니다. 그 때 저는 대구 교도소 3사 상 3방에 있었습니다. 3사 상은 출역수들 방이었습니다. 저는 3사 하 3방 미지정에 방 봉사원(감방장)으로 있는 무기수한테 담배 2개비를 주고 책을 영치받았습니다. 그런데 그 사람이 같은 방에 있는 동료의 영치금을 착복해서 써버린 사건이 일어났습니다.

재소자 중에 일명 '쪼다'라고 불리는 어수룩한 사람이 한 사람 있었는데 이런 사람은 자기 앞으로 영치금이 들어와도 감방장에게 빼앗기는 일이 많습니다. 그래도 겁이 나서 항의도 못하고 가족들한테 말도 못하고 가만히 있습니다. 그런데 쪼다라고 생각해서 그 사람 영치금을 봉사원이 다 써버렸는데, 공교롭게도 그 사람이 임시로 2주간 공장 출역을 나가게 되었습니다. 담배에 주렸던 그 사람은 그 틈을 이용해서 담배를 구하려고 보니 이제까지 들어온 자기 영치금이 하나도 없었습니다.

그 사람은 나중에 감방장이 그랬다는 사실을 알고는 화가 났습니다. 그 돈을 방 사람들을 위해서 쓴 것도 아니고 자기 혼자 가로챘다는 것을 알고는 그냥 지나갈 수가 없었던 모양입니다. 그 사람은 출역 공장의 반장을 만나서 자초지종을 이야기했고 반장은 관구 주임을 만나서 이야기를 전했습니다. 결국 그 사건은 조사과에 접수되었고 조사를 한 결과 담배를 사서 피운 것이 밝혀졌습니다. 자동적으로 저도 조사를 받았고 2개월 징벌이 떨어졌습니다. 그러나 저와 거래를 한 경비교도원의 이름은 끝내 밝히지 않았습니다.

징벌을 받은 방은 우연히도 9년 전에 공장에서 주먹을 휘둘러서 들어간 2사 하 독 6방이었습니다. 악연이기는 하지만 그 방하고 저는 인연이 있는 모양입니다. 저는 또다시 2개월간 그 지옥 같은 독방에서 지내야 했습니다. 하루하루가 지옥 같은 징벌방 생활을 하면서 다시는 범칙에 손을 대지 않겠다고 다짐했습니다.

사상 초유의 탈옥사건

제가 징벌을 받고 있는 사이에 기능공 시험을 준비하던 두 사람이 시험보러 가서 탈출을 한 사건이 터졌습니다. 재소자

탈출은 엄청난 사건입니다. 그 중 한 명인 권정현은 마산 교도소에서 저와 함께 있었습니다. 권정현은 일단 탈출에 성공했지만 45일만에 자수해서 다시 들어왔습니다. 우리나라에서는 탈출에 성공해도 도저히 숨어서 살 수 없다는 걸 알고 제발로 들어온 것입니다.

권정현은 저에게 탈출사건에 대해서 상세하게 이야기 했습니다.

사건은 89년 4월말에 일어났습니다. 권정현은 4월 28일부터 5일간 기능경기대회에 출전하기 위해 열심히 대패질을 하고 있었습니다. 그 때만 해도 그의 머리 속에는 대회에서 메달을 따야 한다는 생각만 가득 차 있었습니다. 그런데 그와 같이 일을 하던 대운이가 느닷없이 기능경기대회에 나갔다가 탈출하자는 제안을 했습니다.

그는 그 때 무기형을 받고 5년이 지난 상태였습니다. 처음에 그 소리를 들었을 때는 말도 안되는 소리 같았는데 차츰 마음이 동했습니다. 대운이 계획은 일단 탈출에 성공하면 강도를 한 건 해서 깊은 산중에 숨었다가, 세상이 조용해지면 나와서 위조 신분증을 만든다는 것이었습니다. 그 이야기는 아주 설득력 있게 들렸습니다. 그래서 같이 탈출하기로 하고 동료들이 눈치채지 못하게 몰래 열심히 몸을 단련하는 운동을 했습니다. 나중에 만석이라는 친구가 한 명 더 가담해서 그들은 셋이 되었습니다.

그들은 시간이 날 때마다 계획을 세웠습니다. 시험장이 각각 떨어져 있었기 때문에 정각 5시가 되면 화장실로 모이기로 했습니다. 그러면 각 사람마다 경호원이 한 사람씩 따라붙을 텐데, 화장실까지 오면 각자 자기를 맡은 경호원을 때려눕히고 미리 봐둔 담을 넘어 도망가자는 계획이었습니다. 시간을 5시로 잡은 것은 시험 끝나기 한 시간 전이고 그 때 도망가서 좀 숨어 있으면 곧 해가 질 거라는 계산에서였습니다.

마침내 시험날이 왔습니다. 시험장으로 가는 차안에서 그는 잔뜩 긴장되고 가슴이 뛰었습니다. 이제라도 시험을 잘 봐서 메달이나 딸까 하는 생각도 들었습니다. 눈치를 슬금슬금 보면서 대패질을 하던 그는 5시가 되자 화장실에 가겠다고 했습니다. 예상대로 경호원이 한 사람 따라붙었습니다. 대운이와 만석이는 벌써 화장실에 와 있었고 경호원들도 한 사람씩 붙어 있었습니다. 대운이는 경호원들을 처지하기 위해 먼저 시작하라는 신호를 보냈지만 그는 너무 떨려서 손이 움직여지지가 않았습니다. 할 수 없이 귓속말로 오늘은 못하겠다고 하고 그날은 그냥 돌아왔습니다.

둘째 날은 큰맘을 먹고 계획을 실행에 옮겼습니다. 어제처럼 화장실에 온 세 사람은 대운이가 미리 준비한 칼을 가지고 경호원들을 위협해서 못 쫓아오게 하고 담쪽으로 달아났습니다. 학교 안에서 본 담은 상당히 낮아 보였는데 막상 뛰어올라서 보니 비탈이라서 밖은 상당히 높았습니다. 뒤에는 벌써 교도관들이 쫓아오고 있었습니다. 그들 셋은 할 수 없이 적당한 데에서 뛰어내렸는데 바로 어느 양옥집 안이었습니다.

그와 대운이는 무사히 뛰어내렸는데 만석이는 잘못 뛰어서 이빨이 네 개나 부러지는 바람에 입에 피가 가득 고였습니다.

그래도 머뭇거릴 사이도 없이 정신없이 밖으로 뛰어나갔습니다. 그 때 오토바이 소리가 들려서 뒤를 돌아보니 그들을 경호하던 최순호(가명) 교도관이 오토바이를 타고 바짝 뒤쫓아오고 있었습니다.

오토바이와 추격전을 벌이면서 20분을 뛴 그들은 힘이 달려 더이상 뛸 수가 없었습니다. 한 발짝도 못 걷게 된 그들은 마침 넓은 공사장 앞에서 멈추고 한쪽에 쌓아둔 벽돌을 던지면서 싸울 결심을 했습니다. 벽돌과 각목을 들고 그들이 서 있자 최 교도관도 한 쪽에 있는 벽돌을 들어서 던지기 시작했습니다. 얼마나 세게 던지는지 한 개라도 맞으면 그 자리에서 죽을 것 같았습니다.

그와 대운이는 얼떨결에 다시 도망을 쳤습니다. 그런데 그 때 길이 엇갈리면서 대운이와 헤어지게 되었습니다. 만석이는 도망가는 그를 잡으러 오는 최 교도관에게 벽돌을 던져서 그 자리에 쓰러뜨리고 그의 뒤를 따라왔습니다. 최 교도관이 죽었을지도 모른다는 생각이 들었지만 그 때는 다른 생각을 할 여유가 없었습니다. 그보다 대운이와 헤어지게 된 것이 더 걱정이었습니다. 만석이와 그는 대구 지리를 전혀 모르는 사람들이었습니다.

그는 그런 대로 견딜 만했는데 만석이는 말이 아니었습니다. 배도 고프고 이도 아파서 견딜 수가 없게 된 만석이는 공단 안에 있는 포장마차에 가서 시계를 풀어주고 라면이라도 먹자고 했습니다. 그는 왠지 싫었지만 만석이 생각을 해서 포장마차로 들어갔습니다. 30대로 보이는 주인 아주머니에게 시계

를 받고 라면을 끓여 달라고 했더니 그 아주머니는 우리들을
위 아래로 훑어보고 시계는 필요 없고 빵과 우유를 줄 테니 나
가라고 했습니다. 우리는 거지 취급받는 게 싫었지만 빵과 우
유를 받아 나와서 길을 걸으면서 먹었습니다. 정말 꿀맛 같았
습니다.

그런데 좀 걷다보니 뒤에서 빨간 불을 단 오토바이가 쫓아왔
습니다. 그는 "경찰이다. 튀어" 하고는 길옆으로 뛰었습니다.
그는 골목으로 들어갔는데 만석이는 남의 집 담을 넘었습니
다. 그런데 하필 떨어진 곳이 장독대여서 발을 다쳤습니다. 도
망을 갈 수 없게 된 만석이는 경찰에 잡히고 말았습니다.

도망을 치던 그는 비닐 하우스에 숨었습니다. 그 곳은 딸기
밭이었습니다. 그는 딸기를 배부르도록 따먹고 밖으로 나왔습
니다. 밖에는 봄비가 내리고 있었습니다. 왠지 그 비가 그의
눈물 같았다고 합니다. 비를 맞으면서 발길 닿은 대로 걷는데
저쪽에서 자동차 불빛이 보였습니다. 형사들이었습니다. 다시
아픔도 잊고 뛰기 시작했습니다. 눈앞에 보리밭이 보이기에 밭
으로 들어가서 엎드렸습니다. 보리밭 위로 자동차 불빛들이 어
지럽게 비쳤습니다. 그는 낮은 포복으로 기어서 밭을 빠져나왔
습니다. 그 사이에 빗줄기도 제법 거세져서 그의 몰골은 말이
아니었습니다.

흙투성이가 된 그는 어떤 교회당을 찾아 들어갔습니다. 교회
당 안에는 피아노가 한 대 있었는데 그 뒤로 쓰러져 잠이 들었
습니다. 아침에 눈을 떠보니 온몸은 흙투성이고 신발은 어디
갔는지 보이지 않고 발은 온통 물집 투성이였습니다. 마침 교

회당 구석에 구두가 한 켤레 있길래 그걸 신고 밖으로 나왔습니다.

너무 배가 고팠던 그는 큰맘 먹고 어느 식당에 들어가 라면하고 김밥을 시켜 먹었습니다. 그리고 다시 산으로 올라가 하루종일 잤습니다. 아무리 자도 잠이 계속 쏟아졌습니다. 자다가 깨면 탈출한 것이 너무 후회스러웠습니다. 그러나 이제는 후회해도 소용없는 일이었습니다.

그는 다시 산에서 나와 동네로 들어갔습니다. 조그만 골목으로 들어갔더니 어느 집 창문이 열려 있었습니다. 그 방에는 여자 혼자 속옷 바람으로 자고 있었습니다. 그는 담을 뛰어넘어 그 집으로 들어갔습니다. 그래도 여자는 세상 모르고 자고 있었습니다. 전축 위에 지갑이 있길래 열어 보았더니 10원짜리 동전 하나도 없었습니다. 그래서 여기저기 뒤지다 보니 여자가 그 소리에 깼습니다.

여자는 그를 보고 소리를 질렀습니다. 저는 부엌에서 가지고 온 칼을 들이대면서 조용히 하라고 위협했습니다. 여자는 질려서 가만히 있었습니다. 그는 여자에게 남은 밥이 있으면 차려오라고 했습니다. 차려온 밥을 허겁지겁 먹고 나서는 돈 있으면 만 원만 빌려달라고 했습니다. 그 소리를 듣자 여자가 웃었습니다. 강도가 들어와서 밥달라고 하고 돈을 빌려달라고 하니 웃을 수밖에요. 생각해 보니 그도 우스웠습니다. 그는 옷도 갈아입어야 하니 남자옷을 달라고 했습니다. 여자는 자기 남편 옷을 내 주었습니다. 그런데 잠바 주머니에 손을 넣어보니 돈이 들어있었습니다. 여자가 안 보는 사이에 세어보니 17만 원이었습니다. 그는 봉을 잡은 기분이었습니다. 여자에게는 말하지 않고 시치미를 뗐습니다.

새벽 5시까지는 여자와 이런저런 이야기를 나누었습니다. 그가 무섭게 굴지 않아서 그런지 여자도 나중에는 말을 잘했습니다. 그 여자는 나이가 스물한 살이었고 남자와 동거를 하고 있다고 했습니다. 그도 교도소를 탈출한 사람이라고 솔직하게 말했습니다. 새벽이 되자 그는 나갈 수 있는 길을 물었습니다. 여자는 여기가 어디쯤인지는 가르쳐주지 않고 나갈 수 있는 길만 가르쳐주었습니다. 그는 마당에 있는 자전거를 타고 밖으로 나왔습니다.

대구 시내로 들어갔더니 택시고 버스고 할 것 없이 그의 사진이 정면과 측면으로 붙어 있었습니다. 그는 자전거를 버리고 다시 산으로 들어갔습니다. 그는 어두워지면 철길을 따라 부산으로 갈 생각을 했습니다. 그런데 철길에도 국도에도 경찰들이 쫙 깔려 있었습니다.

계속 포도밭과 국도로 도망을 가다가 금호강이 보이자 무작정 강물로 뛰어들었습니다. 말이 강이지 물은 거의 하수구 물이었습니다.

강을 건너고 난 다음에 시계를 보니 새벽 1시였습니다. 기온이 내려가서 몹시 추웠고 몸에서는 악취가 진동했습니다. 강어귀 동네의 한 양옥집 옥상에 올라가 널어놓은 옷을 훔쳐 갈아입었습니다. 얼굴도 대강 씻고 나와서 다시 걷기 시작했습니다. 조금 걸으니 고속도로가 나왔습니다.

다시 어떤 동네로 들어가서 자전거 한 대를 훔쳤습니다. 자전거를 타고 부산 방향으로 달렸습니다. 밤이라 고속도로에는 화물차들이 씽씽 달렸는데 운전사들은 자전거를 탄 그를 보고 욕을 하면서 지나갔습니다. 그는 속으로 '너희들이 어떻게 지금 내 심정을 알겠느냐'고 하면서 정신없이 달렸습니다. 휴게소가 나오자 자전거를 버리고 옆에 세워둔 화물차 짐칸에 숨어들었습니다. 화물차는 곧 움직였고 한 시간 동안 달렸습니다. 국도로 들어간 화물차는 어느 식당 앞에서 섰고 그 때 뛰어내렸습니다. 그 곳은 울산이었습니다.

울산에서부터는 길을 좀 알기 때문에 걷다가 동래로 갔습니다. 동래에서는 어느 극장에 들어가서 생각을 좀 정리했습니다. 일단은 친구에게 전화를 해서 집에 연락을 좀 해달라고 했습니다. 친구는 그 대신 연락을 해 주었고 그는 다시 걸어서 부산까지 들어왔습니다.

그 다음날 약속한 장소에는 그의 누님과 매형이 나왔습니다. 매형은 중형차 운전을 하고 있었습니다. 그는 일단 그 차에 탔습니다. 누님은 미리 준비해 온 옷과 안경을 주고 갈아입으라고 했습니다. 옷을 갈아입그 안경을 쓴 다음에야 마음이 놓여서 누님과 이야기를 했습니다. 매형은 여기는 위험하니 서울로 데려다 주겠다고 하고 헤어졌습니다.

다음날 만난 매형은 친구 한 사람을 태우고 왔습니다. 그 사람은 어디에 초소와 검문소가 있는지 귀신같이 아는 사람이었습니다. 두 사람은 같이 차를 타고 가다가 검문소나 초소가 있는 곳에서는 미리 내려서 걸었습니다. 밤을 세워서 수원으로 들어온 다음 다시 전철을 타고 서울로 들어갔습니다.

서울에는 매형 친구들이 많이 살고 있었습니다. 그는 네온사인을 만드는 조그만 공장에 취직을 했습니다. 무슨 일이 생기면 매형 친구 집으로 전화를 하기로 했습니다. 그는 서울에서 45일간 생활했습니다.

일단 탈출에는 성공했지만 이렇게 숨어서 사는 것은 정말로 불안하고 피곤한 일이었습니다. 잠도 제대로 잘 수 없었고 사람을 똑바로 쳐다볼 수도 없었습니다. 자유롭게 살려고 탈출했는데 전혀 자유롭지 않았습니다. 어느 날은 너무 불안해서 차라리 자수를 할까 하는 생각도 들었지만 차마 용기가 나지 않았습니다.

그러던 어느 날 그의 부모님과 누님께서 교정국 직원과 함께 왔습니다. 교정국 직원을 봤는데도 그는 도망갈 생각을 하지 않았습니다. 어머니는 그가 도망가지 못하게 그의 손을 꼭 잡고 있었습니다. 부모님과 교정국 직원은 이렇게 불안하게 살지 말고 자수하라고 충고했습니다. 그는 그 말씀에 순순히 따랐습니다. 그리고 그 날로 교정국 직원을 따라서 서울 구치소로 가서 자수했습니다. 꼭 도살장으로 끌려가는 기분이었습니다.

그는 다시 재판을 받고 구형 10년에 3년형을 추가 받았습니다. 그는 무기에서 3년이 추가된 것입니다. 판사가 자수한 것을 참작해 준 덕분이었습니다. 만석이는 그 때 발을 다쳐서 잡혔고 대운이도 도망을 쳐서 집에 있다가 일주일만에 잡혀와서 각각 3년 추가형을 받았습니다. 이렇게 해서 그 험한 탈출과 불안했던 도피생활은 실패로 끝났습니다.

대한민국에서는 탈옥을 해서는 살 수 없다고 생각합니다. 탈옥을 해서 불안하게 사느니 차라리 감옥에서 우량수가 되어 감형을 받는 것이 속편한 갱생의 길입니다. 이것이 탈옥에 성공했었던 무기수의 고백입니다.

보통 두 달 징벌을 받으면 그 기간을 다 채우지 않아도 열흘 정도는 잔벌을 받을 수 있습니다. 잔벌은 징벌기간 동안 수형 태도가 좋고 문제가 된 사건이 잘 해결되면 주는 감형입니다. 그런데 그 기간동안 탈옥 사건이 생겼기 때문에 저는 잔벌을 받을 수가 없었습니다.

제 7 장

전생은 사형수로, 이생은 법사로

저는 징벌 두 달을 꼬박 살고 5월 중순경에 해벌과 동시에 2사 상 8방에 배방이 되었습니다. 8방 정리원은 부산에서 올라온 무기수 유도삼이었는데 저와는 형 아우하면서 아주 잘 지냈습니다.

제가 징벌받는 동안에는 공장이 잘 돌아가지 않았습니다. 주조기 책임자인 제가 출역을 못하자 주조기를 돌릴 수가 없었습니다. 공장에서는 저에게 빨리 출역하라고 성화였습니다. 주조기는 활판 인쇄기의 활자를 찍어내는 것인데 폐활자와 납을 녹여서 새 활자를 만드는 기계입니다.

저도 공장에 나갈 날을 기다리고 있었습니다. 그렇지만 그 인쇄 공장에는 다시 나갈 수 없었습니다. 89년 6월 10일에 이감을 가라는 명령이 왔습니다. 저는 어디로 가는지 물었더니 마산이라고 했습니다. 마산으로 간다니 기분이 좋았습니다. 마산은 고향인 진주와 가까웠기 때문에 마치 고향에 가는 기분이었습니다.

징벌을 받은 재소자를 이감시키는 것은 다 이유가 있습니다. 만일 이감을 가지 않고 계속해서 대구 교도소에 있으면 다시 재범을 할 우려가 있습니다. 담배를 대주던 사람은 자기를 보호해 준 것이 고맙기도 하고 믿음직스럽기도 해서 계속해서 담배를 대려고 할 것입니다. 그러면 저도 돈을 벌기 위해 다시 담배장사를 하게 되겠지요. 이런 생리를 과에서도 잘 알기 때문에 저를 이감 보내기로 결정한 것입니다. 저로서도 잘된 일이었습니다.

광신도 대학생

마산교도소에 갔을 때, 그곳에도 이미 저에 대한 소문은 다 나 있는 상태였습니다. 그 소문을 듣고 제일 먼저 저에게 온 사람은 박은석 씨입니다. 오랜만에 만나니 마치 친형제를 만난 것처럼 기쁘고 반가웠습니다. 매일 볼 수는 없지만 지척에 있고 가끔 만날 수도 있다고 생각하니 마음이 든든했습니다.

저는 마산에서도 인쇄공장에 배치받아 출역했습니다. 마산은 대구에 비해서 규모도 작고 기계도 낙후되어 있었습니다. 만들어 놓은 인쇄물도 완전히 초보 수준에 가까웠습니다. 그렇다고 기계를 바꿀 수는 없었지만 경험을 살려서 그 기계들을 붙들고 나름대로 열심히 일했습니다.

7월 하순이 되자 교무과장께서 저를 부르셨습니다.

"자네가 양동순가. 내 듣자니 대구에 있을 때 불교 공부를 많이 했다면서."

"예. 저 나름대로는 한다고 했습니다만 아직 많이 부족합니다."

"그럼 불교 통신대학에 다녀볼 생각 있나?"

불교통신대학이 있다는 말은 생전 처음 듣는 소리였습니다. 교무과장은 지금 마산 교도소에서는 재소자 3명이 불교통신대학에 다니고 있다고 말씀하셨습니다. 그 곳을 졸업하면 법사 자격증을 따게 되고, 법사 자격증을 따면 설법을 할 수 있다고 상세하게 설명해 주었습니다. 저는 더 생각할 것도 없이 그 자리에서 다니겠다고 말씀드렸습니다.

통신대학에 다니려면 우선 20만 원을 입학금으로 내야 합니다. 입학금을 내면 통신교재가 전부 오는데 2년 동안 4학기를 다니도록 되어 있습니다. 저는 불교 담당께 여러 가지를 물어보고 상의한 다음에 작은 누나께 편지를 써서 좀 도와달라고 했습니다. 작은 누나는 저를 격려하면서 20만 원을 송금해 주었습니다.

한 달 동안 준비해서 8월 초순에 등록을 마치고 초등부부터 공부를 시작했습니다. 법사 자격증을 바라보면서 한눈 팔지 않고 열심히 공부했습니다. 늘상 해오던 공부라서 그런지 원래는 1년 반이 걸리는 초등부부터 고등부까지 과정을 저는 6개월만에 완전히 마스터했습니다. 저보다 1년 앞서서 공부를 시작한 사람들도 고등부 단계에서는 더 이상 진도를 나가지 못하고 있었지만, 저는 그 사람들보다 훨씬 빠르게 세 단계를 마쳤습니다.

10년 동안 열심히 공부해 둔 덕도 있었지만 먼저 시작한 세 사람에게 지지 않으려고 더 열심히 공부했습니다. 매일 밤 12시까지 공부를 하고 다시 새벽 5시에 일어났습니다. 그리고 출역을 나가서도 쉬는 시간이나 점심 시간에는 틈나는 대로 책을 보았습니다.

주변에서는 이렇게 공부하는 저를 보고 광신도라고 빈정댔습니다. 아무리 열심히 공부해도 쓸데가 없을 텐데 괜한 고생한다고 말했습니다. 그러나 저는 어떻게 해서든 법사 자격증을 얻기 위해서 다른 것은 생각하지 않고 열심히 공부했습니다. 열심히 공부하라고 격려하는 사람들도 있었습니다.

저는 고등부 졸업 리포트를 내고 통과하기를 기다리면서 대학과정을 준비했습니다. 그리고 미리 어떤 논문을 쓸 것인가도 생각해 두었습니다. 그 동안 제가 우주에 관한 공부를 계속했으니 그것과 불교의 연관성을 연구해야겠다는 생각을 했습니다.

열심히 연구한 결과 대학과정 졸업 리포트를 내면서 〈12인연법과 현대 과학의 증명〉이라는 졸업논문까지 함께 제출했습니다. 그 논문은 곧 통과되었고 저는 8개월만에 대학과정까지 다마치게 되었습니다. 그렇게 원하던 법사 자격증을 딴 것입니다. 저와 같이 공부한 세 사람은 그 때까지 공부를 마치지 못했습니다. 두 사람은 고등부 과정에서 떨어지고 한 사람은 대학부 과정에서 떨어졌습니다.

법사 자격증을 따자 그 동안 제가 공부하는 것을 못마땅하게 생각하고 빈정댔던 사람들도 저를 칭찬하고 부러워했습니다. 과에서도 저에게 많은 격려를 해 주었습니다. 마산 교도소에서는 제가 처음으로 법사 자격증을 딴 사람이 되었습니다.

제가 공부를 계속하는 데는 어머니와 형제들이 많은 격려를 해 주었습니다. 특히 어머니는 제가 법사 자격증을 따는 것이 소원이라고 하셨습니다. 그런데 식구들 못지 않게 도움을 많이 주신 분이 법창야화 〈모정불심〉에서 제 역할을 한 성우 김용식 씨였습니다. 지방에서는 구할 수 없는 불교서적을 서울에서 직접 구입해서 부쳐주었습니다. 저는 김용식 씨 덕분에 다른 사람들보다 많은 자료를 가지고 공부할 수 있었습니다.

대구 교도소에 있을 때는 불교통신대학이 있다는 사실조차도 몰랐는데 마산으로 이감하는 덕분에 법사 자격증까지 따게 된 것입니다. 좋지 않은 일로 이감이 되긴 했지만 결과적으로는 전화위복이 된 셈이었습니다.

마산으로 온지 1년 2개월째가 된 90년 8월 14일 저는 인쇄공장의 반장으로 임명되었습니다. 이전 반장이 8·15 광복 특사로 가출옥을 했는데 그 후임으로 제가 뽑힌 것입니다.

저는 그 동안 공장에서 일한 경험을 살려서 공장을 평등하게 운영하려고 노력을 많이 했습니다. 누구는 놀고 누구는 남의 일까지 열심히 맡아서 해야 하는 불합리한 일이 없게 하려고 원칙을 세우고 기강을 잡았습니다. 그 동안 공장 생활을 하면서 본 것도 있고 느낀 것도 많았기 때문에 이전에 잘못된 것을 바로잡는 일부터 했습니다.

저 스스로에게도 그렇게 약속했고 공장 동료들에게도 공식적으로 선언했습니다. 저는 처음 한 약속은 나름대로 최선을 다해 지켰다고 생각합니다. 마산 교도소 안에 공장이 11군데가 있지만 그 중에 제가 반장을 하고 있는 인쇄공장 평판이 가장 좋았습니다. 새로 출역 배정을 받아야 하는 사람들은 속으로 은근히 제가 있는 인쇄공장에 배치되기를 기대했습니다.

6년 동안 반장 일을 하면서 어떤 사람을 특별히 편애하거나 미워하지 않았습니다. 다만 나이 많은 분들에게는 특별 대우를 해 주었습니다. 어머니도 평소 저에게 그렇게 말씀하셨고 저도 나이 많은 분들을 홀대하는 것은 못 보는 성미였습니다. 일을 끝내고 본방으로 돌아가기 전에 씻는 것도 어린 사람이 먼저 하지 못하게 했습니다. 특히 더운물이 한정되어 있는 겨울에는 반드시 어른이 먼저 따뜻한 물을 쓰고 난 다음에 쓰도록 규칙을 정했습니다.

평소 생활할 때도 어른에게 함부로 말하는 사람은 가만두고 보지 않았습니다. "우리가 다 부모에게서 나왔고 우리도 늙으면 어차피 그렇게 늙을 것인데 어떻게 나이 많으신 분에게 버릇없이 구느냐"고 따끔하게 일침을 주었습니다. 그래서 특히 나이 많으신 분들은 우리 공장에서 일하려고 했습니다. 어머니가 연로하신 분이고 제가 그 사랑을 누구보다 많이 받은 자식이라서 어른들을 생각하는 마음이 더 많은 지도 모르겠습니다.

지워지지 않는 이빨 사건

그런데 제가 3공장의 반장을 하고 있는 동안 정말 잊지 못할 사건이 일어났습니다. 평생 잊지 못할 이빨 사건입니다. 91년 1월 중순경이었습니다. 불시에 검방을 했는데 5사 하 3방에서 볼펜 몇 자루가 나왔습니다. 지금은 매점에서 볼펜과 공책을 팔지만 그 때는 재소자들이 볼펜을 갖는 것은 불법이었습니다. 담배처럼 큰 범칙은 아니라서 담당에 따라 징벌을 줄 수도 있고 주의만 주고 넘어갈 수도 있었습니다.

임영석(가명) 보안과 계장은 이 사건을 빌미로 담배장사 하는 사람을 색출하려고 했습니다. 3방 지도원이었던 황이남(가명)에게 담배장사를 하는 사람을 알려주면 볼펜 사건을 묻어두겠다고 조건을 걸었습니다. 그런데 기독교 회장이었던 황이남은 난데없이 저를 물고 들어갔습니다. 자기 딴에는 그럴만한 이유가 있었습니다.

제가 3공장 반장이 되기 전에 증이를 제단하는 제단 반장을 했습니다. 작업하는 맞은 편에 황이남과 강석주(가명)라는 사람이 있었습니다. 그런데 하루는 강이 저에게 담배범칙을 제안했습니다. 자기가 돈은 대겠으니 경비교도대에 아는 사람이 있으면 소개해 달라고 슬쩍 운을 띄웠습니다. 저는 전에 경험이 있기는 했지만 징벌을 받은 뒤로는 다시 범칙을 하지 않기로 결심했기 때문에 거절했습니다. 강에게도 아예 그런 생각 말라고 충고했습니다. 그런데 그 이야기를 어설프게 들은 황은 제가 그 때 모의를 해서 담배장사를 하고 있는 줄 알고 있었던 것입니다. 그것이 8개월 전 일인데 확인도 해보지 않고 경솔하게 제 이름을 불었습니다.

그런 것을 까맣게 모르고 저는 연말연시에 바쁜 인쇄 일정을 맞추기 위해 야간 작업까지 하고 있었습니다. 일이 끝날 무렵인 1월말이 되자 보안과에서 저를 데리러 왔습니다. 저는 영문도 모른 채 지하실로 끌려갔습니다. 임 계장은 다짜고짜로 담배 범칙에 대해서 알고 있으니 다 불라고 위협을 했습니다.

"아니 담배 범칙이라니 무슨 말씀입니까."

"이 새끼야, 다 알고 있단 말야. 너 8개월 전에 경교대하고 담배범칙했잖아."

그러더니 말이 떨어지기가 무섭게 주먹과 발길질이 날아왔습니다.

"너하고 같이 담배범칙했다는 재소자의 자술서까지 받아놓았는데, 어디다 대고 오리발을 내밀어. 너 빨리 안 불면 어떻게 되는지 알지. 맛 좀 한번 볼래."

저는 계속해서 그런 일이 없다고 했지만 임 계장은 들으려고 하지도 않고 계속 때리다가 나중에는 고문까지 했습니다.

일명 팬텀기라고 하는 고문인데 한 번 당하면 지옥문 앞까지 갔다 옵니다. 양팔과 두 다리를 각각 뒤로 묶고, 묶은 손과 발을 바싹 당겨서 다시 뒤에서 한 데 묶는 것입니다. 그러면 가슴이 빠개지는 것 같고 숨을 쉴 수가 없습니다. 40분 이상을 하면 심장마비로 죽습니다. 이 팬텀기를 30분 정도를 했는데 정말 이렇게 죽는구나 싶어서 눈앞이 아득했습니다.

그런데도 저는 아니라고 했습니다. 아닌 걸 아니라고 해야지 어떡합니까. 한참 만에야 옆에 있던 재소자가 임 계장에게 "잘못 짚은 것 같다"고 귀엣말을 했습니다. 그제야 할 수 없이 저를 풀어주면서 일단 10사 징벌 사동으로 밀어넣었습니다. 나중에 조사를 더할 속셈이었습니다.

징벌방에 와서 누웠는데 온몸이 떨어져 나가는 것처럼 아프고 정신이 하나도 없었습니다. 그 때까지도 내가 왜 이런 날벼락을 맞아야 하는지 알 수가 없었습니다. 조금 누워 있자니 앞이빨이 이상했습니다. 입술로 살짝 앞니를 밀어보았더니 이빨이 다 빠져서 반쯤 걸려 있었습니다. 팔을 뒤로 당길 때 얼굴이 책상 모서리에 부딪혔다가 바닥으로 쓰러졌는데 그 때 이빨이 나간 것이었습니다. 생이빨이 나간 걸 보니 억울해서 분이 치밀었습니다. 바로 옆방에서는 강석주도 똑같이 고문을 받고 분리 조사를 하기 위해서 3사 독방에 갇혀 있었습니다.

제가 지하실에 있을 때 옆에 있던 재소자가 바로 일명 손 검사라고 불리던 사람입니다. 죄질이 나빠 감호 징역을 받고 곧 청송 감호소로 이송될 사람이었습니다. 바로 그 작자가 임 계장에게 함정수사를 하라고 사주를 했습니다. 3방에 볼펜을 넣고 그걸 꼬투리 잡아서 감방장을 죄면 담배장사를 캐낼 수 있다고 수작을 부린 것입니다. 그 말에 혹한 임 계장은 그 작자가 하라는 대로 함정수사를 해서 한 건 올릴 속셈이었습니다. 또 과장도 계장이 그런 수법을 쓰고 있다는 것을 알면서도 그저 범칙범만 잡으면 되니 그렇게 하라고 부추겼습니다.

다음날 아침 저는 다시 보안과로 불려갔습니다. 그리고 어제처럼 다짜고짜로 담배범칙에 대해서 실토하라고 다그쳤습니다. 제가 시인을 하지 않으니까 다시 구타를 하려고 하다가 제 입이 부어 있는 것을 보았습니다. 입을 벌리니 앞 이빨이 반쯤 빠져 나와 있다가 조금 흔드니까 쑥 빠져버렸습니다. 임 계장은 주춤했습니다.

"이거 어떻게 된 거야?"

"어제 팔 묶으면서 책상 모서리에 이빨이 부딪혀서 그렇습니다."

"뭐야? 이 새끼가 말도 안되는 소리를 하네. 언제 다친 걸 가지고 어제 그랬다고 걸고 넘어가려고 그래? 아직 혼이 덜난 모양이군."

말은 그렇게 거칠게 했지만 임 계장도 심상치 않다고 느끼는 표정이 역력했습니다. 자기가 한 일이 탄로날까봐 겁이 난 것입니다. 그리고는 어떻게 처리를 해야 할지 모르니까 시간을 벌기 위해서 저를 다시 징벌방에 처넣었습니다. 문제가 그 때부터 커지기 시작했습니다.

제가 이렇게 고문을 당하고 갇혀 있다는 것이 입에서 입으로 퍼져 제 담당이 알게 되었습니다. 담당은 기독교 신자로서 아주 인품이 훌륭한 분이었습니다. 모든 일을 처리할 때 사리에 맞고 공정하게 처리하려고 노력했습니다. 진심으로 재소자들을 위해서 애를 많이 쓰기 때문에 존경받는 분이었지요.

이 사실을 안 담당께서 제가 보안과에 가기 전에 적어 놓은 전화번호로 집에 전화를 걸었습니다. 보안과에서 부른다면 뭔가 불길한 일이 있는 것이기 때문에 제가 미리 전화번호를 적

어 두었던 것입니다. 담당도 같은 교정직원이지만 보안과에서
하는 일이 너무 부당하니까 이 쪽에서도 강경하게 대처하도록
했습니다.

 일단 집에다가 제가 아무 죄도 없는데 구타당하고 고문을 받
다가 이빨까지 빠졌다는 것을 상세하게 알렸습니다. 그리고 면
회올 때 가족들만 오지 말고 신문기자들을 데리고 와서 이 진
상을 알리겠다고 하라고 방법을 가르쳐 주었습니다. 다음날 저
희 형수가 모 신문의 기자를 찾아가 저의 이야기를 하고 같이
교도소로 가 달라고 부탁했습니다. 그 신문 기자는 교도소장과
친분이 좀 있었기 때문에 먼저 교도소장에게 전화를 했습니
다. 그 때까지 저에 대해서는 모르고 있던 교도소장은 그 일을
조사시켰습니다.

 보안과에서도 난리가 났습니다. 지금까지의 고압적인 태도
를 바꿔서 유화작전으로 나왔습니다. 집에서 면회를 왔지만 조
사중이라는 이유로 면회도 시켜 주지 않았습니다. 그리고 저를
회유하기 위해서 재소자 대표 총반장까지 동원하여 좋게 해결
하라고 종용했습니다. 임 계장은 황이남에게 받은 자술서를 보
여 주었습니다. 저는 그제야 왜 이런 일이 일어났는지를 알게
되었습니다.

 강석주는 만기가 얼마 남지 않았기 때문에 나중에 출소하면
나가서 이 일을 폭로하겠다고 벼르고 있었습니다. 그러나 저는
앞으로도 이 곳에 있어야 하는 사람이고 만일 적정선에서 타협
하지 않으면 앞으로 제 생활이 얼마나 괴로울지가 뻔했습니
다. 정말 분이 치받고 억울했지만 힘없는 게 죄라 합의를 해

주었습니다. 합의서에는 썩어 있던 이빨이 자연히 빠지게 되었다고 썼습니다. 이빨은 하나에 13만 원씩 해서 두 개를 제 돈으로 해 넣어야 했습니다. 강석주도 제가 설득을 해서 3일만에 합의를 보고 나왔습니다.

저는 공장으로 돌아오자마자 황이남을 불렀습니다. 할말이 참 많았지만 다 삼키고 다른 공장으로 전업을 가라는 말만 했습니다.

"긴 말 하지 않겠다. 왜 나한테 이런 짓을 했는지 모르지만 아마도 전생에 너한테 지은 죄가 있어서 그런 모양이라고 생각하기로 했다. 그런데 얼굴을 맞대고 보면 너한테 나쁜 마음이 삭지 않을 것 같다. 니가 알아서 다른 공장으로 전업을 가라."

황도 미안했든지 다음날로 목공장으로 전업을 갔습니다. 그러나 그것으로 저에게 진 빚을 다 갚았다고 생각했는지 그 다음부터는 전혀 저에게 미안한 기색이 없었습니다.

같은 기독교인이면서도 사람이 참 달랐습니다. 우리 담당은 아무 잘못이 없으면서도 황이 잘못한 것을 대신 사과하고 제 마음을 위로해 주었습니다. 저는 황이 밉고 용서하기도 싫었지만 담당을 생각해서 그 사람을 용서하기로 했습니다.

2년 뒤인 93년에 임영석 계장이 교정청으로 발령이 났습니다. 임 계장은 발령지로 가기 전에 마산 교도소의 공장 반장들에게 이임 인사를 했습니다. 저는 그 때까지도 그 사람을 용서할 마음이 생기지 않았습니다. 아무 죄도 없는 사람을 무작정 구타하고 고문하고 생니까지 뽑아 놓고도 한번도 미안한 내색을 하지 않았습니다. 사과를 하기는커녕 빠진 이까지 제 돈으로 해 넣게 할 정도로 뻔뻔스러운 사람이었습니다.

자기가 떠난다고 반장들마다 악수하면서 인사를 했지만 저는 그 손을 잡지 않았습니다. 그저 마음에 없어도 손만 잡고 있으면 됐지만 그렇게는 하기 싫었습니다. 대신 "언젠가는 다시 만날 날이 있을 겁니다"라고 뼈있는 말을 하고는 혼자 취업장으로 돌아오고 말았습니다. 저 같은 사람도 있어야 그 사람도 다시는 생사람을 잡지 않으려고 조심하는 마음이 생길 것입니다.

사실 아직도 그 사람에 대한 감정이 풀리지 않습니다. 부처님의 자비로 용서를 해야 한다고 생각하다가도, '그 때 내가 얼마나 열심히 살려고 했던가. 그런 나를 얼마나 처참하게 짐승처럼 만들었던가'하는 마음이 들면 저도 모르게 주먹이 쥐어지고 치가 떨립니다. 다짐과는 상관없이 몸에서 일어나는 거부 반응입니다.

한때 출소를 하면 그 사람을 상대로 소송을 할까도 생각했습니다. 그러나 생각을 바꾸었습니다. 그 사람을 용서하는 게 가장 큰 복수라는 걸 잘 알고 있기 때문입니다. 그렇지만 진정으로 그 사람 자체를 사랑하고 용서하는 단계까지 가려면 아직 많은 수행이 있어야 할 것 같습니다.

죄명이 그 사람의 얼굴

사회에도 여러 부류의 사람들이 있지만 교도소에 있는 사람들도 여러 부류입니다. 사회에서는 주로 직업에 따라 비슷한 성향을 띠지만 재소자들은 어떤 범죄를 하는가에 따라서 다릅니다.

사기꾼들은 일명 '접시'라고 하는데 접시들이 출역을 나오면 공장이 시끄럽습니다. 이 사람들은 그저 모든 일을 입으로만 합니다. 밖에 있을 때는 다 건설업이니 무슨 사업이니를 했다고 하고, 자기 집은 없는 것 없이 다 해 놓고 산다고 합니다. 얼마나 실감나게 각본을 쓰는지 처음 대하는 재소자들은 다 속고 말지요. 이런 사람들은 형기가 길지 않기 때문에 사회에 나가면 혹시 자기에게 무슨 도움이라도 줄까 싶어서 아주 잘해줍니다. 그래서 접시들은 말만 잘하면 아주 편하게 징역을 살다가 출소를 하게 됩니다. 저도 고참이고 빠꼼이라고 할만큼 사람들을 잘 구분하는데도 너무 노련한 사람들을 만나서 당한 적이 있었습니다.

출소할 때도 천연덕스럽게 눙치는 기술이 있습니다. 그 동안 자기에게 잘해준 사람을 찾아가서 고맙다고 말하고 뭐 필요한 것이 있으면 부담없이 말하라고 선심을 씁니다. 그 동안 잘해주었던 동료들은 그 말을 믿고 필요한 것 몇 가지를 부탁합니다. 그러면 그것을 종이에 적고 나가자마자 꼭 부쳐주겠다고 약속합니다. 부탁을 한 사람은 그 사람이 나가자마자 오늘이나 내일이나 하고 눈이 빠져라고 기다리지만 감감 무소식입니다. 소식이 올 리 없습니다. 그런 사람들은 부탁이고 종이쪽지고 나가는 순간 다 잊어버립니다.

이런 사람들 중에는 얼마 안 있어서 다시 죄를 짓고 같은 데로 들어오는 사람들도 있습니다. 그러면 다른 공장에 배속을 받는데 거기서 전에 있던 공장 사람을 만나기도 합니다. 보통 사람 같으면 미안하고 부끄러워서 얼굴도 못들 텐데 접시들은 전혀 그렇지 않습니다. 얼굴색 하나 변하지 않고 변명도 기가 막히게 잘합니다. 기소중지되었던 사건 때문에 다시 들어오게 되었다고 하거나 회사가 부도나서 들어오게 되었다고 합니다. 그리고 자기가 없는 동안 일이 쌓여서 너무 바쁜 바람에 부탁을 들어주지 못했다고 합니다. 그 말을 하면서는 정말 자기가 더 안타깝다는 표정을 짓습니다. 이 정도 되니 사기를 치고 살겠지요.

징역을 많이 산 사람들은 이런 종류의 인간들을 너무나 잘 압니다. 그래서 사기나 부도로 들어온 사람들은 대접을 잘 안 해주고 인간적으로 가까이 하려고 하지 않습니다. 이런 사람들 때문에 정말 억울하게 들어온 사람들도 도매값으로 넘어갑니다. 실수를 했거나 억울하게 들어온 사람들은 한참 동안 생활을 해 본 다음이라야 동료 대우를 받습니다.

절도로 들어온 사람들은 유난히 눈빛이 빛납니다. 처음 보면 아주 총명해 보이지만 자세히 보면 바닷가의 깨끗한 조약돌 같습니다. 눈이 그런 사람은 죄명을 물어보지 않아도 금방 절도범이라는 것을 알 수 있습니다. 절도범들이 하는 이야기는 90퍼센트가 자기가 어떤 집에 들어가서 어떤 것을 훔쳤나 하는 무용담입니다. 그리고 자기 솜씨는 귀신같은데 매번 운이 없어서 잡혔다고 합니다.

절도로 들어온 사람들끼리는 어떻게 남의 집에 들어갔고 어떤 방법으로 물건을 훔쳤고 어떻게 빠져나왔나 하는 것들을 아주 상세하게 이야기합니다. 이렇게 하면서 자기들끼리 정보를 나누는 것입니다. 그래서 교도소에 와서 교화되어 나가는 것이 아니라 오히려 한수 윗기술을 배우고 정보를 얻어서 나가는 경우도 많습니다. 그래서 교도소를 학교라고 부르는지도 모르겠습니다.

자주 들락날락하는 것도 절도범들입니다. 아예 손을 씻겠다고 굳은 결심을 한 사람이 아니면, 절도범들은 교도소 문을 나서는 순간부터 건수를 물색하고 곧바로 실행에 옮깁니다. "두 달만에 들어왔다"고 하면 "이번엔 아주 오래 있다 오셨네요" 하는 말을 들을 정도입니다. 이런 사람들의 머리 속에는 '남의 물건을 어떻게 내 손에 넣을 것인가' 하는 것에 대한 연구만 들어찬 것 같습니다. 이런 사람들은 형기가 짧아도 면회오는 사람들은 별로 없습니다.

사기나 절도범에 비하면 죄명이 폭력인 사람들이 인간성은 오히려 낫습니다. 이런 사람들은 대개 성격이 우직해서 말보다 주먹이 먼저 나갑니다. 평소에 말도 별로 없고 언변도 없습니다. 거짓말을 하거나 남을 속일 줄 모릅니다. 폭력범은 먹고사는 걱정이 없는 사람들이 많습니다. 술을 먹고 욱하는 성격에 주먹을 휘두르다 들어오는 경우가 많기 때문입니다. 이런 사람들은 돈도 좀 있고 가족들도 있어서 비교적 면회도 잘 오고 사건이 끝나면 그 길로 사회로 복귀합니다.

폭력으로 들어오는 또 한 부류는 조직폭력배들입니다. 이들은 어디를 가도 표가 납니다. 어디서 만나든 선후배 사이가 분명하고 위계 질서에 따라 아주 신사적으로 행동합니다. 큰 계파에 속해 있을수록 예의범절을 철저하게 지킵니다. 동네에서 휩쓸려 다니던 조무래기들은 들어오면서부터 건들거리고 허세를 부리지만 조직원들은 경거망돋하지도 않습니다.

조직에서 높은 위치에 있는 사람일수록 돈이 있고 부하들이 있어서 그런지 작은 일에 연연하지 않습니다. 행동하는 것도 여유가 있고 자기보다 못한 사람들을 많이 돕습니다. 남의 딱한 사정을 들으면 밖의 사람들을 시켜서 도움을 주기도 합니다. 그래서 더욱 함부로 못합니다. 그런 것을 보고 보스 기질이라고 하는지 모릅니다. 비록 폭력조직원이긴 하지만 남자들의 세계에서는 아주 매력적으로 코입니다. 조직원이 되면 간혹 자신이 직접 관련되지 않은 사건에도 기꺼이 자기 상관을 위해서 징역을 삽니다.

조직원들의 주변에는 덕이나 좀 볼까 하고 기웃거리는 사람들도 많습니다. 괜히 그 앞에 가서 머리를 조아리고 굽실거립니다. 언제부터 아는 사이라고 보자마자 "형님, 형님" 하면서 간이라도 빼줄듯이 쫓아다니고 입안의 혀처럼 굽니다. 나중에 사회에 나가서 찾아가면 모른다는 소리는 못하게 하려고 그러는 것입니다. 그런 사람일수록 자기보다 못하다고 생각되는 사람들에게는 함부로 굴고 냉정하고 비열합니다. 인간성도 아주 나빠서 조직원에게는 나이에 관계없이 형이라고 부르면서 힘이 없는 사람들은 나이가 아무리 많아도 예우를 하지 않습니다.

강도나 상해 강간범들은 대개 아무것도 모르는 초범들이 많습니다. 돈이 궁해서 단순한 생각으로 범행을 저지르거나 술을 먹고 범행을 합니다. 그러다 보니 무지해서 오히려 큰 사건을 일으키게 됩니다. 이런 사람들 중에는 10대 후반에서 20대 청년들이 많습니다.

전문적인 절도범들은 절대로 무기를 들거나 사람을 상하게 하지 않습니다. 그렇게 하면 벌이 더 무거워진다는 것을 잘 알기 때문입니다. 그런데 처음에 뭣 모르고 일을 저지르게 된 사람들이나 나이가 어린 청소년들은 잘 몰라서 얼떨결에 아주 큰 사고를 칩니다. 단 한 번의 실수로 평생을 암흑 속에서 보내게 되는 길로 빠져드는 것입니다. 저도 그런 사람 중의 하나였지만 교도소에서 소년수들을 보면 마음이 많이 안됐습니다. 그 아이들의 앞날이 어떻게 풀릴지 정말 걱정이 됩니다.

저는 다른 재소자들과는 별 문제없이 잘 지냈는데 사상범들과는 거리감이 있었습니다. 사상범들은 간첩행위를 했거나 학교에서 데모를 했거나 노조를 하다가 온 사람들입니다. 다른 범죄자들처럼 사상범들도 어느 교도소에나 다 있습니다. 제가 사상범들을 별로 좋아하지 않는 것은 이들이 특혜를 받기 때문입니다.

대구 교도소 같이 큰 교도소에는 공안 사범들과 일반 재소자들이 엄격하게 구분되어 있습니다. 그런데 마산 교도소는 그렇지 않습니다. 일반 재소자들은 인원이 많으니까 운동 시간이라고 해야 겨우 30분 정도입니다. 그런데 사상범들은 한 시간씩 운동을 하면서 기결수 운동장에 와서 운동을 시킵니다. 어떤 때는 기결수 운동장에 와서 테니스를 치기도 합니다. 그런 걸 보면 미지정 운동장으로 가서 하라고 말합니다. 일반 재소자들은 혼자 걸어다니는 독보도 제한되어 있고 소장의 재량에 의해서만 할 수 있는데 좌익수들은 계호 없이 독보를 하기도 합니다.

머리도 일반 재소자들은 94년 말까지는 삭발을 시켰고 95년부터는 단삭이라 하여 앞머리를 3센티 기준으로 약간 기를 수 있게 되었습니다. 그런데 사상범들은 95년 이전에도 머리를 10센티미터 이상 기르면서 사회 사람들과 구분이 안되게 하고 다녀도 지적하지 않았습니다.

일반 재소자는 조금만 머리가 길거나 독보를 하거나 운동장에 남아 있거나 하면 당장 난리를 치면서 왜 사상범들에게는 특혜를 주는지 모르겠습니다. 재소자들이 처우 문제를 들고 나오면 요시찰이라는 꼬리표를 붙여서 다른 곳으로 보내면서 공안 사범들이 건의하는 것은 싫어하면서도 어쨌든 들어줍니다. 사상범들이 건의한 것을 안 들어주면 시끄러워지기 때문입니다.

누구든 교도소에 들어오면 같은 재소자들인데 누구는 특혜를 주고 누구는 봐 주고 하는 것이 저는 싫었습니다. 일반 재소자들은 못 배우고 배고파서 죄를 짓지만 그 사람들은 배울 만큼 배운 사람들이고 우리나라의 국시인 반공에 위배되는 행동을 한 사람인데도 특혜를 받습니다. 그런 점 때문에 그 사람들과는 친하게 지낼 수 없었습니다.

전과자들이 갱생을 하려면 사회에서 그들을 어떻게 대해주느냐가 아주 중요합니다. 철없는 시절에 발 한번 잘못 들여놓은 것이 평생 족쇄가 되는 경우가 너무 많습니다. 이런 사람들은 마음을 고쳐먹고 새 사람이 되려고 해도 사회에서 받아주지 않습니다. 전과자라고 하면 다 차가운 눈초리로 쳐다보고 정당하게 살 수 있는 기회마저 주지 않습니다.

이런 면에서 범죄조직의 말단 조직원이었던 사람은 아주 불쌍합니다. 한번 전과가 생기고 나서 마음을 바로잡고 그 세계에서 손을 떼겠다고 결심했다고 합시다. 처음에는 밑바닥을 전전하다가 마음을 잡으려고 여자를 만나 살림을 시작합니다. 마음이 잘 맞고 어느 정도 자리가 잡히면 부모님까지도 모셔다가 삽니다. 아이도 생기겠지요. 그런데 살 만하면 그 가정을 무너뜨리는 마수가 뻗쳐옵니다.

한때 조직에 있었다는 이유로 무슨 사건이 있을 때마다 형사들이 집으로 찾아오거나 연행을 해갑니다. 심한 경우는 잘못된 수사로 억울한 누명까지 쓰게 됩니다. 착오가 생겨서 수배가 되는 수도 있습니다. 아무리 아니라고 해도 믿어주지 않으니까 잘못이 없는데도 일단 도망을 치는 것입니다. 그러면 가정이 어떻게 되겠습니까.

어느 날 갑자기 경찰에서 들이닥치거나, 정부에서 삼청교육대다 범죄와의 전쟁이다 해서 조사도 없이 잡아갑니다. 특히 정부에서 뭔가 한다고 하면 현행범이 아닌데도 무작정 체포합니다. 실적을 올려야 하기 때문에 닥치는 대로 잡아넣습니다. 전과자 하나 잡아넣는 것이 그 사람들에게는 일도 아니고 표도 안 납니다. 그리고 전과가 있는 사람은 누가 동정을 해 주지도 않고 도와주려고 나서는 사람도 없습니다. 현재 얼마나 열심히 살았는가는 아무 소용이 없습니다. 과거에 무슨 짓을 했나가

더 중요합니다.

본인은 또 그렇다고 치고 아무런 영문도 모르고 하루 아침에 가장을 잃은 가족들은 어떻겠습니까. 그날부터 울며불며 교도소를 드나들어야 합니다. 교도행정상 연고 지역에서는 징역을 살 수 없습니다. 그러면 타지로 가야하고, 면회 한 번 하려면 정신적, 경제적으로 얼마나 부담이 큰지 모릅니다. 그러다 보면 자연히 발길이 끊어지게 됩니다.

도망가서 수배를 당해도 마찬가지입니다. 집을 오랫동안 비워야 하기 때문에 생활을 위해서 여자가 돈을 벌어야 합니다. 배우지 못한 여자가 돈을 버는 방법이 별로 없으니 술집이나 다방에 나갑니다. 아무것도 없는 전과자하고 살림을 차린 윤락 여성들도 많습니다. 그러자니 부모님을 모시고 살 수도 없고 아이도 자기가 못 기릅니다. 가정이 파괴되는 것입니다.

가정 파괴범은 아주 중형으로 다스린다고 알고 있습니다. 전과가 있는 사람이 꾸린 가정도 가정입니다. 가장이 전과자라고 해서 그 가정은 파괴되어도 된다는 법은 없을 겁니다. 이런 악순환이 없으면 범죄도 많이 줄어들 거라고 생각합니다.

내 뼈에 밥과 꿀을 발라 산천에 뿌려다오

마산 교도소는 봄 가을로 일 년에 두 번 가족면담회라는 것이 있습니다. 이 행사는 마산 교도소에서 아주 잘하는 행정입니다. 어머니는 몸이 불편해지면서 이 행사에 오시지 못하다가 91년에야 오셨습니다. 그 때 어머니의 나이는 86세였습니다.

어머니는 백내장을 앓으시느라고 거의 사람을 알아보지 못하고 몸도 말이 아니었습니다. 어머니 눈병은 제가 어렸을 때 저의 천연두를 낳게 해 달라고 치성을 드리다가 얻은 고질병입니다. 제 얼굴도 알아보지 못하시고 목소리로만 저를 구분하셨습니다.

"이제 너를 보는 것도 마지막일 것 같구나. 눈이 안 보여 네 얼굴을 보지도 못하고. 그래도 목소리라도 들어보려고 왔다."

겨우 한 마디 하고 우시는데 저는 정말 민망하고 안타까웠습니다. 자유로운 몸이 된 저하고 하룻밤 같이 자는 것이 소원이신데 그것도 들어드리지 못하는 자식이 무슨 할 말이 있겠습니까.

한 시간 동안 좌담회를 하면서 저는 어머니의 손을 잡고 눈물을 많이 흘렸습니다. 어머니는 계속해서 "어쩐지 다시는 보지 못할 것 같아서 오늘 왔다"는 말씀을 반복해서 하셨습니다. 그리고 그 말씀은 그대로 유언이 되었습니다.

일 년이 지난 92년 4월 25일 교무 과장 호출을 받고 교무과로 갔습니다. 교무과에 삼중 스님이 와 계셨습니다.

저는 너무 오랜만이라 반가워서 그 자리에서 큰절을 올렸습니다.

"스님, 연락도 없이 어떻게 오셨습니까."

삼중 스님은 아무런 표정도 없이 저를 찬찬히 보시다가 무겁게 입을 열었습니다.

"놀라지 말게, 동수군."

저는 그 말씀을 듣자마자 퍼뜩 '어머님 일이구나' 하는 느낌이 스쳤습니다. 스님보다 제가 먼저 입을 열었습니다.

"어머니께서 돌아가셨지요?"

"그렇다네. 사흘 전에. 장례 치른 후에 이야기하려고 아직까지 말하지 않고 있었네. 가족들도 그렇게 하길 원했고. 어머니께서 평소에 당신을 화장해서 그 뼛가루에 꿀과 밥을 발라서 산에 뿌려 달라고 하셨네. 그것으로 까마귀에게 마지막 보시를 하시겠다고…….."

저는 정신이 아득하고 혼미해졌습니다. 몸이 휘청거렸지만 정신을 가누려고 돌처럼 앉아 있었습니다.

"어머니는 고향으로 돌아가신 겁니다."

정신을 차린 저는 혼잣말처럼 중얼거렸습니다. 그 이상은 아무 말도 생각나지 않았습니다. 스님께서는 저에게 무어라고 말씀을 하신 것 같은데 한 마디도 귀에 들어오지 않았습니다. 저를 위로하는 스님의 말씀을 뒤로 하고 저는 공장으로 돌아왔습니다. 제 얼굴에는 아무런 표정도 없었습니다. 그저 다시 하던 일을 계속했습니다.

조금 있으니 교무과장께서 다시 저를 부르셨습니다. 제가 원한다면 저의 본무 담당께 전화해서 며칠간 조용히 독방에 있을 수 있도록 해 주겠다고 했습니다. 저는 거절했습니다. 그리고 다시 공장에 나가 일하다가 방으로 돌아왔습니다. 방에서도 아무런 내색 없이 그냥 있다가 정해진 시간에 잠자리에 들었습니다.

전혀 잠이 오지 않아서 한동안 이불을 뒤집어쓰고 있었습니다. 잠시 후 방 사람들이 다 잠든 것을 확인하자 그 때서야 걸

잡을 수 없이 울음이 터져나왔습니다. 저는 이불 속에서 한없이 울었습니다. 아무 생각도 없고 느낌도 없고 그저 눈물이 멈춰지지가 않았습니다. 어머니가 돌아가셨다는 게 믿어지지도 않고 그저 아득하기만 했습니다.

다음날 변함없이 공장에 나갔습니다. 동료들은 저를 보자마자 어디 아프냐고 물었습니다. 눈이 벌겋게 충혈되고 얼굴도 너무 많이 부었다는 것이었습니다. 몸이 아프면 들어가서 쉬라고 했습니다. 본무 담당은 이미 소식을 들어서 아는지 잠시 쉴 시간을 줄 테니 쉬라고 했습니다. 그러나 저는 괜찮다고 했습니다. 그저 묵묵히 하루종일 일만 했습니다. 아무 생각도 안했습니다.

그날 다시 방으로 들어오니 방 사람들도 어디 아픈 것 아니냐고 걱정을 했습니다. 저는 그냥 머리가 약간 아프다고 하고 자리에 누웠습니다. 하루 종일 일만 해서 너무 피곤했던지 초저녁에 깜빡 잠이 들었다가 한밤중에 다시 깼습니다. 사방은 적막하고 나는 이제 혼자라고 생각하니 다시 눈물이 흘렀습니다. 저는 어제처럼 이불을 머리끝까지 뒤집어쓰고 울기 시작했습니다.

그 다음날도 출역한 저를 보고 동료들은 의무과에 가서 진찰을 한번 받아보라고 야단이었습니다. 그래도 저는 아무 말 하지 않고 일했습니다. 누구에게도 아무 말도 하고 싶지 않았습니다. 사흘째 되는 날은 정말 제가 스스로 지탱하기가 어려울 만큼 힘이 들었습니다. 그래서 한 쪽에 앉아 조금 쉬었습니다.

오후 한 시쯤 되자 저에게 접견신청이 들어왔습니다. 특별면회 신청이어서 변호사 접견실로 들어갔습니다. 작은 누나 부부와 형수가 와 계셨습니다. 침통하게 앉아 있던 세 분은 제 얼굴을 보자마자 놀라셨습니다.

"동수야 어디 아프냐? 얼굴이 왜 그러냐?"

"누님, 어머니 돌아가셨지요……."

"아니 그걸 어떻게 알고……."

그 다음에는 서로 아무 말도 못하고 눈물만 흘렸습니다.

"그렇지 않아도 돌아가시자마자 곧바로 너에게 알려 주려고 했는데 너무 충격이 클 것 같아서 조금 있다가 알리자고 했다. 어제 어머니의 칠일상이 끝났다."

저는 아무 말도 못하고 그저 눈물만 흘리고 있었습니다. 임종도 못 지킨 불효 자식이라는 자책감만 가득 했습니다.

누나가 다시 얘기했습니다.

"어머니께서 돌아가실 때까지 조그마한 주머니 하나를 꼭 쥐고 계셨다. 너무 꼭 쥐고 계셔서 운명하신 다음에 풀어보니까…… 동수 너 운전면허증 하고 운전할 때 쓰던 선글라스하고 인감도장이 들어있더구나. 혹시라도 네가 나오면 주려고 꼭 쥐고 계셨던 모양인데 그만……."

누나의 얘기를 듣자 그만 통곡이 터져나왔습니다. 언젠가 그것들을 다시 제 손에 쥐어주리라고 기다리신 어머니의 사랑이 뼈저리게 느껴졌습니다. 저는 까맣게 잊고 한 번도 생각하지 않았던 것들인데 어머니께서는 마치 희망을 품듯이 품고 계셨던 것입니다. 어느 자식이 어머니의 그 깊은 사랑을 알 수 있겠습니까.

"어머니는 평소 말씀대로 화장을 해서 그 뼈에 꿀을 발라서 산에 뿌려드렸다. 그 동안에 하신 공덕이 있어서 아주 좋을 곳으로 가셨을 거다. 너무 걱정하지 말고 너는 여기서 충실하게 생활해라. 그게 어머니께서 기뻐하시는 길이다. 돌아가시기 전에 한 번이라도 귀휴를 왔더라면 좋았을 것을…… 혹시 모르지 않니. 모범수로 인정을 받으면 조만간에 귀휴와서 어머니 영정에 절이라도 올릴 수 있을지."

저는 접견을 마치고 다시 공장으로 돌아왔습니다. 그런데 마음이 접견을 가기 전과 달랐습니다. 누나 얘기를 들어서 그런지 어머니께서는 이제 편안한 곳으로 가셨으니 저도 맡은 일에 충실하면서 어머니의 명복을 빌어야겠다는 마음만 들었습니다.

그 후 한 달쯤 지난 후 삼중 스님께서 오셨습니다. 스님께서는 어머니의 49재를 부산 자비사에서 지낼 준비를 하고 계셨습니다. 제가 임종을 지키지 못했으니 49재 때는 참석할 수 있도록 소장께 부탁드리려고 오신 것이었습니다. 소장은 어머니를 생각해서 스님의 부탁을 들어주셨습니다.

저는 6월 5일에 부산 자비사로 하루 귀휴를 나갔습니다. 교무과에서 직원 2명과 보안과 직원 1명 모두 3명이 저와 함께 부산으로 내려갔습니다. 부산에 도착하니 11시였습니다. 스님께서 저를 데리러 역까지 나오셨습니다.

스님의 안내를 받아 자비사 법당 안에 들어간 저는 무척 놀랐습니다. 향이 가득한 법당에는 부처님이 모셔져 있고 그 오른쪽에 제 어머니 사진과 음식이 준비되어 있었습니다. 그리고 신도들 300명 가량이 저보다 먼저 와 있었습니다. 어머니 생전에 한 번 얼굴을 본 적도 없을 텐데 이렇게 49재에 와 주었다는 것이 저로서는 너무나 고마웠습니다. 울지 않으려고 했는데 어머니의 영정을 보는 것도 눈물이 나고 그분들을 보는 것도 눈물이 났습니다.

부처님 앞에 삼배를 올리는 것으로 49재가 시작되었습니다. 어머니 앞에 배를 올리면서부터 가슴에 눈물이 차 올랐습니다. 아무 생각이 없고 그저 어머니의 모습만 아득하게 떠올랐습니다. 49재가 끝날 무렵에는 두 눈이 퉁퉁 부어서 제대로 뜨기가 어려웠습니다. 재는 한 시간 정도 진행되었습니다. 자비사의 신도들이 모두 한 사람씩 어머니 영정 앞에 절을 올리고 향을 피우고 술을 따르고 돈까지 놓고 갔습니다. 어머니 생전에 이웃들에게 베푸신 자비가 그냥 사라지지 않고 돌아가신 후에도 이런 대접을 받는 것 같았습니다.

어떤 할머니 한 분은 제 손을 잡으면서 위로의 말씀을 해 주셨습니다.

"정말 훌륭한 어머님을 두셨소. 이제 돌아가셨지만 그 뜻을 받들어 어렵더라도 어머님 생각을 해서 희망을 잃지 말고 살아야지."

이렇게 말씀하신 할머니는 조그마한 보따리를 풀어 보였습니다. 그 속에는 수의가 한 벌 들어 있었습니다.

"어머님을 생각해서 내가 지은 거라오. 어머님 임종도 못했으니 재가 끝나면 손수 태워요."

저는 다시 눈물이 솟았습니다. 제 수의를 지어주신 어머니가 생각났습니다. 밤새워 제 수의를 지어주신 그 어머니가 먼저 돌아가시고 제가 어머니의 수의를 태우게 되리라고는 전혀 생각하지 못했었습니다. 그나마 어머니께서 자식의 수의를 태우는 것보다는 자식이 어머니의 수의를 태우는 것이 덜 불효한 일이라고 스스로를 위로했습니다. 생면부지인 저와 어머니를 위해서 손수 수의를 지어주신 할머니께는 뭐라 말할 수 없는 고마움을 느꼈습니다.

49재가 끝나고 나서 저는 신도 한 사람 한 사람에게 일일이 인사를 드렸습니다. 그러고 나자 스님께서는 저에게 법문을 할 수 있는 기회를 주셨습니다. 불교의 법문은 스님과 법사 자격증을 가진 사람만 할 수 있습니다. 저는 주어진 30분 동안 제가 교도소에서 겪은 일들과 깨달은 일들을 중심으로 법문을 했습니다.

다음날 각 일간지에 저와 어머니에 대한 기사가 실렸습니다.

'佛'자 수행

49재를 지내고 다시 돌아와 얼마 지나지 않아서 서예반에 있는 두 사람이 저를 찾아왔습니다.

"양동수 씨. 앞으로 출소하게 되면 무엇을 하고 살 겁니까?"

저는 갑작스러운 이 질문의 뜻을 잘 몰라 어리둥절해서 농담으로 받았습니다.

"법사 자격증이 있으니 불교 쪽에서 일을 하면 굶지는 않겠지요."

"그럼 서예를 한번 해볼 생각은 없습니까?"

정말 뜻밖의 제안이었습니다. 교도소에서 서예반에 들어가는 일은 아주 까다로워서 본인이 아무리 원해도 들어가기 어려운 곳이었습니다. 몸을 움직이는 운동을 좋아하는 저는 사실 서예에는 별로 관심이 없었습니다.

"저는 서예에 별 관심도 없고, 붓글씨를 쓰려면 지필묵이 있어야 하는데 그걸 살 능력도 없습니다."

"붓은 내가 쓰던 것을 빌려주면 되고 종이는 서예반 사람들이 좀 도와주기로 했고, 먹물은 얼마 하지 않으니 그것만 사면 됩니다."

두 사람은 시큰둥한 저에게 자꾸 서예반에 들어오라고 권했습니다. 처음에는 생각이 별로 없었지만 그렇게 권하니 한 번 해 볼까 하는 마음이 들었습니다. 제가 서예반에 들어가겠다고 하자 한 가지 조언도 해 주었습니다.

"지금부터 한자 쓰는 법을 일일이 익히려면 시간이 많이 걸리니 오로지 '佛'자 한 글자만을 꾸준히 연습하는 게 좋을 겁니다."

저는 무엇이든 3년만 꾸준히 하면 안되는 일이 없다고 믿고 있기 때문에 서예도 3년을 바라보고 열심히 했습니다. 처음에 불자를 썼을 때는 꼭 세살박이가 장난을 한 것 같았지만 차츰차츰 늘기 시작했습니다.

새벽 4시에 일어나 6시 반까지 글씨를 쓰고, 낮에는 공장에 출역하고, 저녁 6시부터 9시까지 다시 글씨를 썼습니다. 워낙 정신을 모으고 몰두해서 그런지 여름에는 더운 줄 모르고 겨울에는 추운 줄 모르고 글씨를 썼습니다. 이렇게 열심히 하다 보니 종이 대기에 바빴습니다. 매번 새 종이를 살 수도 없어서 남들이 한 번씩 쓰고 난 종이가 마르면 그 뒤에다 다시 글씨를 쓰기도 했습니다.

그 무렵에는 경제적으로 도와주는 사람이 없어서 정말 어려움이 많았습니다. 유일하게 후원해 주시는 분이 있다면 90년 말에 자매결연을 맺은 대광사 진화 스님이었습니다. 스님은 음으로 양으로 도움을 많이 주셨습니다. 액자필이 없어서 고민을 하고 있을 때는 남해 망운암에 계시는 박성각 스님께서 액자필을 사다 주셨습니다. 저는 한 편으로 고마움을 느끼면서도 한 편으로는 서예를 시작한 것을 후회했습니다. 다른 분들에게 매번 경제적으로 도움을 요청해야 하는 것이 싫었습니다.

너무 궁해서 가끔은 담배장사 같은 범칙을 해볼까 하는 생각도 스쳤지만 털어버렸습니다. 어디서나 정도를 걷는다는 것은 이렇게 어려운 것이구나 하는 것을 새삼스럽게 느끼던 시절이었습니다.

그렇게 어렵던 때에 이런 일도 있었습니다. 어떤 여자 분이 접견을 와서 저를 돕고 싶다고 했습니다. 부산에 살고 있다는 그분은 자비사에서 제 이야기를 들었는데 저를 한 번 만나보고 싶었다면서 이것저것 물었습니다. 마산이 친정이고 하니 필요한 것이 있으면 말하라고 친절하게 말했습니다. 저는 처음 보는 사람에게 구걸하는 것이 싫어서 아무 말도 안했는데 자꾸 묻길래 액자필 한 자루를 부탁했습니다. 그랬더니 흔쾌하게 알았다고 하고는 아무런 소식이 없었습니다. 몇 날 며칠을 기다렸는데 끝내 소식이 없었습니다. 지키지 못할 약속을 하느니 아예 찾아오지 않는 것이 낫습니다. 가만히 있는 사람 공연히 잔뜩 들뜨게 해 놓고 감감 무소식이면 얼마나 실망이 되는지 모릅니다. 특히 감옥에서 어려운 생활을 하는 사람에게 이런 실수를 해서는 안됩니다.

저가 쓴 '佛'자는 제법 모양을 갖추어서 남들에게 선물할 수 있을 정도가 되었습니다. 교도관 중에도 제 글씨를 얻어가는 사람도 있었습니다. 지방 대회에 나가서 상도 탔습니다.

1주일 간의 귀휴

94년 3월 18일, 저는 18년 3개월만에 6박 7일간의 정식 귀휴를 받았습니다. 작은 누나 부부가 교도소 앞으로 마중을 나왔습니다. 그 날 차를 타고 남해고속도로를 달리는데 정말 감개무량했습니다. 진주 시내는 얼마나 많이 변했는지 18년 전과는 비교도 할 수 없을 정도였습니다.

저는 그야말로 먼 과거에서 온 사람 같았습니다. 10년이면 강산도 변한다는 말이 있지만 모든 것이 상상할 수 없을 정도로 많이 변해 있었습니다. 저는 겉으로는 아무런 표현을 하지 않았지만 솔직히 속으로는 주눅이 들고 위축되었습니다. 무슨 말이라도 하면 완전히 딴 세계에서 온 사람 취급을 당할 것 같왔습니다.

진주에 도착해서는 누나 집에 일단 여장을 푼 뒤에 작은 형님 집으로 갔습니다. 형님 집에 다른 형제들도 다 모여 있었습니다. 실로 18년만의 상봉이었습니다. 함께 모인 형제들은 서로 손을 잡고 울기만 했습니다.

식사가 준비되어 있었지만 형제들과 한바탕 울고 난 뒤에는 어머니의 위패를 모신 곳을 찾았습니다. 형수께서 작은 방에 모셨다고 해서 들어가 보았더니 차려 놓은 건 아무것도 없고 그저 벽에 관세음보살님의 탱화만 덩그러니 걸려 있었습니다.

"어머니께서 살아계실 때 관세음보살만 염불하셨다. 늘 당신이 돌아가시면 화장을 하고 다른 것도 다 태우라고 말씀하셔서 그렇게 했더니 남은 게 없더구나. 그래서 평소에 염하시던 관세음보살 그림만 걸어 놓았다."

누나가 변명하듯이 설명을 해 주었습니다. 어머니의 유언대로 화장을 하고 그 뼈에 꿀을 묻혀 산에 뿌렸다는 데야 아무 할 말이 없었지만, 자식된 저는 너무나 허망하고 아쉬움을 감출 수가 없었습니다.

관세음보살 탱화 앞이나마 음식을 차리고 그분이 어머니겠거니 하고 절을 올렸습니다. 눈물이 흘러나와 앞이 보이지 않았습니다. 일어서려고 해도 일어설 수가 없었습니다. 형님 집에서 올리는 절은 절에서 드린 49재와 또다른 느낌이었습니다. 무기수가 되자마자 귀휴를 바랐던 어머니인데 살아 생전에 그 소원을 들어드리지 못하고 이렇게 뒤늦게야 왔다는 것이 너무나 한스러웠습니다. 입술을 깨물며 참던 울음소리가 그만 밖으로 터져나왔고, 한 번 터져나온 울음은 걷잡을 수 없었습니다. 제가 울자 뒤에 서 있던 다른 형제들도 모두 울어 집안이 온통 울음바다가 되었습니다.

형님집에서 점심을 먹고 누나집으로 왔는데 웬 낯선 사람들이 들어섰습니다. 처음 보는 사람들이라 멀뚱히 서 있었더니 그 쪽에서 "동수 삼촌, 저는 큰 조카 누굽니다" 하면서 인사를 했습니다. 국민학교 다닐 때 봤거나 아주 어린아이였을 때 본 조카들이 어른이 되어 결혼을 하고 아이들까지 낳아서 데리고 온 것이었습니다. 정말 세월의 무상함이 느껴졌습니다.

그 날 저녁에도 많은 사람들이 찾아왔습니다. 친척들은 물론이고 동네 친구들과 어른들이 소식을 듣고 몰려들었습니다. 우리는 보자마자 얼싸안고 눈물을 흘렸고 많은 이야기를 나누었습니다. 아마 20여 년 동안 흘릴 눈물을 그 날 다 흘렸던 것 같습니다.

새벽 3시쯤에야 잠이 들었는데 5시에 일어나서 6시 30분에 마산 교도소에 전화를 했습니다. 귀휴를 나와도 점호를 받는 것처럼 아침 7시와 저녁 5시 하루 두 번 전화하게 되어 있습니다. 저녁에 전화하는 것은 그런 대로 괜찮은데 새벽에 전화하는 것 때문에 신경이 쓰여서 귀휴 기간 동안 잠을 제대로 잘 수 없었습니다.

둘째 날은 교도소에서 아주 친하게 지냈던 김동인(가명)을 만나러 안양으로 갔습니다. 그 때는 비행기를 탔습니다. 비행기를 처음 타니 기분이 아주 묘했습니다. 김동인은 미리 연락을 받고 공항에 마중 나와 있었습니다. 그는 저에게 귀빈 대접을 한다고 안양 관광호텔 나이트 클럽에 데리고 갔습니다. 저는 장소도 생소하고 술도 마실 줄 몰라서 그냥 목석처럼 앉아 있었더니 옆에 있는 아가씨가 자꾸 술을 권했습니다. 성의를 봐서 안 마실 수도 없고 해서 조금 마셨습니다. 너무나 긴장해서 그런지 맛도 모르겠고 취하지도 않고 정신이 도리어 맑아졌습니다.

김동인은 8층에 방도 잡아놓았습니다. 제가 방에 들어가자 아가씨도 따라 들어왔습니다. 여자를 내보낼 수도 없고 같이 자는 것도 어색하고 불편할 것 같아서 따로 자자고 했습니다. 그랬더니 그 아가씨가 이상하다는 듯이 저를 쳐다보았습니다. 저는 당황스럽기도 하고 또 술집 아가씨를 믿을 수도 없어서 따로 자는 것이 오히려 마음이 편했습니다. 그 아가씨는 나중에 제가 고자인 줄 알았다고 했습니다.

다음 날도 미리 계획이 다 서 있었습니다. 서울랜드에 가서 놀이동산 구경도 하고 사진도 몇 장 찍고 놀다가 저녁은 안산에서 먹었습니다. 밤에는 워커힐에 가서 차를 마셨습니다. 네 사람이 마신 찻값을 계산하는데 보니 한 잔 값이 만 원 정도였습니다. 우리는 너무 놀라서 입이 벌어졌습니다. 덕분에 카운터에서 촌놈 표를 다 내고 말았습니다.

김동인과 아쉬운 작별을 하고 다음날 진주로 내려왔습니다. 그 날은 친구들을 많이 만났는데 반가우면서도 부끄러운 마음이 많이 들었습니다. 그렇지만 친구들끼리는 세월도 처지도 금방 뛰어넘었습니다. 만나서 인사를 나누자마자 바로 옛날 코흘리개로 돌아가서 대화를 했습니다.

저녁 무렵에는 의정부에 사는 누나가 왔습니다. 제가 군대에 있을 때나 트럭 운전을 할 때는 그 누나집에 어지간히도 드나들었었는데 사건이 나고는 18년만에 처음 만났습니다. 누나는 대문을 들어서자마자 울었지만 저는 기쁘기만 했습니다. 그래서 "얼굴을 봤으면 됐지, 울기는 왜 웁니까" 하면서 여유까지 부렸습니다.

형제들과 친구들에 둘러싸여 지내다 보니 1주일간의 귀휴가 금세 다 끝났습니다. 저는 형제들과 헤어지면서 다시 만날 때는 아침저녁으로 시간 맞춰 전화하지 않아도 되고 정해진 시간도 없이 자유롭게 지낼 수 있는 사회인으로 만나자는 말을 남기고 아쉬운 작별을 했습니다.

귀휴를 마치고 와서는 공장 일도 더 열심히 하고 글씨도 열심히 썼습니다. 감형을 받아 나가게 되면 여기서 배우고 쌓은 모든 기술이나 지식들이 사회인으로 사는 데 작게나마 힘이 되리라고 생각했습니다.

94년 8월초에 마산 교도소에는 고령자 방이 생겼습니다. 60세 이상 되는 분들을 7사 상 1방에 모으고 고령자 방으로 만든 것입니다. 저는 그 사실을 알고 그냥 있을 수가 없었습니다. 매월 초에 비상금으로 아껴두었던 영치금을 헐어서 과자 한 상자와 음료수 한 상자를 고령자 방에 넣어 드렸습니다. 설날이나 추석 같은 명절이면 1급수 반장 방에 가서 음식도 모았습니다. 고령자 방에 넣어드리려고 하니 음식을 좀 달라고 하면, 집에서 보내온 사식도 선뜻 내주고 좋은 일 한다고 격려도 많이 해주었습니다.

1급수 반장반은 우량수 방으로 시설이 아주 잘돼 있습니다. 한 방에 4명씩 들어가고 방마다 TV가 설치되어 있습니다. 채널은 고정되어 있지만 마음만 먹으면 얼마든지 여러 채널을 볼 수 있습니다. 1급 우량수들은 밖에 있는 가족들이 영치금도 넣어주고 영치물도 있어서 사는 것이 그렇게 어렵지 않은 사람들이 많습니다.

고령자 방에 있는 노인들은 장기수들인데다 가족이 없거나 있어도 거의 방치되어 있는 사람들이라서 다른 사람이 챙겨주지 않으면 아주 어렵게 삽니다. 저는 어머니의 평소 말씀도 있고 해서 고령자들을 도울 수 있는 한 힘껏 도우려고 애를 썼습니다. 그리고 부탁해도 모른 척하면 그만인데 자기가 먹을 것을 나누어주는 사람들을 보면서 우리나라 사람들이 얼마나 착하고 인심이 좋은 사람들인지도 느낄 수 있었습니다.

당신들 몫까지 살겠습니다

95년에는 마산 교도소에서 대전 교도소로 이감되었습니다. 대전 교도소는 교도소의 시베리아로 불리는 곳으로 마산에서는 좀처럼 이감되지 않는 곳입니다. 어느 재소자의 편을 들다가 교도소장의 눈밖에 나는 바람에 그 시베리아로 이감된 것이지요. 재소자들 사이에는 입바른 소리 잘한다는 평판을 얻었지만 저 자신은 꽤나 험난한 과정을 거쳤지요. 대전으로 온 후 참 암담했습니다. 모범수로 쌓은 공덕이 하루 아침에 사라질 지도 몰랐기 때문이지요. 하지만 삼중 스님은 전화위복의 기회로 삼으셨습니다. 대전 교도소의 오희창 소장께서는 법창야화 방송 시 대구 교도소 구치과장으로 재직했는데 취재를 반대하는 교 도소장의 반대와 취재를 강행하는 취재팀의 요구를 절묘히 결 합시키는 지혜를 발휘하여 무난히 방송하게 한 장본인이었습니 다. 삼중 스님은 오 소장의 도움이라면 출소가 가능할 것이라 고 생각했던 것이지요. 그 기대는 현실로 나타났습니다. 오 소 장께서 저를 부르셨습니다.

"자네 얼굴이 부처님처럼 좋구나. 나갈 때가 다 되어 가는 것 같구나. 지금 내가 너의 가석방 상신에 도장을 찍었다. 지 금부터 기도해라. 21년을 잊어서는 안된다."

저는 온몸이 감당할 수 없을 정도로 전율감을 느꼈습니다. 간밤에 어머니께서 꿈에 나타나 "동수야, 너 서류가 다 되었 다. 이 에미는 이제 갈란다. 너를 감옥에 두고 저승길로 가지 못했다. 이제 마음놓고 갈 수 있겠구나." 하시면서 현몽했던 것입니다.

1996년 2월 17일 10시. 저는 천안 개방교도소에서 감격의 출소를 했습니다. 실로 21년만에 감형과 특사로 자유의 몸이 된 것입니다. 다시 자유의 몸으로는 밟아보지 못할 땅이라고 생각했던 그 땅을 밟았습니다. 저는 우리나라 행형 사상 사형 선고를 받았다가 자유의 몸이 된 최초의 사람이 되었습니다.

마지막으로 치르는 교회당에서의 기념식이 진행되는 동안 저는 내내 울었습니다. 여러 사람들이 축하해 주었고 악수를 나누었지만 누가 누구인지 분간도 없었습니다. 교회당 밖을 나 와 첫 걸음을 뗄 때부터는 구름 위를 걷는 것 같았습니다. 저

밖을 나가면 그 동안 저에게 붙어 있던 수인번호가 떼어지고 자연인 양동수로 다시 태어난다는 것이 믿어지지가 않았습니다. 제발 이 길이 꿈속에 걷는 길이 아니기를 빌었습니다.

밖에는 삼중 스님과 자비사 신도들이 '모정불심 주인공 양동수 부처님 품으로'라는 플래카드를 들고 환영 나와 있었습니다. 삼중 스님께서는 저를 얼싸안고 축하해 주셨습니다. 그 때 어머니 생각이 났습니다. 지금 이 자리에 꼭 계셔야 할 분이 어머니이신데, 다른 사람은 다 못 봐도 어머니는 이 모습을 봐야 하는데…… 저는 속으로 어머니를 수없이 부르면서 하염없이 흘러내리는 눈물을 어찌할 수 없었습니다.

유난히 청명했던 그 날, 맑고 푸르렀던 그 하늘 어느 언저리에서 어머니께서 저를 내려다보고 계실 것만 같았습니다.

어머니께 제 모습을 보여드릴 수 없는 대신 저는 스님과 함께 은인 세 분을 찾았습니다. 한 사람은 사형수 무연고 묘지에 묻힌 방영근 씨였습니다. 저는 대구 비슬산에 있는 방영근 씨의 묘소 앞에 무릎을 꿇고 한참을 엎드려 있었습니다. 생전에 그 얼굴이 웃으면서 나를 맞아주는 것 같았습니다. 저는 그 무덤 앞에서 다짐했습니다.

'당신 덕에 제가 이렇게 살아 나왔습니다. 그 때 우리 어머니를 스님께 부탁하지 않고 저를 스님께 인도하지 않았더라면 저도 여기 묻혔을 겁니다. 정말 고맙습니다. 그리고 저 혼자 살아서 정말 미안합니다. 누구보다 선했던 당신이 살았어야 하는데 당신 대신 제가 살았습니다. 이제 당신 몫까지 열심히 살겠습니다. 지켜봐 주십시오.'

그에게 많은 애정을 가졌던 스님도 저 못지 않게 깊은 감회에 젖어 많은 대화를 나누시는 것 같았습니다.

두번째로 찾아간 곳은 국립묘지에 있는 고 박정희 대통령의 묘소였습니다. 그분이 특사 서류에 도장을 찍지 않았더라면 저는 두 해를 못 넘기고 죽었을 것입니다. 그분이 비명에 돌아가시고 사람들 사이에서는 평가가 엇갈리고 있지만 누가 뭐래도 저에게는 생명의 은인이신 하늘같은 분입니다. 살아서 뵐 수 없는 것이 안타까웠지만 묘소에 참배하는 것으로 감사를 대신했습니다.

마지막으로 찾아뵌 분은 이선중 변호사였습니다. 그분은 사면 당시에 법무부 장관이셨습니다. 그분 덕에 방송을 할 수 있게 됐고 특사도 받았습니다. 저는 처음 뵈었지만 스님과는 구면이었습니다. 장관직에서 물러나고부터는 변호사로 일하고 계셨습니다. 그분은 대쪽같은 성품이신데 어머니의 이야기를 듣고 무너지셨다고 들었습니다. 그 당시에 그분도 늙은 어머니를 모시고 계셨던 것입니다. 정정하신 모습을 뵈니 고맙고 감사했습니다. 그분도 아주 반갑게 맞아주시고 행형사상 처음이라는 기록을 세운 저의 출옥을 진심으로 축하해 주셨습니다. 저로서는 한 분이라도 생존해 계신 분을 뵙게 된 것이 참으로 다행이었습니다.

이렇게 세 분을 차례로 뵙고는 곧바로 부산 자비사로 갔습니다. 부산으로 가는 차안에서부터 가슴이 울렁거렸습니다. 차에서 내리자마자 자비사 법당 안으로 들어섰습니다. 어쩐지 그 안에 어머니께서 곱게 차리고 앉아 계실 것만 같았습니다. 그러나 법당 안에는 흐릿한 어머니의 흑백 사진만이 저를 맞이했습니다. 저를 바라보고 계신 어머니의 영정 앞에 절하고 목놓아 울었습니다.

"어머님, 동수가 왔습니다. 이제야 돌아왔습니다. 어머님이 그렇게 원하시던 대로 완전히 감옥에서 나왔습니다. 어머님, 뭐라고 말씀 좀 해 보십시오. 한 마디만 해 보세요."

아무리 땅을 치고 울부짖어도 어머니는 말씀이 없었습니다. 어머니는 소원을 이루셨지만 그걸 함께 나눌 수는 없었습니다. 큰일 이룬 어머니는 가시고 못난 저만 남았습니다. 갚지 못한 은혜가 가슴을 에이는 한으로 밀려와서 저는 오래도록 울음을 멈출 수 없었습니다.

출소한 후 여러 어른들께 인사드리고 나서 곧바로 해야 할 일이 있었습니다. 바로 동료 재소자들에게 부탁 받은 물건들을 사서 부치는 것이었습니다. 그 동안 출소하는 사람들이 약속을 안 지키고 실망시키는 것을 많이 봤기 때문에 저는 부탁 받은 물건을 구해서 부쳐주는 일을 최우선으로 했습니다.

그 동안 출역해서 번 돈이 조금 있었기 때문에 그 돈으로 제가 나올 때 부탁 받은 것을 다 넣어 주었습니다. 특히 나이 많은 어른이 부탁한 보청기는 잊지 않고 기억했다가 부쳐드렸습니다. 출감 전에 있었던 대전 교도소에서 만난 그분은 보청기가 오래 전에 고장나서 잡음만 들렸습니다. 무기에서 20년 감형을 받았는데 나가려고 해도 가족이 없어서 나갈 수도 없는 딱한 분이었습니다.

대전 교도소에 갔을 때 저를 좋게 보고 빨래도 해주고 궂은 일도 봐주면서 저를 도와준 사람들이 있었습니다. 그 사람들의 수번도 제가 다 적어 두었습니다. 돈이 꼭 필요한 사람들에게는 영치금도 보내주었습니다. 속옷이나 생필품 또 붓글씨를 쓰는 데 필요한 것들도 전부 써 두었다가 보내드렸습니다. 그랬더니 100여만 원이 들었습니다. 저로서는 큰 금액이었지만 약속을 했기 때문에 아깝다고 생각하지 않고 다 부쳤습니다. 지금도 두 달에 5만 원씩 부쳐주고 있는 사람도 있습니다.

물건을 부치고 나서 얼마 지나자 그분들로부터 감사의 편지가 왔습니다. 얼마나 기뻐하고 고마워하는지 짧은 편지로도 그 마음이 다 전해져 왔습니다. 그 동안 약속은 많이 했어도 그렇게 철저하게 지킨 사람이 없었던 것입니다. 덕분에 저와 친하게 지낸 사람들이 저 대신 칭찬을 듣는다는 소식도 들렸습니다.

어머님을 위해 사는 삶

대청공원에 갔다 왔습니다. 그곳에는 하루종일 나와 계시는 노인들이 많습니다. 어떤 분은 멀리서 차를 타고 오기도 합니다. 그런 분들은 자식들도 있고 용돈도 좀 있는 분들이겠지요. 하지만 대부분은 생활이 어려운 노인들입니다.

평일에는 어느 교회에서 이 분들에게 점심을 대접합니다. 참 고마운 일이지요. 그런 걸 보면 사회에 봉사하고 조직적으로 선행을 베푸는 일은 불교가 기독교를 따라가지 못하는 것 같습니다. 수적으로는 불교도들도 많은데 드러나지 않아서 그런지도 모르겠습니다.

처음에 제가 마음에 두고 기도 드리고 있다고 한 것이 바로 이 일입니다. 저는 이 사회의 냉대와 무관심 속에 소외된 삶을 사는 분들을 돕는 일을 하고 싶습니다. 그저 마음으로만 돕는 것이 아니라 실질적인 도움을 주고 싶습니다. 감옥에서도 그랬듯이 일단은 힘없고 약한 노인들을 보살피는 일을 하려고 합니다.

얼마 전부터 미력하나마 그 일을 시작했습니다. 기독교인들이 오지 않는 일요일에 대청공원에 가서 노인들에게 점심을 대접하는 일입니다. 처음에는 아무도 모르게 제 돈으로 빵을 사서 드렸는데 그것으로는 부족할 것 같아서 보살님 몇 분께 도움을 청했습니다. 그래도 아직은 밥을 대접하지는 못하고 떡을 좀 넉넉하게 돌리고 있습니다.

진주에 선산이 좀 있는데 얼마 전에 형님이 그걸 처분하고 저의 몫이라면서 부쳐왔습니다. 그 돈을 전부 어려운 노인들에게 떡을 돌리는 일에 쓰려고 합니다. 선조들의 정신까지 이 일에 보탠다면 노인분들도 더 기쁨이 크지 않을까 해서요.

어머님을 생각하고 작게 시작한 일이지만 이제는 뜻있는 사람들을 모아서 모임을 하나 만들었습니다. 이름은 '자비선행회'로 지었습니다. 힘이 좀 생기면 대청공원뿐 아니라 동네 경로당까지 도우려고 계획하고 있습니다. 어디서 소식을 들었는지 벌써부터 도움을 주는 분들도 생겼습니다. 생일 잔치를 할 돈을 좋은 일에 써 달라고 선뜻 내놓은 분도 있습니다. 아직 세상이 메마르지 않았다는 증거겠지요.

내일은 한춘도 씨를 면회하러 가려고 합니다. 한씨는 살인교사 혐의로 사형선고를 받았는데, 본인은 극구 범행을 부인하고 있습니다. 제가 앞에서도 말씀드렸지만 죽음을 바로 앞에 두고도 결백을 주장하는 사람의 말은 신중하게 들을 필요가 있습니다. 그 동안 제가 몇 차례 만나 이야기를 했는데 한씨는 사람을 죽이라고 할 사람이 아닌 것 같습니다. 진실은 하늘만이 아시겠지만 저는 제 힘이 닿는 대로 이 사람을 도우려고 합니다. 저도 많은 분들의 도움으로 새 생명을 얻었으니 그 은혜를 저와 같은 처지에 있는 사람에게 갚으면서 살려고 합니다.

이제 이 긴 편지도 끝내야 할 때가 온 것 같습니다. 아직도 못다한 이야기가 더 많지만 어떻게 20년을 필설로 다 말할 수 있겠습니까. 이 긴 편지를 읽는 것도 아마 무척 힘들었을 겁니다. 요즘처럼 신기하고 재미있는 이야기가 많은 세상에 어둡고 괴로운 내용을 읽으려니 더 힘드셨을 겁니다. 그렇지만 저로서는 꼭 한 번은 세상에 해야 할 이야기였습니다.

이제 남은 얘기들은 제가 세상을 좀더 산 이후로 남겨두지요. 전 지금 어머님의 체취가 남아있는 온 세상 천지에서 새로운 가정을 이루려는 꿈을 가지고 있습니다. 저의 부실하고 문드러진 이 몸을 꼿꼿이 세우고 보듬어준 사랑하는 사람에게 저의 이 얘기들이 어떻게 들릴지 궁금합니다. 저의 모든 것을 담았습니다. 저의 현재와 미래만을 보고 저를 선택한 그 사람에게 또 약속합니다. 이승에 계시지 않지만 어머님이 흐뭇해 하실 정도로 단란하게 살겠습니다. 그리고 항상 주위에 계신 분들을 생각하며 겸허하게 살겠습니다.

남들은 한 번 사는 삶을 저는 두 번 삽니다. 앞의 삶은 어두움과 괴로움에 빠져 허우적거렸지만, 두번째 삶은 불우하게 사는 사람들을 도우면서 살 것입니다. 부처님께서도 그렇게 살라고 저에게 두 번 삶을 주신 것일지도 모릅니다.

제 가슴 속에 어머님이 살아계신 한 저는, 죄인이었던 양동수를 잊지 않을 것이고 앞으로 펼쳐질 인생을 곧게 걸어갈 것입니다. 이것이 여러분에게 할 수 있는 저의 마지막 약속입니다.

어머니의 등불을 가슴에 걸고

지은이 / 양동수
펴낸이 / 박용정
펴낸곳 / 한국경제신문사
등록 / 제2-315(1967. 5. 15)
제1판 1쇄 인쇄 / 1996년 12월 15일
제1판 2쇄 발행 / 1996년 12월 30일
주소 / 서울특별시 중구 중림동 441
대표전화 / 360-4114
직통 / 313-8293 · 312-0063
FAX / 360-4552

＊ 파본이나 잘못된 책은 바꿔 드립니다.
ISBN 89-475-2189-2

값 6,500원